Sarah Saxx

Harte Schale, weiches Herz

Bibliografische Information der Deutschen Nationalbibliothek:
Die Deutsche Nationalbibliothek verzeichnet diese Publikation
in der Deutschen Nationalbibliografie; detaillierte bibliografische
Daten sind im Internet über www.dnb.de abrufbar.

1. Auflage, August 2017

Lektorat: Kornelia Schwaben-Beicht, www.abc-lektorat.de
Korrektorat: Sybille Weingrill, www.swkorrekturen.eu
Satz und Coverdesign:
Alexa Zwölfer, www.schmetterlingsfabrik.at
Verwendete Fotos: © kiuikson – depositphotos.com,
© JiSign – fotolia.com
Autorenfoto: Fotografie Monika Aigner, www.fotografie-aigner.at

Herstellung und Verlag:
BoD – Books on Demand, Norderstedt
Taschenbuch: ISBN 978-3-7448-9483-8

www.sarahsaxx.com

Sarah Saxx

Harte Schale, weiches Herz

A GREENWATER HILL LOVE STORY

Für meine Mama –

Danke, dass du meine Geschichten liebst.

Ohne deinen Glauben an mich wären sie nie entstanden.

Eins – Maya

Im Sommer vor vier Jahren, Greenwater Hill:

»Hör mal, Ted. Auch wenn wir uns kennen, kannst du nicht immer von zu Hause aus deine Bestellung aufgeben. Du musst schon herkommen, dich an einen Tisch setzen und hier bestellen, wie jeder andere Gast auch. Ich meine, wo kämen wir denn da hin, wenn das jeder so wie du machen würde? Stell dir nur mal vor, alle würden von daheim aus bestellen … und dann womöglich nicht einmal herkommen, um ihr Essen abzuholen oder hier im Lokal zu essen. Craig hätte schon vor Jahren dichtmachen können.«

Ich sah auf den Mann hinab, der sich lässig mit einem Arm an der Rückenlehne des Stuhls abstützte, während er sich mit der anderen durch seine schwarzen kurzen Haare fuhr.

»Aber ich sitze doch wie jeder andere Gast hier und esse auch gleich meine Pizza. Vorausgesetzt, du gibst sie mir endlich«, konterte er, wies mit dem Kopf auf den großen Teller in meiner Hand und schenkte mir dabei ein Lächeln, das bestimmt jeder anderen Frau weiche Knie verschaffen würde.

Mich hingegen machte es rasend.

Geräuschvoll stellte ich den Pizzateller vor ihm ab.

»Der Sinn der Sache ist der, dass du *hier* bestellst. Dann kannst du gemütlich im Restaurant sitzen, eine Cola trinken und auf deine Pizza warten. So macht man das, weißt du? Man geht in das Restaurant, schaut auf die Speisekarte, die einem die nette Bedienung reicht, bestellt, isst und bezahlt.«

Ich stemmte meine Hände in die Hüften und warf einen schnellen Blick zum Pizzaofen, den mein Chef, Craig, gerade bediente. Er hatte zwar nichts gegen gelegentlichen Small Talk mit Gästen, aber er wusste auch, dass Ted und ich uns kannten. Davon abgesehen, dass der beste Freund meines Bruders regelmäßig hier auftauchte, *nachdem* er von zu Hause aus seine Pizza bestellt hatte. Und *das* sah Craig nicht gern – denn so war das Lokal weniger lang besetzt.

Jeder andere Restaurantbetreiber würde es vermutlich bevorzugen, wenn die Leute schneller für neue Gäste Platz machen würden, aber in dieser Pizzeria war eher das Gegenteil der Fall. Craig war über jeden Gast froh, den man von draußen im Lokal sitzen sah – was schließlich den Eindruck machte, das Essen hier wäre beliebt.

Aber das war es nicht wirklich.

Und aus diesem Grund wunderte es mich auch, warum Ted in letzter Zeit so regelmäßig hier aß. Denn es konnte weder an dem Essen noch an dem Lokal liegen. Die Pizzen waren fettig, der Teig zäh und geschmacklos, die Zutaten lieblos auf der Tomatensoße verteilt. »Abgenutzt« war kein Ausdruck für die Einrichtung, ja der ganze Laden war renovierungsbedürftig. Eigentlich war es gar nicht nachvollziehbar, wieso Craig nicht schon längst hatte schließen müssen …

Andererseits hatte ich meinen Job hier. Gut, ich hatte nicht vor, in *Craigs Pizzapalast* alt zu werden. Ich freute mich vielmehr auf das Ende der Sommerferien, um in meiner Ausbildung zur Kindergärtnerin weiter voranzukommen.

»Süße, wenn du mehr Zeit mit mir verbringen willst, musst du es nur sagen.« Ted zwinkerte mich frech an.

Genervt verdrehte ich die Augen. »Punkt eins: Ich bin nicht deine Süße! Ich bin die Schwester deines besten Freundes, und das macht mich quasi auch zu deiner Schwester. Punkt zwei: Such dir eine Freundin! Und damit meine ich nicht mich – wenn ich an Punkt eins erinnern darf.«

Er lachte kehlig. »Maya, ich liebe deine Kratzbürstigkeit. Und keine Sorge, ich geh dir nicht länger auf die Nerven. Ich bin nur gerne hier, weil ich die wenige Zeit, die ich während meines Studiums in Greenwater Hill bin, nicht alleine zu Hause sitzen möchte. Dean ist ja auch nicht immer da und … na ja. In der Pizzeria treffe ich eben ab und zu nette Leute.«

Ich runzelte die Stirn und öffnete den Mund, um etwas zu erwidern, doch Ted war schneller.

»Ich weiß, klingt armselig.« Er lachte leise auf. »Aber da ich nicht ewig alleine hier sitzen und auf mein Essen warten will, als würde mich gerade mein Date versetzen, bestelle ich eben vorab telefonisch.«

Okay, jetzt hatte ich ein schlechtes Gewissen. Ich schluckte verlegen. Vielleicht nahm Ted mich ja auch gerade einfach nur auf die Schippe, doch wenn nicht … dann war ich gerade recht unsensibel gewesen. Klar hatte ich ab und zu auch schon jemanden bei ihm sitzen sehen, oder aber er hatte sich zu irgendwelchen Leuten an den Tisch gesetzt und dort gegessen. Die meiste Zeit jedoch saß er allein hier, und das wirkte tatsächlich ... armselig, um es mit seinen Worten zu sagen.

Er lächelte noch einmal, dann widmete er sich seiner Pizza.

In diesem Augenblick rief Craig nach mir, da zwei Pizzen darauf warteten, zu einem der wenigen besetzten Tische gebracht zu werden. Einen Moment zögerte ich noch, öffnete den Mund, wollte etwas sagen, beschloss aber, dass es nicht mit einem Satz getan war. Ich wollte ihm nicht meine Entschuldigung vor die Füße werfen und im nächsten Moment wegeilen, um meinen Job zu erledigen. Noch dazu, da Craig ein zweites Mal meinen Namen brüllte.

»Ich komme gleich wieder«, murmelte ich.

Als ich die Pizzen serviert, zwei weitere Gäste begrüßt und ihnen die Speisekarten gereicht hatte, wollte ich zurück zu Ted, doch der saß inzwischen nicht mehr allein an seinem Tisch. Ruby, die im Friseurladen um die Ecke arbeitete, hatte sich zu ihm gesetzt. Jetzt fiel mir auf, dass es nicht das erste Mal war, dass die beiden hier gemeinsam an einem Tisch saßen, und ich fragte mich, ob zwischen den beiden was lief.

Wenn ja, wäre das äußerst ... befremdlich. So einen schlechten Geschmack hatte ich Ted eigentlich nicht zugetraut. Rubys unnatürlich rote Haare sahen wie ein Feuerball auf ihrem Kopf aus, und ihr Top war so weit ausgeschnitten, dass ich befürchtete, ihre Möpse könnten jederzeit auf den Tisch fallen.

Brrr ...

Eine Gänsehaut schüttelte mich, dann zückte ich meinen Block und den Stift, um ihre Bestellung aufzunehmen. Ich würde mich wohl ein anderes Mal bei

Ted entschuldigen müssen. Seinem Grinsen nach zu urteilen und der Art, wie er Ruby ansah, hatte er aber bereits vergessen, dass ich vorhin etwas unhöflich zu ihm gewesen war.

Gerade als ich zurück zur Küche gehen wollte, um Rubys vegetarische Pizza mit extra Chili an Craig in Auftrag zu geben, betrat ein Kerl das Restaurant, den ich hier noch nie gesehen hatte – und das hatte was zu bedeuten, denn ich kannte wirklich *jeden* attraktiven Mann im datingfähigen Alter hier in der Stadt. Wenn auch die meisten leider nur vom Sehen.

Doch der dunkelhaarige Mann, der eben an einem der Tische Platz nahm, war mehr als heiß – sozusagen einer dieser Typen, die einem schon beim ersten Anblick ein leises Seufzen entlockten. Seine Jeans saß eng an seinen Oberschenkeln, die genau wie der Rest seines Körpers trainiert und hart wirkten. Seine Schultern waren breit, und das weiße T-Shirt spannte sich darum und brachte seine muskulösen Oberarme zur Geltung.

Wie gelähmt stand ich da und starrte ihn an. Womöglich rann mir Sabber aus dem Mundwinkel, aber ich spürte nur kräftiges Herzrasen und den Wunsch, mich zu ihm zu setzen und ihn anzuhimmeln.

Craigs Stimme drang an mein Ohr, die mich wissen ließ, dass ich Ruby ihren Eistee bringen konnte. Ich winkte in seine Richtung, damit er mitbekam, dass ich ihn gehört hatte, und murmelte etwas wie »Komme gleich«. Dann griff ich nach einer Speisekarte und ging zu dem heißen Kerl, der auf seinem Smartphone scrollte.

»Willkommen bei *Craigs Pizzapalast*, schön, dass du zu uns gefunden hast. Ich hoffe, du hast keinen großen Hunger, die Pizzen sind zwar riesig, aber nicht wirklich zu empfehlen.«

O mein Gott – was faselte ich denn bitte?

Irritiert hob er den Blick und fuhr sich mit einer Hand über seinen militärischen Kurzhaarschnitt. Ich schnappte nach Atem, als ich in seine graugrünen Augen sah, die belustigt funkelten. Dann wischte er sich mit einer Hand über den Nacken – etwas, was ich in dem Moment auch gerne bei ihm getan hätte – und lachte leise auf.

»Okay, das bedeutet also, dass ich wieder gehen soll?«

»Ähm, nein. Natürlich nicht. Das wollte ich damit nicht sagen. Ich hab mich ... schlecht ausgedrückt. Also noch mal von vorne: Willkommen in *Craigs Pizzapalast*, schön, dass du zu uns gefunden hast. Was darf ich dir bringen?«

Ich reichte ihm die aufgeschlagene Karte. Verdammt, wieso zitterten meine Hände so sehr? Schnell setzte ich mich ihm gegenüber, bevor das Beben sich auch noch auf meine Knie übertrug.

»Was kannst du denn empfehlen?«, fragte er und musterte mich immer noch belustigt.

»Nun, also ... Wenn dir der optische Eindruck egal ist, würde ich eine Pizza ohne Käse und ohne Salami bestellen. Am besten machen sich Schinken und Mais darauf, aber im Grunde geht auch jeder andere nicht fettige Belag. Außerdem kann ich dir die Lasagne empfehlen, und das, obwohl da Käse drauf ist. Eigentlich darf ich es niemandem sagen, aber Craig ...« Ich deutete über die Schulter zu meinem Chef und senkte die Stimme. »... verwendet hier ein Fertigprodukt. Sein Glück, denn sonst hätte er vermutlich schon längst den Laden dichtgemacht. Die Lasagne wird wirklich oft bestellt, und wenn du einen Salat dazu magst, dann ...«

»Ich nehme eine«, sagte er mit einem absolut unwiderstehlichen Lächeln auf den Lippen und brachte mich zum Stoppen.

»Ähm. Klar. Eine Lasagne also. Mit Salat? Hier kann ich das Hausdressing empfehlen – das kommt aus der Tube. Und eine Cola dazu? Oder bist du eher der Wassertyp? Ach Gott, tut mir leid, vermutlich willst du lieber ein Bier trinken …«

Sein leises Lachen löste Schwingungen in meinem Körper aus, die sich zwischen meinen Schenkeln konzentrierten.

»Hausdressing aus der Tube klingt gut. Und ich nehme eine Cola.«

»Wirklich?«

»Ganz ehrlich.« Er nickte und grinste verschmitzt. »Am liebsten trinke ich meine Cola mit Eis. Oder ist das hier auch nicht zu empfehlen?«

Hatte er mir gerade zugezwinkert?

»Doch. Eis. Absolut. Eis ist gut, es kühlt und prickelt auf der Haut und … O Gott, ich quatsche Mist. Ich bringe es dir sofort.«

Ich machte mich hier eben zum Affen, so viel stand fest.

Schnell sprang ich auf und eilte zu Craig, der mich mehr als finster ansah. Klar, Ruby hatte ihren Eistee noch nicht – und sie war eine der wenigen Stammkundinnen. Also sehr wichtig für den Laden …

Ich gab die Bestellung bei meinem Chef auf, schnappte mir den Eistee und stellte ihn vor Ruby ab. Dass ich dabei das Getränk fast verschüttet hätte, war mir egal, denn ich wollte unbedingt wieder zurück zu Mr Sexy.

Was mir an ihm besonders gefiel: Während meiner kleinen Tour durch das Lokal hatte er mich nicht aus den Augen gelassen. Ich hatte seinen Blick die ganze Zeit über auf mir gespürt, und meine Wangen waren vermutlich inzwischen rot wie die Tomatensoße auf den Pizzen.

Nicht nur vor Aufregung, sondern auch vor Freude und ... ich gestehe es nur ungern ... vor Erregung. Nie im Leben hätte ich gedacht, dass allein der Blick eines Mannes mich dazu bringen könnte, *so* zu empfinden ...

Ich hielt vor ihm und zappelte nervös herum, unsicher, ob ich mich noch einmal setzen oder besser doch stehen bleiben sollte. »Darf ich dir sonst noch was bringen? Brauchst du Servietten? Ich kann dir auch Essig und Öl geben, falls du deinen Salat noch etwas ... marinierter willst.«

Er lächelte mich an, während seine Augen fest an meinen hafteten. »Danke, alles bestens.«

Mist! Das war's dann wohl mit der Zeit, die ich hier mit ihm verbringen konnte.

»Okay, dann ...«

Fast versagte meine Stimme. Schlimm genug, dass vermutlich sogar ein Tauber meine Enttäuschung hätte raushören können. Ich schluckte, räusperte mich. Und ich wusste nicht einmal, was ich noch darauf hätte sagen sollen. Das Thema mit ihm war durch.

»Falls du noch Lust auf ein Dessert hast ...«, begann ich verzweifelt, denn ich wollte, nein, ich durfte nicht zulassen, dass unsere Unterhaltung schon wieder zu Ende war.

»Ja?«

Auf seinen Lippen bildete sich ein neugieriges Lächeln.

»Ähm ... nun ...« Ich griff erneut nach der Speisekarte, die noch immer auf dem Tisch lag. Mir war doch glatt entfallen, was der Laden außerdem zu bieten hatte. Vermutlich waren die Desserts genauso übel wie die Pizzen – seit ich vor drei Wochen diesen Job begonnen hatte, hatte bei mir bisher niemand eine Nachspeise bestellt. Was eigentlich ziemlich übel klang. Vielleicht hätte ich den Mann besser gar nicht erst auf die Idee bringen sollen.

»Also ... wir haben Eiscreme. Vanille und Schokolade. Ich kann noch mal nachsehen, was in der Speisekarte steht. Tut mir leid, aber mir ist gerade entfallen, was wir noch alles anbieten. Ach so, wir haben auch kleine Schokoküchlein, die – soweit ich weiß – nicht frisch zubereitet werden, sondern tiefgefroren sind.«

Ich warf einen Blick über meine Schulter, um mich zu vergewissern, dass das niemand anderes gehört hatte.

Herrgott noch mal, ich würde gleich meinen Job verlieren ...

»Also sollte ich das Dessert hier besser ausfallen lassen?«, fragte er mit belustigter Stimme und runzelte die Stirn.

»Vermutlich.« Nun war es mit den Kräften in meinen Beinen endgültig vorbei. Ich sackte wieder auf den Stuhl ihm gegenüber und stützte den Kopf in meine Hände.

Sein raues Lachen prickelte auf meiner Haut. Dann beugte er sich vor, bis er mit seinem Gesicht nur wenige Zentimeter vor meinem hielt. »Weißt du was?«, fragte er.

Ich schüttelte langsam den Kopf.

»Du gefällst mir.«

Ich gefiel ihm?

»Du mir auch«, hörte ich mich sagen.

Er sah mich feixend an, dann glitt sein Blick von meinen Augen zu meinen Lippen. Sofort musste ich sie mit der Zunge befeuchten.

»So?«

»O ja«, gab ich seufzend von mir und klang sogar in meinen Ohren wie ein bescheuerter Teenie, der seinen Star anhimmelte.

Er musterte mich noch einen Augenblick und lachte dabei leise – ein Geräusch, das bis tief unter meine Haut fuhr. »Du gefällst mir, weil du kein Blatt vor den Mund nimmst«, sagte er und starrte immer noch wie gebannt auf meine Lippen, die inzwischen kribbelten, als hätte er sie berührt.

»Oh. Und du gefällst mir ... weil du ...« Sollte ich tatsächlich aussprechen, dass er absolut heiß war und mich anmachte?

»Weil ich was?« Als wüsste er genau, was er in mir bewirkte, wurde sein Grinsen breiter, während mir immer heißer wurde. Herausfordernd sah er mich an.

»Maya! Beweg deinen verdammten Arsch hierher!«, hörte ich Craig aus der Küche brüllen.

Was für ein perfektes und doch unpassendes Timing ...

Nur ungern löste ich meinen Blick von ihm, stand auf und zuckte mit den Schultern. »Sorry, ich muss ...«, murmelte ich leise, ehe ich mich wieder an die Arbeit machte.

»Keine Sorge, ich bleib hier und warte. Immerhin schuldest du mir noch eine Antwort«, meinte er frech.

Während der ganzen Zeit sah ich immer wieder zu *Mister Hot and Sexy*, und jedes Mal verfolgte er mich mit interessiertem Lächeln. Und das gefiel mir. Vielleicht sollte es mich irritieren – immerhin kannte ich ihn nicht. Aber wenn ich ehrlich war, fand ich diese besondere Aufmerksamkeit, die er mir schenkte, ungemein prickelnd.

Nachdem ich ihm die Lasagne serviert hatte, hielten wir unseren Augenflirt aufrecht. Leider – Craig würde es definitiv anders betiteln – kamen noch einige Gäste in die Pizzeria, und ich hatte überraschenderweise mehr zu tun als an anderen Abenden.

Innerlich schimpfte und fluchte ich über den absolut unpassenden Zeitpunkt, aber das Lächeln des Unbekannten und seine Blicke, die fortwährend über meinen Körper glitten, entschädigten mich für den Ansturm.

Herrje, irgendwie war das aufregend – verboten und heiß –, wie er mich die ganze Zeit musterte. Womöglich malte er sich weiß Gott was in seinen Gedanken aus, und wenn ich ehrlich war, störte mich das nicht einmal. Bei ihm wirkten diese Blicke nicht billig, schmierig oder ekelhaft lüstern wie bei anderen Kerlen, die mich während meiner Arbeit mit den Augen auszogen. Nein, bei ihm bewirkte es, dass mein Herz aufgeregt zu rasen begann und ich ein sehnendes Ziehen zwischen meinen Beinen spürte. Verrückt!

Ich hatte gerade einen großen Teller Pasta und eine Pizza für zwei Personen an seinen Nachbartisch gebracht, als er mich im Vorbeigehen anhielt.

»Sag …« Er berührte mich dabei an meinem Handgelenk, und ich schwöre, so, wie mein Körper darauf reagierte, hatte ich es noch nie erlebt. Ein heißes Kribbeln breitete sich von der Stelle aus und ließ mich erstarren. »Ich hätte tatsächlich noch Lust auf ein Dessert …«

Dessert? Im Sinne von … *Dessert?*

Ich schluckte. »Das klingt … gut. Ja wirklich, ich freue mich, dass ich dich doch noch dazu bewegen konnte, hierzubleiben und … ein Dessert zu bestellen.«

Okay, sein Blick sagte ganz eindeutig, was er sich darunter vorstellte – oder ging meine Fantasie schon mit mir durch? Herrgott, es musste wohl an Ermangelung eines aktiven Sexuallebens liegen, dass ich mir wünschte, er würde von Sex sprechen.

Als er dann auch noch seine Lippen befeuchtete, starrte ich ihn vermutlich völlig dämlich mit offenem Mund an.

»Wie lange dauert deine Schicht noch?«, fragte er schließlich, und ich war kurz davor, mich wieder zu setzen, bevor meine Knie nachgaben.

»Ähm …« Ich drehte mich um und schaute auf die Uhr über dem knallroten Kühlschrank. »Keine zwanzig Minuten mehr. Vorausgesetzt, Craig lässt mich dann gleich gehen. Wobei die meisten Gäste schon wieder weg sind, und ich denke, dass er heute pünktlich den Laden schließen kann. Immerhin müsste er mir sonst mehr bezahlen, und das ist etwas, was er bestimmt vermeiden will.«

Herrgott, konnte ich nicht ein Mal meine Klappe halten?

»Gut. Ich warte auf dich.«

Heilige Sch…

Wollte er tatsächlich das Dessert woanders hin verlegen? Raus aus dieser Pizzeria?

»Auf dem Weg hierher hab ich nämlich eine Eisdiele gesehen. Und ich schlecke gern in weiblicher Gesellschaft.«

»Du willst, dass ich dich zur Eisdiele begleite, hab ich dich richtig verstanden?«, wiederholte ich seine … fragwürdigen Worte – nur, um sicherzugehen. »Zum … Eisessen. Also Eiscreme. In Tüten oder Bechern. Mit Kirschen drauf und Erdbeeren. Und Schlagsahne …«

Das war *nicht* hilfreich, Maya!

»Genau das hab ich gesagt, ja.« Er grinste frech und zwinkerte mir zu. »Dann können wir uns dort noch einmal darüber unterhalten, was dir an mir gefällt.«

»Also ich komm natürlich gerne mit. Auf ein Eis, meine ich. Ich muss nur erst noch hier alles fertig machen, aber wenn du willst, dann begleite ich dich natürlich. Allein Eis zu schlecken, ist garantiert langweilig, das verstehe ich vollkommen. Wo wir schon dabei sind, wo kommst du eigentlich her? Wohnst du hier? Ich hab dich nämlich noch nie in der Stadt gesehen.«

»Maya, verdammt!«

Craig brüllte quer durch das Lokal – der hatte heute echt ein perfektes Timing.

Der Kerl vor mir lachte leise. »Na los, Maya, bring deine Arbeit zu Ende, und dann lass uns abhauen. Das Dessert wartet.«

Ich grinste breit und nickte, bevor ich zu meinem Boss eilte.

Gott, Dean würde mir den Kopf abreißen, wüsste er davon, dass ich gleich mit einem wildfremden Kerl losziehen würde. Ich sah zu dem Tisch, an dem Ruby und Ted gesessen hatten, doch die waren, kurz nachdem sie bezahlt hatten, verschwunden – gemeinsam!

O. Mein. Gott!

Gut, Ted würde mich also nicht verpetzen können. Aber auch nicht beschützen, immerhin kannte ich den Kerl an Tisch sieben nicht. Er könnte auch ein Vergewaltiger sein oder ein Mörder … Andererseits war das idiotisch. Er wirkte total nett, und meine Menschenkenntnis hatte mich bisher nicht im Stich gelassen. Zudem war es noch nicht völlig dunkel, es waren einige Leute auf den Straßen unterwegs, und ich hatte neben meinem Telefon natürlich auch das Pfefferspray in meiner Handtasche, auf das mein Bruder bestand.

Ganz ehrlich: Ich würde ihn begleiten, denn endlich passierte was in meinem langweiligen Leben.

Zwei – Ryan

Ich hasste es, wenn Pläne nicht funktionierten.

Für heute Abend hatte ich geplant, essen zu gehen und mich gleich anschließend wieder zurück zu meiner Einheit zu begeben. Unter normalen Umständen wäre ich bei den anderen geblieben, hätte mit ihnen gegessen oder mich zurückgezogen. Aber an Tagen wie heute wurde es mir einfach zu viel. Irgendwann würde das vielleicht meinen Tod bedeuten, vielleicht auch den meiner Kameraden. Wir mussten als Einheit agieren, mussten Tag und Nacht zusammen sein, um als Ganzes im Ernstfall zu funktionieren.

Wüsste mein Dad, dass ich nicht immer ganz überzeugt von dem war, was ich als Navy SEAL zu tun hatte, würde er seine rechte Augenbraue heben und mich tadelnd ansehen, wie er es so oft schon getan hatte, wenn er meinen älteren Bruder Sean und mich auf unsere Fehler hingewiesen hatte. Dann würde er mir erklären, dass jede Kette nur so stark sei wie ihr schwächstes Glied. Das predigte er uns jedes Mal, wenn einer von uns beiden in seinen Augen Schwäche zeigte – schon seit wir Kinder waren.

Und während Sean immer schon unseren Vater mit Stolz erfüllen wollte, war ich der Rebell. Mein Bruder hatte bei jeder Gelegenheit versucht, es allen recht zu machen, während ich mich gegen Dad, gegen Lehrer oder andere Autoritätspersonen aufgelehnt hatte.

Versteht mich nicht falsch, mein Dad war kein diktatorischer Tyrann. Aber er stammte selbst aus einer Militärfamilie und war den rauen Umgangston gewohnt. Er war der Meinung, Kinder würden eine strenge Führung brauchen, genau so wie Soldaten. Nur so würden alle zu einer soliden Einheit zusammenwachsen. Unsere Mom schmunzelte immer über seine manchmal etwas übertrieben strenge Art und setzte dann mit ihrer Liebe alles daran, seine harten Worte wieder abzuschwächen. Man konnte richtig sehen, wie die Gesichtszüge meines Vaters weicher wurden, ehe er sie mit diesem Blick ansah, den nur verliebte Menschen hatten.

Meine Eltern liebten sich, wie ich es nur von wenigen anderen Paaren in meinen jungen Jahren mitbekommen hatte. Mein Vater schrieb bei jedem Auslandseinsatz Liebesbriefe an Mom, um ihr die Trennung zu erleichtern und ihre Sorgen zu lindern. Und jedes Mal, wenn er wieder zurückkam, war es, als wären die beiden zwei verliebte Teenager.

Er wollte, dass Sean und ich zu genauso ehrenhaften Männern heranwuchsen. Er lehrte uns, was Familie bedeutete, genauso wie Mom uns vermittelte, wie wichtig die Liebe im Leben war. Und das meiste davon sog ich in mich auf, mit dem Wunschdenken, irgendwann genau so ein Leben führen zu können, wie meine Eltern es taten. Trotzdem wollte ich auch meine eigenen Erfahrungen machen. Ich ließ mich nicht verbiegen und blieb meinen Prinzipien treu, denn ich wollte trotz allem *mein* Leben leben, wie ich es für richtig hielt.

Heute war es jedoch keine Rebellion, auch wenn ich bei meinem Team hätte bleiben sollen. Doch ich musste einfach weg. Weil ich mich vergewissern musste, dass meine Entscheidung von vor drei Jahren, mich für die United States Navy SEALs zu melden, die richtige gewesen war.

Dreihundertvierundsechzig Tage im Jahr zweifelte ich nie daran, doch ganz selten fühlte ich eine gewisse Unsicherheit in mir. Dieses Zögern durfte niemand in meinem Team spüren – deshalb hatte ich mich zurückgezogen. Ich wollte durchatmen, den Kopf frei bekommen. Der Plan war gewesen, etwas zu essen, meinen Gedanken nachzuhängen, nur, um dann festzustellen, wie stolz es meinen Vater machte, dass seine beiden Söhne beim Militär waren, genau wie er seit Jahren dem amerikanischen Volk diente, so, wie es bereits sein Vater getan hatte. Und dass mich dieses Wissen ebenso mit Selbstachtung und Ehrgefühl erfüllte.

Doch mein so schön zurechtgelegter Plan war in dem Moment zum Scheitern verurteilt gewesen, als ich die Pizzeria betreten und mich dieses Mädchen mit ihren wahnsinnig großen braunen Augen angesehen hatte.

Sie tauchte plötzlich an meinem Tisch auf wie ein Engel, der aus den Wolken gefallen war. Ihr gelbes Poloshirt spannte sich um ihre Brüste, und die knappe rote Hose überließ nur wenig der Fantasie. Ihre langen, dunklen Haare fielen in Locken über ihre Schultern, und sie hatte mich erst mit offenem Mund angesehen, ehe sie mir ein bezauberndes Lächeln geschenkt hatte.

Jesus, sie war verdammt heiß!

Unentwegt plapperte sie wirre lustige Dinge, und ich fand ihre unbeschwerte Art einfach nur erfrischend.

Sie strahlte etwas so Unschuldiges, Sorgloses aus, von dem ich mich anstecken ließ. Und ohne dass sie wusste, was sie mit mir machte, hatte sie all meine negativen Gedanken und meine Sorgen verjagt. Selbst wenn ich gewollt hätte, ich hätte mich nicht von ihr fernhalten können. Sie war alles, was ich an diesem Abend brauchte.

Vielleicht war es falsch gewesen, mit ihr zu flirten. Doch jetzt, da sie nach Dienstschluss tatsächlich gemeinsam mit mir die Pizzeria verließ, war ich froh darüber.

»Du siehst umwerfend aus.« Ich zwinkerte ihr zu und drückte die Tür des schmierigen Ladens auf, damit sie an mir vorbeigehen konnte. Sie hatte ihre Arbeitskleidung gegen ein helles bodenlanges Kleid mit Aufdruck in den verschiedensten Farben getauscht, das vermutlich an allen anderen Frauen lächerlich aussehen musste. Nicht so an ihr. »Mylady …«

Sie machte einen kleinen Knicks, was ich unglaublich niedlich fand. Dann traten wir hinaus in die laue Sommerluft, in der das Zirpen der Grillen gerade den Sonnenuntergang begleitete.

»Ich bin übrigens Ryan«, stellte ich mich vor.

»Dass ich Maya heiße, weißt du ja schon.« Sie lächelte zu mir hoch.

Leise lachte ich auf. »Das war nicht zu überhören.«

»Tut mir leid, Craig hat ein etwas lautes Organ. Ich bin ja der Meinung, dass sich seine Laune nicht gerade positiv auf das Geschäft auswirkt, aber davon will er nichts hören.«

»Schon gut. Ich fand es amüsant.«

Sie sah mich mit großen Augen an. »Okay … Das ist gut. Also, dann … äh … wollen wir mal los«, sagte sie mit geröteten Wangen. Ein Zögern lag in ihrer Stimme, und sie sah sich noch einmal mit einem Stirnrunzeln um, ehe sie mir ein Lächeln schenkte, das ihre Augen nicht erreichte.

Mein Egoismus war falsch. Ich hatte sie dazu überredet, mit mir zu kommen, um nicht allein zu sein. Um mich von ihrer frischen Art aufheitern zu lassen, ohne darüber nachzudenken, ob ich sie damit in Schwierigkeiten bringen würde.

»Ich hoffe, du kriegst keine Probleme.« Ich deutete mit dem Kopf auf die eben schließende Tür, doch sie winkte ab.

»Ach, bestimmt nicht. Ohne mich wäre Craig ja sowieso aufgeschmissen, da die meisten anderen Kellnerinnen genau zur Urlaubszeit freihaben wollen, weil sie Kinder haben. Carrie zum Beispiel hat fünf Kinder. Stell dir mal vor, wie oft die krank sind und wie oft sie dann zu Hause ist. Sogar jetzt im Hochsommer fällt sie regelmäßig aus. Wäre ich mein Boss, hätte ich mir schon eine andere gesucht, aber in dem Laden will vermutlich einfach niemand arbeiten – so sieht es aus.«

»Und warum bist du dann dort?«

»Für mich ist der Job nur eine Übergangslösung, bis ich wieder ans College zurückgehe.«

»Wo studierst du?«

»Ich bin an der NKU.«

»Kentucky?«

Sie nickte. »Ich will Kindergärtnerin werden.«

Maya wirkte in dem Moment wahnsinnig stolz. Sie trug ein breites Lächeln auf den Lippen. Beide Hände hatte sie um den Griff ihrer Tasche gelegt, die sie vor den Beinen schwang und mit jedem Schritt hin und her schüttelte.

»Du willst mit Kindern arbeiten?«

»Klar, es gibt für mich nichts Schöneres als die Vorstellung, den kleinen Menschen auf ihrem Weg bis zur Grundschule etwas mitzugeben. Sie sind wissbegierig und so süß, wenn sie etwas Neues lernen. Dann ihre unschuldige Logik, die einen zum Schmunzeln bringt. Und dann sind sie sowieso einfach niedlich …«

Ich runzelte die Stirn. Klar, ich hatte mir noch nie zuvor in meinem Leben darüber Gedanken gemacht, wie Kinder aufwuchsen oder was sie können und wissen mussten, wenn sie mit der Schule begannen. Aber die Vorstellung, dass es Frauen wie Maya gab, die sich dieser Aufgabe annahmen, gefiel mir.

»Du magst keine Kinder, oder?«, fragte sie, als sie mein Zögern bemerkte. Ich wollte darauf antworten, doch sie ließ mich nicht einmal Luft holen. »Das ist schon okay, ich bin da niemandem böse. Aber mit Kindern zu arbeiten, ist einfach mein absoluter Traum, und ich freue mich schon wahnsinnig darauf, wenn ich mit der Ausbildung fertig bin. Ich kann es kaum erwarten, die ersten kleinen Menschen auf einem Teil ihres Weges zu begleiten.«

Ich schmunzelte. »Wann geht es weiter?«

»Ach, ein paar Wochen muss ich noch durchhalten in dem Pizzaschuppen. Aber in meinen Ferien einfach nur faul in der Sonne brutzeln, will ich nicht – kann ich auch nicht, so lange würde ich gar nicht erst stillhalten können. Abgesehen davon, dass ich meinen Eltern nicht länger auf der Tasche liegen will. Immerhin hab ich vor, irgendwann einmal auszuziehen.«

Sie kicherte.

Jesus, sie wohnte sogar noch bei ihren Eltern!

»Wie alt bist du?«, fragte ich – nur, um sicherzugehen, dass ich mich nicht strafbar machte bei … egal, was heute Abend vielleicht noch passieren würde.

»Achtzehn – und du?«

»Vierundzwanzig.«

Sie sah zu mir hoch, und ihre Wangen färbten sich erneut rosig. Ein seltsames Schweigen erfasste uns, was mich verunsicherte. Hatte sie mein Alter verschreckt? Ich meine, sechs Jahre waren schon ein großer Unterschied – sie steckte noch mitten in ihrer Ausbildung, während ich schon seit Jahren Dinge sah, die mich regelmäßig nachts aus meinen Träumen rissen.

»Ich mag Kinder«, sagte ich dann.

Überrascht sah sie mich an.

»Ja, wirklich.« Ich nickte. »Mein Bruder Sean hat zwei kleine Jungs. Wenn ich frei habe und meine Neffen sehen kann, gibt es nichts Schöneres für mich, als mit ihnen zu spielen. Collin und Nate sind fünf Jahre alt, und wir toben dann immer im Garten herum. Spielen Football oder plantschen im Pool. Sie lieben es, wenn ich sie ganz hoch in die Luft werfe und sie anschließend ins Wasser fallen, dass es bis über den Rand hinaus spritzt.«

Maya blieb stehen und sah mich mit ihren wunderschönen braunen Augen an. Sie blinzelte, schüttelte dann kurz den Kopf und hatte dabei dieses Lächeln auf den Lippen, das mein Herz zum Rasen brachte, als wäre ich gerade im Einsatz.

»Und was verschlägt dich in die Stadt?«, fragte sie dann. »Es kann nicht der Ruf der Pizzeria gewesen sein, denn der ist grottig. Tut mir ehrlich leid, dass ich dir nichts Besseres habe anbieten können, aber Craig ist leider kein Meisterkoch. Mich wundert sowieso, dass der Laden noch läuft. Aber vermutlich deshalb, weil es keine besseren Alternativen hier gibt. Du bist bestimmt besseres Essen und eine größere Auswahl gewohnt, aber damit kann dieses Kaff leider nicht dienen. Das ist vermutlich auch der Grund, weshalb eines der ersten Dinge, die wir jungen Leute hier lernen, das Kochen ist. Ohne dieses Grundwissen würden wir vermutlich nicht überleben.« Sie lachte auf, holte dann Luft und hielt kurz ihre Hände vor den Mund. »O Gott, tut mir leid, ich rede schon wieder viel zu viel. Falls ich dich damit nerve, sag bitte Bescheid, ich will dich nämlich nicht in die Flucht schlagen.«

Amüsiert schmunzelte ich. »Keine Sorge, ich denke, ich bin ein guter Zuhörer. Und um deine Fragen zu beantworten: Ich bin dienstlich hier.«

Abwartend sah ich sie an, doch ich hatte schon geahnt, dass sie sich mit dieser Antwort nicht zufriedengeben würde.

»Dienstlich? Das klingt sehr … förmlich. Was machst du denn genau?«

»Wenn ich dir das verrate, muss ich dich leider umbringen.«

Mein Tonfall war so ernst, dass sie mich im ersten Moment völlig verschreckt ansah, doch als ich ihr zuzwinkerte und breit grinste, entspannte sie sich wieder. Sie schlug mir sogar gegen den Oberarm, und das mit einer Kraft, die ich ihr nie zugetraut hätte. Zumindest nicht in so einem Moment.

»Das war nicht lustig, Ryan!«, beschwerte sie sich grinsend. »Fast hast du mir Angst gemacht.«

Ich konnte nicht anders, ich musste stehen bleiben. Sie tat es mir gleich. Eine Spannung lag in der Luft, und wie von selbst verringerte ich den Abstand zwischen uns. Ihr Blick drang tief in meine Augen ein, als ich mich zu ihr hinabbeugte. »Keine Sorge, Maya, vor mir brauchst du dich nicht zu fürchten. Ich bin einer der Guten, einer der Beschützer.«

Ich hoffte wirklich, dass sie mir das auch glaubte. Immerhin war ich um einiges größer als sie, und meine Muskeln hatten schon ein paar Leute abgeschreckt. Doch sie zeigte keinerlei Furcht, im Gegenteil. Sie reckte sich mir entgegen, und kurz unterbrach sie unseren Blickkontakt, um auf meine Lippen zu starren.

Verdammt …

»Bist du bei der Polizei?«, fragte sie dann mit zusammengekniffenen Augen.

Ihre Frage irritierte mich – da sie mit ihrer Vermutung so viel näher lag, als sie vielleicht dachte. »Nein, ich bin Soldat«, erklärte ich dann.

Meine Antwort war klar und direkt und endgültig. Nie würde ich ihr Näheres verraten, denn jede weitere Info wäre nicht gut für sie. Und für mich, denn dass ich ein Mitglied der Navy SEALs war, durfte nicht an Außenstehende dringen.

»Mehr werde ich wohl zu dem Thema nicht erfahren, wie?«, fragte sie leise, und ich konnte Enttäuschung in ihrer Stimme erkennen.

»So ist es.«

Sie lächelte kurz, dann schob sie sich an mir vorbei und tänzelte ein paar Schritte so elegant wie eine Tänzerin. Dann raffte sie ihr Kleid hoch, sprang auf eine kniehohe Steinmauer, breitete die Arme nach beiden Seiten aus und lief dort oben im selben Tempo weiter wie auf dem Boden. Sie drehte sich in der Bewegung um und lockte mich mit dem Zeigefinger. »Na los, Soldat, komm hoch – oder hast du etwa Höhenangst?« Sie lachte leise und brachte mich zum Schmunzeln.

Ihre freche Naivität gefiel mir. Ich nahm Anlauf und sprang auf die Mauer. Bei ihr hatte es bestimmt eleganter ausgesehen, doch Maya sah mich mit großen Augen an, als ich mich ihr in schnellem Tempo näherte.

»Wettlauf gefällig?«, fragte ich scherzhaft, noch bevor ich sie erreicht hatte.

Ihr Zögern war so kurz, dass ich es fast nicht bemerkt hätte. Dann drehte sie sich um ihre eigene Achse und lief los, so schnell, dass ich Angst hatte, sie würde jeden Moment von der Mauer fallen und sich verletzen.

Ihr Kleid wehte im Wind, und jedes Mal, wenn ein Wagen an uns vorbeifuhr und den dünnen Stoff mit dem schrillen Blumenmuster durchleuchtete, sah ich ihre Silhouette, als wäre sie nackt. Ich hielt die Luft an, und mein Schwanz drückte sich hart gegen meine Jeans.

»Gewonnen!«, rief sie lachend und sprang zurück auf den Gehweg.

Auch ich verließ die Mauer wieder. Dicht hinter ihr blieb ich stehen. Ich wollte meine Arme um sie legen, sie an mich ziehen und meine Lippen auf ihre Haut drücken. Sie kosten und ihr ins Ohr flüstern, was ich am liebsten mit ihr machen würde ... Doch ihr leises »O nein!«, das gequält und enttäuscht klang, holte mich zurück in die Realität.

Nur mühsam hob ich den Blick von ihren nackten Schultern und sah auf die Tür, auf die sie zeigte. »Geschlossen« stand auf einem Schild, und als ich den Kopf nach hinten neigte, erkannte ich, dass wir vor der Eisdiele standen, die wir – leider zu spät – erreicht hatten.

»Ach, verdammt! Was machen wir denn jetzt? Das Eis ist hier wirklich gut. Siehst du, ich hab Greenwater

Hill unrecht getan. Es gibt doch etwas, wo man hingehen und gut essen kann – auch wenn es nur Eiscreme ist. Aber selbst die bleibt dir heute verwehrt. Dabei hätte ich dir so gern eine Portion gegönnt nach der schrecklichen Pizzeriaerfahrung. Immerhin sollst du nicht nur schlecht über unsere Stadt denken, wenn du wieder nach Hause fährst.« Sie klang enttäuscht – was mir gefiel, denn es bedeutete, dass sie tatsächlich noch gerne Zeit mit mir verbringen wollte.

»Glaub mir, das wird nicht passieren.« Denn Maya würde alle schlechten Erinnerungen überdecken.

»Du hast nicht sehr hohe Ansprüche, wie mir scheint«, meinte sie kichernd.

Ich zwinkerte ihr zu, dann blickte ich mich um. »Der Supermarkt hat bestimmt auch schon geschlossen.«

»Hat er leider.« Maya seufzte auf.

Mein Blick heftete sich an ihre Lippen, die voll und geschwungen waren und die ich zu gerne schmecken wollte – vielleicht noch lieber als Eiscreme.

»Dann werde ich heute wohl ohne Eis ins Bett müssen«, murmelte ich gedankenverloren.

Maya sah sich weiter um, als würde sie nach Lösungen suchen. Als hätte sie bemerkt, wie ich auf ihre Lippen starrte, nagte sie plötzlich an ihrer Unterlippe.

Jesus, das sah einfach unglaublich ... heiß aus.

Sie holte tief Luft. »Ich hab noch Eiscreme zu Hause«, sprudelte es dann aus ihr hervor. »Wenn du willst, können wir zu mir gehen. Ich bin zwar kein Eissalon und es ist gekauftes und nicht selbst gemachtes Eis, aber es ist auch lecker. Ich glaube, ich hab noch Erdbeere, Vanille, Nugat und Pistazie im Gefrierschrank. Und Schokosoße und Sahne ...«

Beim letzten Satz stockte sie, und ihre Wangen nahmen einen sanften Rotton an.

Ich verkniff mir ein Lachen, was nicht zuletzt daran lag, dass bei der Erwähnung von Schokosoße und Sahne ganz unartige Bilder in meinem Kopf auftauchten.

»Du bittest mich zu dir nach Hause? In dein ... Elternhaus?« Ich räusperte mich.

»Ähm. Ja. Genau. Die sind im Moment nicht da. Sie sind Anfang der Woche nach Vegas gereist und wollen von dort dann ab morgen weiter nach L. A., soweit ich weiß, also wären wir ganz allein ...«

Die Verlegenheit stand ihr unübersehbar ins Gesicht geschrieben. Diese ganze Sache nahm Ausmaße an, die meine Fantasie gehörig antrieben ...

Verdammt, es gab nichts, was ich mehr wollte ... Ihr nahe sein und noch viele weitere Stunden mit ihr verbringen. So lange, bis ich mir sicher wäre, bis meine Zweifel sich wieder vollständig in Luft aufgelöst hätten. Doch würde ich es schaffen, die Finger von ihr zu lassen? Zu gerne würde ich ihre Haut erkunden, ihren Körper mit Küssen bedecken, sie schmecken und fühlen ... Ich wollte sie zum Schreien bringen.

Ich fuhr mir mit der Hand über den Kopf, rieb über meine kurzen Haare, die sich stachelig anfühlten. Wäre ich ein ehrenwerter Mann, wäre ich mein Bruder Sean, würde ich ihr Angebot dankend ablehnen. Aber ich war der Typ, der den Weg außerhalb der Regeln wählte. Genau das war meine Stärke – auszubrechen, gegen den Strom zu schwimmen. Abenteuer zu erleben. Doch heute musste ich diese Eigenschaft als meine Schwäche bezeichnen. Ich war schwach, weil ich ihr einfach nicht widerstehen konnte ...

»Tut mir leid, ich wollte nicht ... also du musst nicht ...«, stammelte sie, da ich wohl zu lange überlegt hatte.

»Maya, weißt du eigentlich, was du da sagst?«, fragte ich, ohne darauf Rücksicht zu nehmen, dass ich ihr ins Wort fiel. Dabei sah ich ihr tief in die Augen, machte noch einen Schritt auf sie zu, weil ich wollte, dass sie mir genau zuhörte und verstand, was ich ihr gleich sagen würde. »Weil ich nicht dafür garantieren kann, dass ich nur das Eis genieße ...«

Sie atmete zitternd ein, und eine Gänsehaut zeichnete sich auf ihren Armen und den nackten Schultern.

»Bitte, versteh mich nicht falsch, Maya.« Ich räusperte mich erneut, da meine Stimme dünn klang. »Normalerweise bin ich nicht einer der Kerle, der einfach so Frauen abschleppt, die er noch dazu gerade erst kennengelernt hat. Aber ... du bist auch nicht wie all die Frauen, denen ich bisher begegnet bin.«

Wieder ließ ich meinen Blick über ihren Körper gleiten, nahm all die Kurven und nackten Hautstellen in mich auf, für den Fall, dass sie mich gleich in die Wüste schicken würde.

Leise seufzte sie auf.

»Verdammt noch mal, ich weiß nicht, ob ich ... mich von dir fernhalten kann ... Ob ich es will«, erklärte ich erneut und hoffte, ihr damit zu verdeutlichen, wie ernst es mir war.

Doch ihre Reaktion war nicht so wie erwartet.

Mutig hielt sie meinem Blick stand und reckte ihr Kinn in die Höhe. »Das musst du auch nicht«, hauchte sie dann und machte einen kleinen Schritt auf mich zu. Ihren Kopf legte sie in den Nacken, um zu mir aufzusehen.

»Sollte ich aber.« Ich fluchte leise, dann stützte ich mich hinter ihr an der Fassade der Eisdiele ab. »Ich bin nur noch heute und morgen hier. Und Gott weiß, ob wir uns je wiedersehen.«

Wenn ich etwas in Angriff nahm, dann waren es keine halben Sachen. One-Night-Stands waren noch nie mein Ding gewesen. Wenn, dann musste das Gesamtpaket stimmen, ich musste fühlen, dass die Frau mich genauso wollte wie ich sie. Wir mussten eine Zukunft miteinander haben, die länger als die folgende Nacht andauern würde. Doch die hätten wir nicht. Und trotzdem war da diese Anziehungskraft zwischen uns und dieses Verlangen nach ihr.

»Das Risiko nehme ich in Kauf«, hörte ich sie sagen.

Drei – Maya

Meine Finger zitterten, als ich die Tür zu meinem Elternhaus aufschloss. Ich war echt froh, dass sich meine Eltern, seit Dean und ich erwachsen waren, so viel auf Reisen befanden – ihnen mit Ryan im Schlepptau jetzt über den Weg zu laufen, wäre mir mehr als peinlich gewesen.

»Hereinspaziert. Fühl dich wie zu Hause«, sagte ich mit einem Schwenk durch das Wohnzimmer, während ich mich einmal um mich selbst drehte und dann die Küche anpeilte. »Wie gesagt, ich habe hier Erdbeer, Vanille, Nugat … Herrje, mir fällt ein, ich hab sogar noch Walnuss. Stehst du auf Nüsse? Manche mögen den Geschmack ja gar nicht, aber wenn ich nur daran denke, bekomme ich fast einen Geschmacksorgasmus. Also auf der Zunge … von dem Eis.«

Ich drehte mich zu Ryan um, der lässig die Daumen in die Taschen seiner Jeans eingehakt hatte und sich ein Lachen verkniff.

»Geschmacksorgasmus also? Das klingt äußerst interessant.« Er kam auf mich zu und lehnte sich mit einer Hand neben mir an die Küchentheke.

»Ja, genau. Also … es schmeckt einfach unglaublich gut. Nicht so wie das Essen in der Pizzeria. Wobei die

Lasagne dir geschmeckt zu haben scheint. Immerhin hast du sie aufgegessen. Oder warst du einfach nur so hungrig? O mein Gott, wenn du noch nicht satt bist, dann sag Bescheid, ich kann dir auch noch was kochen.«

Schnell riss ich die Tür des Kühlschranks neben mir auf und hielt den Kopf hinein. Ich benahm mich wie eine Irre, und vielleicht würde die Kühle meinen Kopf etwas klären, damit ich mich nicht völlig zum Narren machte und ich mit meinen bescheuerten Aussagen Ryan sofort wieder in die Flucht schlug.

»Na? Alles gut da drin?«, hörte ich seine Stimme an meinem Ohr und zuckte zusammen.

Er stand ganz dicht hinter mir, und nun spürte ich auch die Hitze, die von seinem Körper ausging.

Ich blinzelte über meine Schulter und sah in seine unglaublich ausdrucksstarken graugrünen Augen, in denen ich jetzt, wo wir uns so nahe waren, sogar ein paar blaue Sprenkel entdecken konnte.

»Alles bestens.« Mein Lachen klang übertrieben. Ich drehte mich um und schloss den Kühlschrank wieder. »Also … Was darf ich dir anbieten?«

»Eigentlich … würde ich gerne mehr über diesen Geschmacksorgasmus erfahren«, murmelte er und ließ meine Lippen dabei nicht aus den Augen.

Ich schluckte und tastete mit einer Hand nach dem Gefrierteil neben dem Kühlschrank. Noch bevor er weitersprechen oder mir noch hätte näher kommen können, drehte ich mich wieder von ihm weg, riss die Tür auf und steckte den Kopf dort hinein. Eisige Kälte umschmeichelte meine Zehen und gleich danach mein Gesicht, als ich nach der Packung Walnusseis griff.

Als ich mich wieder umdrehte, grinste er mich frech an.

»Jaaa, tut mir leid, so was kommt halt nicht oft vor in meinem Leben, dass ein heißer Kerl völlig unerwartet vor mir steht und mit zu mir nach Hause kommt, um Eiscreme mit mir zu löffeln. In Greenwater Hill ist es eher bescheiden langweilig, und die meisten hier haben von Abenteuer nur wenig Ahnung. Eigentlich sollte ich nach dem College in Kentucky bleiben … oder noch besser in irgendeine Großstadt ziehen, aber dafür bin ich dann doch zu gerne zu Hause.«

»Du findest mich also heiß?«, fragte er, als hätte ich den ganzen anderen Irrsinn nie gesagt.

Meine Wangen wurden noch röter, da half noch nicht einmal die Eiseskälte.

Er lachte auf und setzte sich an die Frühstückstheke. Ich griff in die Schublade mit dem Besteck, nahm zwei große Löffel heraus und setzte mich neben ihn.

Stirnrunzelnd nahm er mir einen Löffel ab und wedelte damit vor meinem Gesicht herum. »Du hast da ja noch einiges vor heute Abend.«

»Ich sehe schon, du hast absolut keine Ahnung von Geschmacksorgasmen.«

»Nicht im Geringsten.« Er grinste, und der Schalk blitzte ihm dabei aus den Augen.

»Dann greif zu.« Ich deutete auf die Eispackung, doch er bestand darauf, mir den Vortritt zu lassen. Also schob ich den Löffel durch die Eismasse, sah begeistert zu, wie sie sich zusammenrollte. Dann führte ich sie zu meinem Mund.

Als die Eiscreme meinen Gaumen berührte, ich den Löffel zwischen den Lippen hervorzog und den vollen nussigen Geschmack auf meiner Zunge spürte, schloss ich die Augen und stöhnte leise auf. Die Süße gepaart mit dem herben Nussgeschmack war einfach jedes Mal wieder ein Gedicht. Langsam rann die geschmolzene Masse meine Kehle hinab. Ich biss auf die kleinen Nussstücke, genoss den sanft-bitteren Geschmack, der dadurch noch intensiver wurde.

Als ich die Augen wieder öffnete, sah Ryan mich mit seltsam verklärtem Blick an.

»Na los, jetzt du«, forderte ich ihn auf.

Er blinzelte, dann tauchte er den Löffel in die Eiscreme. Auch er schloss die Augen, als das Walnusseis in seinem Mund war. Er seufzte zwar nicht, aber er atmete langsam und genussvoll aus.

Ihn so zu sehen, hatte etwas sehr Anregendes, Offenes und Intimes an sich. Als Ryan die Lider wieder öffnete, sah er mir tief in die Augen.

»Jetzt weiß ich, was ein Geschmacksorgasmus ist.«

Ich grinste stolz. »Lust auf einen weiteren? Also … Geschmacksorgasmus meine ich.« Abwartend biss ich mir auf die Unterlippe.

»Einen weiteren?« Ryan sah mich neugierig an.

»Den mit Sahne und Schokosoße …«, sagte ich und merkte, wie meine Stimme beschämt leiser wurde.

Ryan lachte auf. »Das klingt noch verdorbener als mit dem Walnusseis.«

Nun musste ich auch kichern. »Sag bloß, du kennst diese Kombi auch nicht?«

Er schüttelte den Kopf.

Ich eilte zurück zum Kühlschrank, nahm die Sprühsahne heraus und griff nach der Tube Schokoladensoße im Küchenschrank daneben. Ryan verfolgte mich neugierig mit seinen Blicken. Ich setzte mich wieder zu ihm.

»Aufpassen und lernen«, befahl ich. Dann legte ich den Kopf in den Nacken, öffnete den Mund und sprühte ihn mit Sahne voll.

Neben mir hörte ich Ryan schon wieder lachen, und … ich liebte es. Es klang so herzlich und ehrlich, dass ich ihm dabei wohl ewig hätte zuhören können. Doch es war auch ansteckend, und ich verschluckte mich fast.

»Hey, das ist nicht fair!«, protestierte ich prustend und wischte mir die Mundwinkel mit einer Serviette ab. »Nicht lachen!«, befahl ich dann mit erhobenem Zeigefinger und bemühte mich um eine ernste Miene.

Ryan beruhigte sich wieder, versuchte krampfhaft, nicht zu kichern, und sah mir erneut zu, als ich zum zweiten Mal die Sahne in meinen Mund sprühte. Die Sprühdose stellte ich wieder ab, dann tastete ich nach der Schokosoße. Als ich sie geöffnet hatte, hob ich die Tube über meinen Mund und drückte fest zusammen. Nussige Schokolade ergoss sich über meinen Gaumen und meine Zunge. Anschließend presste ich die Lippen aufeinander und vermischte die süße Masse in meinem Mund.

»Gott, war das gut«, stöhnte ich, als ich alles geschluckt hatte. »Du musst das auch machen. Das ist besser als alles, was du bisher erlebt hast, ich schwöre. Also bis auf den Walnusseiscreme-Geschmacksorgasmus natürlich.«

Ryan beäugte mich skeptisch. »Also das Walnusseis kann ich ja noch nachvollziehen. Aber … Sahne und Schokosoße?«

»Lecker. Absolut lecker. Musst du unbedingt probieren! Das bisschen Fett kann deinem Körper nichts anhaben.« Ich zwinkerte.

Als Antwort lachte er leise.

Herrgott, starke Männer waren an sich schon Brennstoff für meine Lenden, aber vor diesem Prachtexemplar hätte mich wirklich jemand warnen können.

Fasziniert sah ich ihm zu, wie er nach der Sahne griff und die Sprühflasche langsam schüttelte. Dann legte er den Kopf in den Nacken, und das zischende Geräusch ertönte, das die Sahne in seinen Mund beförderte. Ich kicherte, nahm ihm die Sprühflasche ab und reichte ihm stattdessen die Schokosoße.

Das Geräusch, das er machte, als sich die beiden Komponenten auf seiner Zunge vermengten, brachte mein Herz zum Rasen und meine Fantasie in die Gänge.

»Du hast recht, das war eine Erfahrung für sich«, meinte er schmunzelnd und sah mir dabei tief in die Augen.

»Du hast ... Schokosoße ... auf deiner Lippe«, sagte ich atemlos und wies auf die entsprechende Stelle an meinem Mund.

»Wo? Hier?«

Er deutete auf die andere Seite als die, die ich ihm gezeigt hatte. Grinsend schüttelte ich den Kopf.

»Nein, da.«

Er rutschte von seinem Barhocker und stellte sich direkt vor mich. Sein Gesicht war nun so nahe, dass ich das Farbenspiel in seinen Augen ganz genau sehen konnte.

»Machst du sie mir weg?«, fragte er mit leiser Stimme.

Ich stand ebenfalls auf und war ihm jetzt noch näher. Bedächtig hob ich meine Hand und führte den Zeigefinger an seine Lippe. Dieser Moment hatte etwas so Intimes an sich, dass ich mich wie in einem Rausch fühlte. Ich wischte die Schokolade von seiner Oberlippe, dann hatte er meine Hand bereits mit seiner umfasst. Langsam hielt er sie fest und sah mir tief in die Augen. Als er den Finger in den Mund sog und die Schokolade von ihm leckte, hielt ich die Luft an.

Ein Feuerwerk der Gefühle breitete sich von dieser Stelle aus. Ich schloss die Augen, stöhnte leise auf und biss mir auf die Unterlippe, da mich das Geräusch so erschreckte. Doch damit hatte ich das Prickeln, das sich durch meinen ganzen Körper wälzte wie eine Welle, nicht stoppen können. Das Ziehen zwischen meinen Beinen wurde fast unerträglich, und ich wusste, ich wollte diesen Mann wie noch nie einen zuvor.

»Maya, darf ich dich küssen?«, hörte ich ihn ganz nah an meinem Ohr flüstern.

Ich blinzelte, sah von seinen Augen zu seinem Mund.

Gott, ja, bitte küss mich endlich, flehte ich in Gedanken, schaffte es aber nicht, dass diese Worte meine Lippen verließen. Stattdessen nickte ich.

Mehr hatte er nicht gebraucht. Ryan legte eine Hand an meine Taille, die andere an meinen Nacken. Mit dem Daumen streichelte er erst über meine Wange, dann bis zu meinem Mundwinkel.

Sofort öffnete ich die Lippen und schloss die Augen. Ich war so bereit für einen Kuss, sehnte mich mit jeder Faser meines Körpers nach diesem Mann, der wie ein großes Geheimnis vor mir stand und über den ich vermutlich nie mehr erfahren würde als in der kurzen Zeit, die uns zur Verfügung stand. Aber ich wollte ihn, seit er heute die Pizzeria betreten hatte, und dabei verdrängte ich den Gedanken daran, dass wir vermutlich nur diese eine Nacht haben würden.

Sein Körper an meinem fühlte sich herrlich an. Er war so stark, groß und hart, dass ich mich an ihn schmiegte und seine Kraft genoss, die von ihm ausstrahlte. Meine Hände legte ich an seine Oberarme, klammerte mich daran fest, als er mich noch drängender an sich presste und ich seine Erregung an meinem Bauch fühlen konnte.

Dann endlich berührten seine Lippen die meinen. Es fühlte sich an wie ein kleiner Stromstoß, der mich aufkeuchen ließ. Zärtlich rieb er mit seinem Mund über meinen, als wollte er ihn aufwärmen für alles, was danach noch folgen würde.

Ich hieß seine Zunge willkommen, ließ ihn in meinen Mund eindringen und mich in Besitz nehmen. Seine Hände wanderten über meinen Rücken, umfassten meinen Hintern und hoben mich hoch. Gleichzeitig führte er meine Beine um seine Hüften, während ich mich an seinem Nacken festhielt.

»Mein Zimmer ... oben ...«, keuchte ich, als er seine Küsse an meinem Hals fortsetzte.

Ryan setzte sich in Bewegung und ging mit mir auf seinen Hüften zur Treppe, als würde ich gar nichts wiegen. Ich lotste ihn in mein Zimmer. Sofort fand ich mich mit dem Rücken an die Tür gepresst wieder.

»Wenn es dir zu schnell geht, sag es, Maya.«

»Nicht ... aufhören«, murmelte ich nur, als seine Lippen ihre Spur an meinem Hals erneut aufnahmen, bis er die Stelle erreicht hatte, wo mein Kleid begann.

Ein tiefes Knurren drang aus seiner Kehle hervor, dann spürte ich seine Hände, die an meinen nackten Oberschenkeln nach oben wanderten und dabei den Stoff des Kleides verdrängten. Die Stellen, an denen seine Finger meine Haut berührten, prickelten. Meine Brüste fühlten sich voll und schwer an, und das Pochen zwischen meinen Schenkeln wurde drängender.

Ich zerrte an seinem T-Shirt, wollte noch mehr von ihm.

Ryan ließ mich zu Boden gleiten, bis ich wieder vor ihm stand. Dann half er mir, sein Shirt auszuziehen. Fasziniert starrte ich auf die festen Muskeln an seinen Armen, seiner Brust, bis mein Blick tiefer glitt zu seinem Sixpack und dem V-Muskel, der an seiner Taille nach unten zeigte.

Das Wort »Einundzwanzig« war mit geraden Buchstaben direkt unter seinem Brustmuskel tätowiert. Ich fuhr das Tattoo mit den Fingern nach, was ihm ein leises Stöhnen entlockte.

Als ich ihm wieder in die Augen sah, entdeckte ich darin ein Feuer, das mich erschaudern ließ. Ryan sah mich an, als wäre ich die begehrenswerteste Frau, die ihm je begegnet war. Und völlig egal, ob es so war oder ob es in dem Augenblick nur auf mich so wirkte, es gab mir das Gefühl, dass ich es tatsächlich war.

Ohne ihn aus den Augen zu lassen, schob ich die Träger meines Kleides über die Schultern und ließ es erst zu meiner Taille bauschen, um es gleich danach mit einem Wiegen der Hüften zu Boden gleiten zu lassen.

»Maya ... du bist wunderschön«, murmelte Ryan. Seine Augen glitten über meinen Körper, ehe er mich erneut hochhob und zum Bett trug. Er setzte mich auf das kühle Laken und kniete vor mir nieder. Bedächtig spreizte er meine Beine, ließ seine Finger über die Innenseiten meiner Schenkel gleiten.

»Gott, Ryan, das könnte noch besser als die Eiscreme werden.«

»Dafür werde ich sorgen, Baby.«

Seufzend sackte ich zurück, stützte mich mit den Ellenbogen auf und legte den Kopf in den Nacken, als ich seine Lippen auf der empfindlichen Haut fühlte. Alles in mir sehnte sich nach seinen Berührungen.

Ryan widmete sich jedem Zentimeter meines Körpers, küsste und leckte über meine heiße Haut, bis ich wimmernd unter ihm lag und ihn anflehte, weil ich ihn endlich in mir spüren wollte.

Er lachte leise und öffnete seine Jeans. Ich richtete mich ebenfalls auf, beugte mich vor und half ihm, die Hose von seinen Hüften zu schieben. Schwarze Shorts kamen zum Vorschein, deren Stoff von seiner Erektion gedehnt wurde.

Zischend holte ich Luft, als ich ihn fast völlig nackt vor mir hatte. Er sah so verdammt gut aus, und ich wollte ihn endlich erkunden. Frech sprang ich auf und drückte ihn rückwärts in mein Bett. Ich kniete mich über ihn, was ihm ein heiseres Stöhnen entlockte. Seine Hände legte er an meine Schenkel, mit den Daumen ganz nah an meiner Mitte.

Ich seufzte verhalten.

Dann glitt er höher, umfasste meine Brüste.

»Ich will dich, Ryan. Du ahnst nicht, wie sehr. Ich will dich jetzt sofort, sonst werde ich diese Nacht vermutlich nicht überleben«, hörte ich mich murmeln, dann beugte ich mich zu ihm hinab und küsste ihn. All mein Verlangen legte ich in diesen Kuss, während meine Hände fahrig über seinen festen Oberkörper glitten. Ich fühlte die Hitze seiner Haut, den rasenden Herzschlag in seiner Brust. Gierig leckte ich über seinen Hals, knabberte an seinem Schlüsselbein. Ich küsste und saugte, schmeckte ihn. Als ich mich seiner Shorts näherte und ich einen Finger unter den Bund schob, knurrte er kehlig.

Er richtete sich auf und umschlang meine Taille mit seinen Armen. Sein Mund war nahe an meinem, als er heiser zu mir sprach. »Gott, Maya, ich will dich auch.«

Mit einem Ruck hob er mich hoch, als würde ich nichts wiegen. Sofort fühlte ich wieder das Laken in meinem Rücken, dann zerriss er meinen Slip. Sein Blick war fordernd, gierig, und diese animalische Geste erregte mich noch mehr. Zitternd lag ich vor ihm, als ich meine Hände nach ihm ausstreckte. Er ließ sich zwischen meine Beine ziehen, und als ich seine Zunge auf meinem weichen Fleisch fühlte, stöhnte ich verzweifelt auf und krallte mich mit den Händen in den Stoff unter mir. Ich stemmte die Fersen in die Matratze und bäumte mich ihm entgegen. Seine Zunge und seine Finger neckten mich, und gerade als ich das Gefühl hatte, gleich zerspringen zu müssen, küsste er sich wieder über meine Hüfte nach oben.

Frustriert seufzte ich auf. »Du spielst unfair«, bemerkte ich und konnte mir das Grinsen nicht verkneifen. »Mach weiter so und ich werde mich auf böse Weise bei dir revanchieren.«

»Oh, Baby, ich kann es kaum erwarten.«

Ich streckte meinen Arm zum Nachttisch aus und tastete nach der Packung Kondome, die dort auf ihren Einsatz wartete. Dann drückte ich Ryan von mir. Mit einem zufriedenen Grinsen ließ er sich auf den Rücken fallen und sah mir zu, wie ich einen folienverschweißten Gummi aus der Packung zog. Ich warf ihn auf seine Brust und kniete mich neben ihn. Dann zog ich ihm die Shorts von den Hüften und beugte mich ohne Vorwarnung zu seinem Schwanz hinab. Ich leckte über die Spitze, dann nahm ich ihn tief in mir auf.

»Jesus!«, stöhnte er und wühlte seine Finger in meine Haare.

Ich sog und rieb ihn, bis ich spürte, wie er unter meiner Bewegung zuckte. In dem Moment ließ ich von ihm ab und griff nach dem Kondom, das immer noch auf seiner Brust lag. Ich öffnete die Verpackung und rollte es ihm über, dann kniete ich mich über ihn und ließ mich langsam auf ihn niedergleiten.

»O Gott«, stöhnte ich, als er mich dehnte und ich seine volle Länge in mir aufnahm.

Ryan richtete sich auf, schlang seine Arme um mich und legte meine Beine um seine Hüften. Dabei sah er mir tief in die Augen. Dieser Moment war so intim und wirkte so vertraut, dass ich einen Kloß in meinem Hals spürte. Ich schloss zitternd die Augen und seufzte, als er mich anhob, nur um mich erneut auf ihn niedersinken zu lassen.

Eine Hand vergrub er in meinen Haaren, während die andere meine Brust umfasste und er mit Daumen und Zeigefinger die Spitze zwirbelte, bis ich dachte, allein dadurch zu kommen.

Ich rieb mein Becken an ihm, ritt ihn, küsste ihn. Mit jeder Faser meines Körpers genoss ich, was wir uns schenkten, bis die Spannung in mir erneut so hoch anstieg, dass ich das Beben in mir fühlen konnte.

Ein lautes Stöhnen kam über meine Lippen, als mir der Höhepunkt beinahe die Besinnung raubte. Welle um Welle schob sich durch meinen Körper, während Ryan mich weiterhin auf sich führte und mich gleichzeitig festhielt.

Nur wenige Sekunden nach mir knurrte auch er seinen Orgasmus hinaus. Ich fühlte, wie er in mir pulsierte, schmeckte den Schweiß an meinen Lippen, die an seinem Hals lagen.

Unzählige Sterne glitzerten über uns. Ryan und ich teilten uns eine der Liegen im hinteren Teil des Gartens. Ich hatte es mir an seine Brust gelehnt zwischen seinen Beinen bequem gemacht und hielt gemeinsam mit ihm die Packung Walnusseis, das sich inzwischen zum Großteil verflüssigt hatte.

Jedes Mal, wenn Eis auf meine Schulter tropfte, leckte Ryan über die Stelle, und ich war mir nicht sicher, ob er es nicht absichtlich tat. Doch es war mir egal, im Gegenteil, ich sehnte die kühlen Tropfen auf meiner Haut förmlich herbei.

»Also … wo gehst du hin, wenn du nicht mehr hier bist? Oder darfst du mir das auch nicht verraten?«

Er brummte. »Glaub mir, es wäre besser, wenn du es nicht weißt.«

»Werden wir uns je wiedersehen? Die Nacht mit dir war … unvergleichlich schön, und ich wünschte, wir würden irgendwann die Chance auf eine Wiederholung bekommen«, wählte ich eine andere Taktik, doch sein Schweigen dazu gefiel mir fast noch weniger als die fehlende Antwort von vorhin.

Okay, es gab keinen Grund, traurig zu sein. Ich hatte von vornherein gewusst, dass es nach dieser Nacht kein »wir« geben würde. Und trotzdem wünschte ich mir in diesem Moment, dass der Abschied kein endgültiger wäre.

Zwar kannten wir uns im Grunde nicht, doch der Sex war … mit Abstand der beste, den ich je gehabt hatte – nicht, dass ich auf viele Partner zurückblicken konnte, aber die drei vor Ryan waren kein Vergleich zu ihm. Jede von Ryans Berührungen hatte ein Feuerwerk in meinem Körper ausgelöst. Und auch zwischenmenschlich hatte ich das Gefühl, dass wir harmonierten …

»Ich weiß, es klingt sicher komisch, was jetzt kommt, denn wir kennen uns ja kaum, aber ich finde es schade, dass wir keine Zukunft haben werden. Wo auch immer du hingehst, was auch immer du machen wirst ... es wird ohne mich sein. Bitte, versteh mich nicht falsch, ich will jetzt nicht klammern oder dir eine hysterische Heulszene machen, aber ich hatte in den letzten Stunden das Gefühl, in dir jemanden gefunden zu haben, der mich ›versteht‹. Du bist ein guter Zuhörer – nicht viele Leute kommen mit meiner Art klar. Du weißt schon, ich erzähle ein bisschen viel ... hin und wieder ... manchmal. Was ich eigentlich sagen will: ... Deine Küsse ... diese Nacht ... Ich werde sie nie vergessen, Ryan. Ich werde dich vermutlich nie vergessen.«

Der Kloß in meinem Hals schnürte mir die Kehle zu.

Sanft streichelte er mir über meine Haare und meinen Oberarm. Dann nahm er mir die Eispackung weg und stellte sie auf den Rasen. Er schlang seine Arme um mich, drückte mich zärtlich an sich und vergrub seine Nase in meinen Haaren. Liebevoll wiegte er mich hin und her, doch er sagte nichts darauf. Das musste er aber auch nicht, denn ich verstand.

Ihm ging es genauso wie mir ...

Vier – Ryan

Gegenwart, Miami:

»Kommt gar nicht in die Tüte, Ryan. Du bleibst sicher nicht wegen mir hier und gibst auf, wofür du so lange hart gearbeitet hast.« Meine Mom stemmte ihre Fäuste in die Hüften und sah mich mit tränennassen Augen an. Auf ihren Lippen erschien ein liebevolles Lächeln. »Auch wenn es mir im Herzen wehtut, dass nun bald das ganze Land zwischen uns liegt, aber ich will nicht, dass du auf etwas verzichtest. Viel zu lange hast du das Leben anderer gelebt. Jetzt ist es Zeit, deinen eigenen Weg zu gehen.«

Ich holte tief Luft, dann umarmte ich meine Mutter. Hinter ihrem Rücken drückte ich Daumen und Zeigefinger an meine Augen, um meine Tränen wegzuwischen. Sie musste nicht sehen, wie schwer es mir fiel – auch wenn ich wie sie wusste oder zumindest hoffte, dass es das einzig Richtige für mich war.

»Wir sehen uns ja bald wieder, Mom«, sagte ich mit belegter Stimme.

Sie nickte und sah dann zu dem Bild an der Wand, das unsere Familie zeigte, als sie noch komplett gewesen war. Dieses Wiedersehen würde für uns beide nicht leicht werden, denn es würde am dritten Todestag meines Vaters und meines Bruders stattfinden.

Der Schmerz stand ihr mehr als deutlich im Gesicht. Ich wandte mich ab, ertrug es kaum, sie so zu sehen. Stattdessen ging ich zu Carl, der etwas abseits wartete, während wir uns verabschiedeten.

»Keine Sorge, mein Junge, ich passe gut auf sie auf, während du weg bist.«

Ich nickte ihm dankbar zu.

Auch wenn ich anfangs meine Probleme damit gehabt hatte, dass er so früh nach Dads Tod an Moms Seite gewesen war, hatte ich doch schnell verstanden, dass er ihr die Stütze gewesen war, die sie gebraucht hatte. Wer weiß, wie sie ohne ihn zurechtgekommen wäre.

Natürlich war ich auch für sie da, aber ich hatte ebenfalls mit dem Verlust und meiner Trauer zu kämpfen. Und ich stand Stephenie, der Frau meines Bruders, bei und war für meine beiden Neffen da, soweit es in meiner Macht stand. Und genauso wie bei Mom und ihrem Nachbarn Carl hätte sich auch zwischen Stephenie und mir etwas entwickeln können, da wir wirklich viel Zeit miteinander verbracht hatten. Aber sie war wie eine Schwester für mich, und auch von ihrer Seite waren nie mehr als familiäre Gefühle im Spiel gewesen.

Im Grunde musste ich froh sein, dass meine Mom nicht allein blieb, wenn ich gegangen war. Carl war da, um auf sie aufzupassen, und er war ein guter Kerl.

Ein letztes Mal umarmte ich meine Mom und küsste sie auf die Wange.

»Gute Reise, mein Sohn. Gib auf dich acht und … melde dich, sobald du angekommen bist, hörst du?«

Ich nickte, dann griff ich nach meinem letzten Gepäckstück und trug es zum Taxi, das draußen auf mich wartete. Einige meiner persönlichen Dinge hatte ich schon vor ein paar Tagen auf dem Postweg vorausgeschickt, doch so viel Besitztümer hatte ich nicht.

Während der Fahrt zum Flughafen sog ich noch einmal all die schönen Seiten meiner Heimatstadt in mich auf: die Sonne, die gefühlt nur in Miami so schien, wie sie es hier tat, den Strand, das Meer und die Palmen – ich würde es vermissen, aber ich wusste, ich musste Miami verlassen. Ich musste unbedingt nach Greenwater Hill. Und ich hoffte so sehr, dass *alles* noch so war wie vor vier Jahren …

Nach dem fast elfstündigen Flug fühlte ich mich wie gerädert. An Schlaf war nicht zu denken gewesen, und ich sehnte mich nach dem kleinen Haus, das ab sofort mein neues Zuhause sein würde.

Vor wenigen Wochen war ich schon einmal in Greenwater Hill gewesen, um die wichtigsten Dinge wie ein Auto, das ich am Flughafen geparkt hatte, ein Haus und dessen Einrichtung zu organisieren. Das alles war notwendig geworden, nachdem ich ein positives Vorstellungsgespräch bei Misses Bishop hinter mich gebracht hatte.

In dem Moment, als ich von ihr die Zusage erhalten hatte, hatte ich zum ersten Mal seit dem Tod meines Vaters und meines Bruders wieder eine Perspektive gehabt. Vielleicht war es feig, alles hinter mir zu lassen – aus den Augen, aus dem Sinn, sozusagen. Doch ich hatte mich nun drei Jahre vor Ort mit dem schweren Verlust auseinandergesetzt. Geholfen hatte es nicht, im Gegenteil.

Als ich die kleine Stadt erreichte, dämmerte es bereits. Ich war müde, und doch fühlte ich die Vorfreude und Aufregung in mir, endlich ein neues Leben zu beginnen.

Ich fuhr in die Auffahrt meines neuen Zuhauses und stellte den Motor ab. Den Schlüssel hatte mir der Vermieter bereits beim letzten Mal mitgegeben, sodass ich gleich anfangen konnte, meine wenigen Habseligkeiten hineinzutragen.

Da sah ich im Augenwinkel, wie die Tür des Nachbarhauses geöffnet wurde. Ein Mann mit blonden Haaren und muskulösem Körperbau trat heraus. Er musste ungefähr in meinem Alter sein. Er wirkte freundlich, als er direkt auf mich zukam.

Ich stieg aus und wartete, bis er bei mir ankam.

»Hey, du musst mein neuer Nachbar sein.« Er reichte mir die Hand. »Ich bin Nicholas Cornerman, aber alle nennen mich Nick.«

Sein Händedruck war fest.

»Ryan Hawthorne. Genau, ich ziehe hier ein.« Ich deutete auf mein Haus.

»Ich hab ein paar Pakete für dich angenommen. Der Paketdienst hat nicht unbedingt den besten Service … Ich vermute mal, dass die Lieferungen in die Garage gestellt werden sollten oder auf die Terrasse?«

»Korrekt.«

»Nun … das ist nicht passiert. Beim ersten Mal hat er es bei strömendem Regen vor die Haustür gestellt. Ich konnte es noch retten, bevor es völlig durchnässt war.«

Ich sah zu meiner Haustür und dem kleinen Dach darüber, das bei starkem Regen bestimmt nur wenig Schutz bot. Seufzend verdrehte ich die Augen. »Danke, Mann.«

»Schon gut. Die weiteren Lieferungen kamen auf einmal an, und da habe ich ihn gerade dabei erwischt, wie er sie wieder vor der Tür abstellen wollte. Also hab ich sie für dich angenommen und dem Kerl gesagt, falls hier niemand öffnet, soll er bei mir klingeln.« Er deutete auf sein Haus.

»Danke. Dann komme ich am besten gleich mit und hole mir die Pakete.«

Er nickte, und ich bedeutete ihm, vorauszugehen.

Sein Haus musste gleich groß sein wie meines, und auch der Grundriss war meinem sehr ähnlich, was vermutlich bei allen Häusern in dieser Straße so war. Ich fand mich in einem Wohnzimmer wieder, an das die Küche mit Essbereich grenzte. Nick ging zum Kühlschrank.

»Willst du 'n Bier?«, fragte er über die Schulter.

»Bier klingt super.«

Er reichte mir eine Flasche, nahm sich eine zweite und deutete auf die Wohnzimmercouch. Ich setzte mich, während er gegenüber Platz nahm.

»Du kommst also aus Miami hierher? Ich hab die Absenderadresse auf den Paketen gesehen«, fügte er erklärend hinzu.

»Korrekt.«

Er beugte sich vor und stützte die Ellenbogen auf die Knie. »Wieso zur Hölle zieht man vom Paradies nach Greenwater Hill?«

Ich lachte leise und trank einen Schluck, bevor ich ihm antwortete. »Weil ich diesen Neuanfang brauche ...«

Er nickte, als hätte er alles verstanden, was ich nicht ausgesprochen hatte. Dann nippte er an der Bierflasche, ehe er den Kopf schief legte. »Das mit Greenwater Hill verstehe ich trotzdem noch nicht. Einen Neuanfang kann man immerhin in zig anderen Städten machen, wie in San Francisco, New York, Seattle ...«

»Ich bin nicht so der Fan von großen Städten«, erklärte ich und überlegte, wie ich die nächsten Worte am besten formulierte, ohne zu viel von mir preiszugeben. »Und ich mag es lieber kühl. Außerdem ...« Ich stockte, schüttelte dann den Kopf.

»Ja?«

Ich holte tief Luft. »Außerdem war ich vor vier Jahren schon einmal in Greenwater Hill. Hier hat es mir gut gefallen, deshalb ... wollte ich hierher.«

Wieder nickte er. »Klingt cool«, sagte er dann und grinste. »Falls du mal abends rauswillst, kann ich dir das *Greenwater Grill* empfehlen. Eine tolle Bar mit verdammt gutem Essen. Wenn dir weitere Strecken egal sind, ist auch die *Monkey Bar* in Carlington ganz nett – vorausgesetzt, man steht auf Rock'n'Roll und Metal.«

Müde drehte ich die Flasche zwischen den Händen. »Danke für den Tipp. Irgendwann werde ich bestimmt mal einen Tapetenwechsel brauchen, aber vorerst werde ich mich darauf konzentrieren, mich hier zu Hause zu fühlen und ... meinen Job gut zu machen.«

»Klar. Was arbeitest du denn?« Er checkte mich von oben bis unten ab, und ich war mir sicher, er überlegte gerade, in welche der vielen Betriebe in der Stadt ich hineinpassen würde.

»Also im Moment ist es nur ein Praktikum. Ich hoffe, ich werde danach übernommen, sonst gehört

Greenwater Hill wieder der Vergangenheit an.« Ich zuckte mit den Schultern. »Wobei ich das ehrlich gesagt nicht hoffe. Ich mag die Stadt, und sie gefällt mir immer noch so gut wie bei meinem letzten Besuch.« Dass ich ihm seine Frage nicht beantwortet hatte, war mir bewusst. Das würde noch früh genug die Runde machen, aber vorerst war es mir lieber, noch nicht vor meinem ersten Arbeitstag das Stadtgespräch zu sein. »Und was arbeitest du?«

»Ich bin Verwaltungsassistent im Rathaus und ehrenamtlich bei der Feuerwehr. Wenn die Stadt größer wäre, würde ich Letzteres bestimmt hauptberuflich machen, aber leider – oder eigentlich zum Glück – haben wir hier pro Jahr so wenige Einsätze, dass es keinen Sinn machen würde, eine Berufsfeuerwehr einzuführen.«

»Verständlich.«

»Okay, ich halte dich nicht länger auf. Du bist bestimmt müde von der Reise. Ich helfe dir noch, die Pakete in dein Haus zu tragen.«

»Danke.« Ich war noch nicht einmal eine Stunde hier und fühlte mich schon willkommen. Ich trank die Flasche aus und stellte sie auf den Tisch vor mir. »Und danke fürs Bier. Das war genau das, was ich gebraucht habe.«

Die ersten Nächte in meinem neuen Zuhause waren kurz. Schlafen war sowieso seit Jahren nicht mehr das, was es früher mal gewesen war, und in einem neuen Bett und mit vielen Gedanken im Kopf schlief ich grundsätzlich unruhig und wurde immer wieder wach.

Nun war ich schon eine gute Woche in der Stadt, war aber, außer um Lebensmittel zu kaufen, noch nicht viel vor die Tür gekommen. Mein Haus hatte ich voll möbliert übernommen, hatte diesbezüglich also keine Arbeit, und langsam, aber sicher hatte ich das Gefühl, dass ich mich hier wohlfühlen könnte. Vielleicht würde ich bald auf Nicks Vorschlag zurückkommen, mit ihm die nächsten Spiele der *MLB* im *Greenwater Grill* anzusehen. Er hatte anklingen lassen, er sei auch ein Baseballfan, und das wäre doch eine gute Basis für weitere Gesprächsthemen. Ich hatte keine Lust, als der seltsame Fremde betitelt zu werden, weil ich mich völlig in meinem Haus zurückzog.

Doch diese Woche erlaubte ich mir noch, mich in meinen vier Wänden einzuigeln. Ich hatte alle Möbel abgestaubt und mit Holzpflege behandelt, da sie etwas abgenutzt ausgesehen hatten, hatte den Kühlschrank nach einer gründlichen Reinigung mit Lebensmitteln aufgefüllt und mein Hab und Gut ausgeräumt. Außerdem hatte ich in der Garage einen Tisch und zwei Stühle für die Terrasse gefunden, die repariert werden mussten. Für die hatte ich mir im Internet einen Eimer blaue Farbe gekauft, das Holz abgeschmirgelt und neu gestrichen.

Die meiste Zeit fühlte ich mich ganz wohl, auch wenn die ganze Umgebung noch etwas fremd für mich war und mir meine Mom fehlte. Hin und wieder ertappte ich mich dabei, wie ich auf die Straße hinausstarrte in der Hoffnung, ein bekanntes Gesicht zu sehen, und verfluchte mich, dass ich meine Hoffnungen allein in diesen Ort und in eine einzige Person setzte. Aber morgen begann offiziell mein neues Leben – mit meinem neuen Job und hoffentlich netten Menschen.

»Mister Hawthorne, ich freue mich, Sie in meinem Team willkommen zu heißen.«

Ich saß meiner neuen Chefin Misses Bishop gegenüber, die ihre Hände gefaltet auf den Schreibtisch aus dunklem Holz gelegt hatte. Sie war bestimmt schon im Alter meiner Mutter, wenn nicht älter. Graue Strähnen durchzogen ihr dunkelblondes kinnlanges Haar, und die tiefen Falten an ihrer Stirn zeigten, dass sie viel zu selten lachte. Ihre Gesichtszüge waren hart – sie strahlte aus, dass sie Kontrolle liebte.

Als ich vor ein paar Wochen bei meinem ersten Kurzbesuch in Greenwater Hill mein Vorstellungsgespräch bei ihr gehabt hatte, war sie mir gegenüber zurückhaltend gewesen, hatte mich streng gemustert und viele Fragen gestellt, bis sie mir meinen für einen ehemaligen Navy SEAL doch ungewöhnlichen Berufswunsch geglaubt und mir das Praktikum zugesagt hatte. Jetzt verhielt sie sich immer noch reserviert, aber ich vermutete, dass das einfach zu ihrer Art gehörte.

»Bevor ich Sie in die Klasse bringe, in der Sie die nächsten Monate den Unterricht begleiten werden, möchte ich Sie noch daran erinnern, nach Ablauf von zwei Wochen zu einem ersten Gespräch über Ihren Eindruck zur Arbeit zu mir zu kommen.«

Sie reichte mir einen kleinen Notizzettel, auf dem Datum und Uhrzeit vermerkt waren. Ich nickte und steckte ihn in meine Hosentasche.

»Nun, dann bringe ich Sie in die Hasenklasse. Wenn Sie mir bitte folgen wollen …«

Sie stand auf und ging zur Tür. Als sie den Knauf in der Hand hatte, hielt sie noch einmal inne. »Ach, da wäre noch etwas ...« Ihre Augen verengten sich zu kleinen Schlitzen. Sie sah wachsam aus, und die Schärfe in ihrer Stimme sagte ganz eindeutig, dass sie keinen Widerspruch gelten lassen würde. »Ich dulde keinerlei Flirts oder Romanzen in meinem Team, Mister Hawthorne, ist das klar? Die Zusammenarbeit hier läuft reibungslos und harmonisch, was nicht zuletzt auf jahrelange Arbeit und einen von mir aufgebauten Teamgeist beruht. Und das lasse ich mir von niemandem zerstören. Haben wir uns verstanden?«

»Ja, Ma'am.«

Zufrieden nickte sie, dann öffnete sie die Tür und brachte mich an meinen zukünftigen Arbeitsplatz.

Fünf – Maya

»Weißt du, was das für ein Tier ist, Suzy?« Ich zeigte ein Foto eines kleinen puscheligen Fellknäuels und hielt es so, dass das kleine Mädchen mit den großen Kulleraugen und den braunen Löckchen es gut sehen konnte.

Sie antwortete nicht.

»Das ist eine Katze. Magst du Katzen?«

Die Kleine nickte zögerlich.

»Das ist schön. Ich liiiebe Katzen.« Ich zog das Wort ganz bewusst in die Länge und hoffte, dass man mein Schwärmen aus meiner Stimme heraushören konnte. »Sie sind so süß und flauschig, und mit ihnen zu kuscheln, gibt einem ein schönes Gefühl. Hast du schon einmal mit Katzen gekuschelt?«

Suzy nickte zaghaft.

»Die sind so kuschelig, oder? Ich hab seit Kurzem drei Kätzchen zu Hause. Eine ist flauschiger als die andere. Die drei heißen Ernie, Fog und Onkel Chuck. Ernie sieht fast genauso aus wie diese rotbraune Katze.« Wieder zeigte ich auf das Foto in meiner Hand. »Wenn du magst, bringe ich morgen mal ein Foto von meinen dreien mit. Sie sind noch total klein. So klein, dass sie in meiner Handfläche Platz haben. Gott, sie sind unglaublich süß und haben nur Flausen im Kopf.« Ich seufzte. Das Chaos, das die Katzen verursachten, jeden Tag nach der Arbeit zu beseitigen, war mühsam. Aber zumindest wartete jemand auf mich, wenn ich nach Hause kam.

Gott, ich war so jämmerlich!

Jahrelang hatte ich Angst davor gehabt, irgendwann als einsame, verbitterte Frau zu sterben, inmitten einer Katzenkolonie. Und nun waren all meine Freunde in einer glücklichen Beziehung und ich mit den drei Katzenbabys auf dem besten Weg dahin, dass sich mein Albtraum bewahrheiten würde.

Suzy sah mich immer noch mit diesem traurigen Blick an. Sie sprach nicht, sie lächelte nicht. Sie weinte nicht einmal.

Ich erinnerte mich noch gut an die Zeit vor dem Unfall, bevor das einst so quirlige, fröhliche Mädchen ihren Vater bei dem schrecklichen Verkehrsunfall verloren hatte und sie zu einem völlig anderen Menschen geworden war.

Ich hielt eine bunt angemalte Klopapierrolle mit aus Papierstreifen aufgeklebten Schnurrhaaren hoch. »Möchtest du auch so eine Katze basteln?«, fragte ich dann. »Ich helfe dir auch dabei, wenn du nicht weiterweißt. Du kannst jederzeit zu mir kommen, ich bin da.«

Wieder nickte sie nur. Ich begleitete sie zu ihrem Platz, wo bereits Farbe, Papier, Schere, Kleber und die leere Klopapierrolle bereitlagen. Kurz erklärte ich ihr noch die ersten beiden Schritte.

Die Stimme meiner Chefin hinter mir lenkte meine Aufmerksamkeit von dem Kind weg. Sie würde mir wohl meine Praktikantin bringen, für die ich mich vor Wochen in die Liste eingetragen hatte. Ich stand auf und drehte mich zur Tür, doch als Misses Bishop meine Klasse erreicht hatte, setzte mein Herz für einen Schlag aus.

»Miss Hunter, darf ich Ihnen Ryan Hawthorne vorstellen? Mister Hawthorne, das ist Maya Hunter, bei ihr dürfen Sie Ihr Praktikum absolvieren.«

Das war …

Das konnte doch nicht …

Mein Herz setzte garantiert für zwei Schläge aus, ehe es doppelt so schnell in meiner Brust weitertrommelte. Ich wusste nicht, ob ich lachen oder etwas sagen sollte – ganz abgesehen davon, dass Letzteres gerade nicht möglich war, da es mir die Sprache verschlagen hatte. Nie im Leben hätte ich gedacht, dass ich ihm irgendwann wieder gegenüberstehen würde, geschweige denn hier in Greenwater Hill und dann auch noch im Kindergarten.

Wie ferngesteuert streckte ich ihm meine Hand zur Begrüßung entgegen, während ich in seinen graugrünen Augen mit blauen Sprenkeln versank. Seine Haare waren länger als bei unserer letzten Begegnung, außerdem zierte ein Bart sein Gesicht. Doch die Berührung unserer Hände schickte Stromstöße durch meinen Körper und löste eine Gänsehaut auf meinen Armen aus. Es war fast, als wäre er nie weg gewesen. Als hätten wir uns nicht das letzte Mal vor vier Jahren gesehen – zumindest wollte mein Körper davon nichts wissen.

Er sagte irgendwas, doch ich starrte nur auf seine Lippen, dachte daran, zu welch wunderbaren Dingen sie fähig waren …

»Freut mich …«, hörte ich mich sagen. Meine Stimme klang irgendwie dünn und atemlos.

Misses Bishop sah mich mahnend an, wahrscheinlich dachte sie, ich hätte meine Manieren vergessen – Gott, sie hatte ja keine Ahnung, wen sie mir eben in meine Klasse gebracht hatte! Sie sprach noch von Regeln und etwas, was wie »lasse Sie jetzt mal arbeiten« klang, dann ließ sie mich mit Ryan allein.

»Hi«, hauchte ich, immer noch völlig durch den Wind. »Was ... wie ...? Wieso bist du hier? Ich dachte, du bist beim Militär und wir würden uns nie wiedersehen. Das war es doch, was du mir gesagt hast ... Oder bist du jetzt hier als Soldat im Einsatz? O Gott, ich hoffe, ich hab deine Tarnung nicht auffliegen lassen ...«

Mein Herz schlug mir bis zum Hals, mein Mund fühlte sich trocken an.

»Ich *war* Soldat. Jetzt bin ich hier.« Ein sanftes Lächeln erschien auf seinem Gesicht.

»Okay ... Aber ...« Ich schüttelte den Kopf. »Tut mir leid, ich steh gerade etwas auf dem Schlauch. Wieso bist du plötzlich Kindergärtner? Oder liegt hier ein Irrtum vor? Ich rede sonst noch mal mit Misses Bishop.«

»Ich hab meinen Dienst quittiert und eine Ausbildung zum Kindergärtner absolviert. Und jetzt bin ich hier.«

Keine Ahnung, was es war, aber er wirkte irgendwie ... kühl und distanziert. Natürlich war es verrückt von mir, zu glauben, dass dieselbe Lockerheit zwischen uns herrschen würde wie damals. Trotzdem verwirrte mich seine abweisende Art ...

»Okay, das ist ... super. Und jetzt bist du also hier bei mir. Ich meine natürlich ... hier im Kindergarten. In der Hasenklasse ... Toll. Ich freu mich. Wohnst du auch in Greenwater Hill? Natürlich wohnst du hier, oder? Wie lange bist du schon hier? Etwa schon länger?

Ich hab dich noch nie gesehen, wobei das bei den vielen neuen Leuten hier kein Wunder ist. Die Stadt wächst im Moment ja wie Unkraut.« Gott, jetzt lachte ich auch noch peinlich auf …

Ryan stand breitbeinig wie ein Soldat vor mir, die Arme hinter dem Rücken verschränkt. »Ja, ich wohne jetzt hier«, war seine einzige Antwort auf meine vielen Fragen.

Zu gerne hätte ich gewusst, was in seinem Kopf vorging. Seine Mundwinkel zuckten leicht, und ich bildete mir ein, ein Glitzern in seinen Augen zu erkennen, das mich an jene Nacht erinnerte. Doch so schnell, wie es dort aufgetaucht war, war es wieder weg.

»Wer hätte das vor vier Jahren geahnt«, murmelte ich und schüttelte den Kopf, da ich immer noch nicht verstehen konnte, dass sich innerhalb so kurzer Zeit mein Leben dermaßen geändert hatte. Denn das hatte es. Ryan hatte einen so bleibenden Eindruck hinterlassen, dass ich selbst nach Jahren immer wieder mit Herzklopfen an ihn und diese Nacht denken musste, auch wenn ich die Begegnung mit ihm nie irgendjemandem gegenüber erwähnt hatte. Es war mein kleines Geheimnis gewesen, und manchmal hatte ich mir gewünscht, ich hätte doch jemandem davon erzählt, damit ich nicht daran zweifeln musste, dass tatsächlich passiert war, was ich mit diesem Mann erlebt hatte.

Immer wieder fand ich es unglaublich schade, dass Ryan und ich nicht in Kontakt geblieben waren, ja, dass ich nicht einmal seinen Nachnamen kannte. Doch andererseits wusste er, wo ich wohnte, und hatte nie versucht, mich zu kontaktieren. Für mich war es damals ein allzu deutliches Zeichen, dass er nichts mit mir zu tun haben wollte. Dass ich lediglich ein One-Night-Stand für ihn gewesen war.

»Das Leben verläuft meist anders als geplant«, erwiderte er mit seltsam leiser Stimme.

Zu gern wollte ich nachfragen, doch die Kinder hatten mitbekommen, dass er da war, und kamen nun langsam zu uns, sahen fragend von mir zu Ryan und zurück.

»Kinder, hört mal alle her.« Ich klatschte in die Hände, bis alle den Kopf zu uns gedreht hatten. »Das hier ist Ryan. Er wird jetzt eine Weile bei uns in der Klasse sein und ...«

Seine bloße Anwesenheit irritierte mich. Ich spürte seinen starken, warmen Körper neben meinem, obwohl wir uns nicht einmal berührten.

»Hi, Kinder«, hörte ich ihn sagen, und die Tiefe seiner Stimme vibrierte durch meinen ganzen Körper.

»Ryan wird genauso wie ich mit euch arbeiten, singen ... spielen ...«

Er hatte eine Hand an meinen unteren Rücken gelegt, dann ging er neben mir in die Hocke. Zum Glück, denn somit unterbrach er die flüchtige Berührung zwischen uns, die mich zum Zittern brachte.

»Ich hoffe, wir werden ganz viel Spaß haben«, sagte er an die Kinder gewandt.

Ich kam nicht umhin, die Worte auch auf mich zu beziehen. Herrgott, wenn er in diesen ersten Minuten schon meine Libido so dermaßen anregte, wie würden dann erst die nächsten Wochen werden ...?

Als Ryan sich wieder aufrichtete, musterte ich ihn von oben bis unten. Ich musste rausfinden, wie schwer es für mich werden würde, die nächsten Wochen mit ihm zusammenzuarbeiten, ohne ständig gedanklich ins Schlafzimmer abzudriften.

Es würde *verdammt* schwer werden …

Bis auf die Haare und den Bart hatte er sich optisch nicht viel verändert. Er war vielleicht nicht mehr ganz so muskulös wie vor vier Jahren, aber ich war mir sicher, dass sein Körper immer noch fest und durchtrainiert war.

Herrgott, ich durfte dieses Bild gar nicht erst weiterspinnen … Überhaupt und sowieso war es auf keinen Fall gut, dass er bei mir war. Ich meine, wie sollte ich mich da noch auf meine Arbeit konzentrieren? Ich musste dringend nach einer Lösung suchen, denn wenn schon allein seine pure Anwesenheit mich dermaßen aus dem Konzept brachte, würde es mir verdammt schwerfallen, mich auf die Kinder zu konzentrieren.

Natürlich freute ich mich, dass er wieder hier war, aber ich musste zumindest versuchen, eine andere Lösung zu finden.

»Würdest du …« Ich legte den Kopf schief und zögerte. Er sollte es nicht falsch verstehen, wenn ich dafür sorgen würde, dass er zu einer meiner Kolleginnen wechselte und ich stattdessen deren Praktikantin bekam. Doch das würde ich auch später noch klarstellen können. »Kann ich dich für fünf Minuten mit den Kindern allein lassen?«

»Kein Problem.« Er zuckte lässig mit den Schultern. »Ich bin schließlich hier, weil ich Kindergärtner werden will.«

Ein männlicher Kindergärtner.

Nein, falsch.

Ein männlicher Kindergärtner, der *so* aussah … Das war meine fleischgewordene Fantasie …

Ich nickte, weil ich zu weiteren Worten im Moment tatsächlich nicht fähig war, warf einen letzten Blick auf die Kinder, die sich wieder ihren Spielen und Aufgaben gewidmet hatten, und drehte mich dann auf dem Absatz um, um zum Büro meiner Chefin zu laufen.

»Miss Hunter, was kann ich für Sie tun?« Misses Bishop sah mich mit zusammengekniffenen Augen an.

»Ich … Tut mir leid, Misses Bishop, dass ich so in Ihr Büro platze, aber ich muss dringend mit Ihnen sprechen. Das geht so nicht. Immerhin hab ich mich für eine Praktikantin gemeldet. Und das dort …« Ich zeigte mit dem Finger in Richtung meiner Klasse. »… ist definitiv keine Praktikantin. Das dort ist ein Kerl – was sag ich da: ein Mann –, und ich kann unmöglich … Also ich meine … Ich will bitte mit jemandem tauschen.«

Misses Bishop erhob sich und kam auf mich zu. Sie umrundete ihren Schreibtisch und blieb direkt vor mir stehen, sodass ich die tiefen Furchen auf ihrer Stirn aus der Nähe sehen konnte. »Was genau ist Ihr Problem, Miss Hunter?«

»Ähm … also …«

»Ich höre.«

Verunsichert trat ich von einem Bein auf das andere. »Mister Hawthorne ist …« Ich seufzte tief. »Ich glaub, ich kann das nicht«, gab ich dann zu.

Misses Bishop legte den Kopf schief. »Sie können Ihren Job nicht machen, weil ein Mann in Ihrer Klasse ist?«

»Nun … nein, das nicht. Also ich kann meinen Job machen, aber …«

»Dann gehen Sie verdammt noch mal in Ihre Klasse zurück, in der Sie gerade einen Praktikanten ohne Arbeitserfahrung alleine gelassen haben, und erledigen Sie Ihren Job, bevor ich mir darüber Gedanken machen muss, ob diese Arbeit für *Sie* noch die Richtige ist.«

Sie zeigte mit ausgestreckter Hand auf die Tür.

Heilige Sch...! Das lief nicht wie geplant. Ganz und gar nicht.

»Ja, Misses Bishop.«

Geknickt und mit weichen Knien schob ich mich zurück in meine Klasse.

Nicht falsch verstehen, ich war begeistert, dass Ryan zurück war – aber ich fühlte mich völlig überrumpelt. Dazu kam, dass ich immer gedacht hatte, in meinem Job würden sich Berufliches und Privates nie vermischen können. Doch das taten sie im Moment, wie in einem Mixer.

Aber – und das war im Augenblick das Wichtigste – ich musste die Zähne zusammenbeißen und meine Arbeit machen. Denn das war ich den Kindern schuldig und vor allem mir selbst, und ich hatte keine Lust darauf, in Kürze arbeitslos zu sein, weil Misses Bishop der Ansicht war, dass ich ein Problem mit Ryan hatte. Denn das hatte ich nicht.

Als ich zurück zu meiner Klasse kam, linste ich durch das kleine Glasfenster in der Tür. Ich wollte einen kleinen Augenblick beobachten, wie er sich mit den Kindern verhielt, wenn er mit ihnen allein war.

Mit angehaltenem Atem sah ich, wie er die Vier- und Fünfjährigen in Reih und Glied aufgestellt hatte. Mädchen und Jungs getrennt, alle der Größe nach sortiert. Er marschierte vor ihnen auf und ab, sprach mit lauter Stimme und hartem Befehlston. Was genau, konnte ich nicht verstehen, doch in mir schrillten die Alarmglocken. Sofort riss ich die Tür auf und stürmte zu ihm.

»Ryan Hawthorne, kann ich dich einen Augenblick sprechen?«

Er hielt mitten im Satz inne und starrte mich an. Dann warf er einen Blick auf die Kinder. »Rührt euch«, sagte er doch glatt.

Die Kleinen starrten ihn noch kurz an, ehe sie zurück auf ihre Plätze liefen und weiterspielten und -bastelten.

»Bist du verrückt? Was zur Hölle sollte das denn eben? Du weißt schon, dass wir hier nicht bei der Army sind, oder?«, zischte ich leise, als ich ihn zum Bücherregal weit weg von den Kindern gezogen hatte.

»Ich wollte von den Kindern nur erfahren, woran ihr gerade arbeitet.«

Wieder hatte er die Beine leicht gespreizt, die Arme hinter dem Rücken verschränkt. Sein Blick ging über mich hinweg ins Leere.

»Verdammt, Ryan, jetzt hör doch auf mit dieser Militärmasche, und sieh mich an!«

Die Kinder verstummten, weil ich die Stimme erhoben hatte, und sahen mich mit großen Augen und aufgerissenen Mündern an.

»Du hast *verdammt* gesagt«, plapperte Thomas sofort, und die Kinder kicherten leise.

»Ja, da hast du recht. Tut mir leid, Tom, das sagt man nicht. Niemand von euch sagt so was, habt ihr mich verstanden? Das ist ein hässliches Wort.«

Ein paar der Kleinen nickten zögerlich, doch sie ließen uns nicht aus den Augen. Also beugte ich mich näher zu Ryan, damit die vielen kleinen Lauscher nichts von dem hörten, was ich ihm zu sagen hatte.

Dass mich die Nähe zu ihm zittern und mein Gehirn zu Matsch werden ließ, versuchte ich, zu ignorieren.

»Okay, nicht falsch verstehen, Ryan. Aber ich denke, ich muss zu Beginn etwas klarstellen: Das hier ist meine Klasse. Ich liebe meinen Job, und ich liebe die Arbeit mit Kindern. Du bist hier der Praktikant, also setz dich zu den Kleinen, pass auf, was ich mache und lerne! Diese Kinder hier brauchen Liebe und sanfte Führung. Keinen militärischen Drill oder Disziplin, wie du sie ihnen vielleicht vermitteln magst. Wenn du also nur ein bisschen Krieg spielen willst, solltest du vielleicht besser zurück zum Militär ...«

Ryans düsterer Blick brachte mich zum Verstummen. Seine sanfte Art, die ich hinter seiner steifen Maske zu erkennen geglaubt hatte, war verschwunden.

»Pass auf, was du sagst, Maya, denn du weißt einen Scheißdreck über mich ...!«, knurrte er so leise, dass nur ich ihn verstehen konnte. Doch seine Stimme klang dabei so kalt und herablassend, dass es mir für einen Augenblick den Atem nahm.

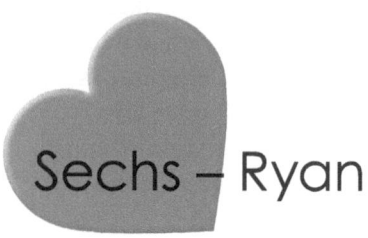

Sechs – Ryan

Den Start hatte ich mir definitiv anders vorgestellt. Dass ich auf Maya treffen würde, hatte ich mehr als gehofft, obwohl ich mir bis heute nicht sicher gewesen war, ob sie tatsächlich hier im Kindergarten arbeitete. Die Hoffnung, sie hier wiederzusehen, war mit ein Grund, weshalb ich mich für Greenwater Hill entschieden hatte – und das war mir bei Gott nicht leichtgefallen, denn ich musste meine Mom sowie die Gräber meines Vaters und meines Bruders zurücklassen. Also alles, was ich noch hatte und was mir lieb war.

Doch die letzten vier Jahre hatte ich immer wieder an Maya und unsere Nacht denken müssen. Diese wenigen Stunden mit ihr waren eine Zeit, in der ich mich so frei, glücklich und sorglos gefühlt hatte wie sonst kaum. Deshalb hatte ich alles darangesetzt, einen Job in Greenwater Hill zu bekommen, und mir gewünscht, sie wiederzusehen und irgendwie die Zeit zurückzudrehen. Wie sich jetzt herausstellte, war es wohl ein Fehler gewesen, zu glauben, dass das, was ich in diesen wenigen Stunden bei Maya empfunden hatte, noch immer so sein konnte.

Denn das war es nicht.

Ich war einem Trugschluss hinterhergejagt, hatte all meine Hoffnung in diesen Ort, in die Erinnerungen, die ich mit ihm verband, gesetzt. Und jetzt würde ich dafür bluten müssen.

Maya kannte mich nicht. Sie wusste nicht, was mir und meiner Familie widerfahren war. Vielleicht hatte ich zu schroff reagiert, aber sie hatte kein Recht, so über mich und meine Methode zu urteilen. Meine Art zu arbeiten war vielleicht nicht der klassische Weg, aber er war auch nicht völlig unüblich. Meine Lehrer am College hatten mich in meiner Arbeits- und Denkweise mehr als einmal bestärkt, und ich wusste aus eigener Erfahrung, dass es einem Kind Halt geben konnte, wenn es wusste, in welchem Rahmen es sich bewegen konnte. Und Respekt schadete den Kindern heutzutage sowieso nicht – den würden sie ganz nebenbei erlernen.

Davon abgesehen war ich mir nicht einmal sicher, ob Maya begeistert war, dass ich nun hier wohnte und arbeitete. Sie hatte nichts dazu gesagt, hatte mich nur angestarrt und sich nicht vor Freude in meine Arme geworfen – okay, das hatte ich ehrlich gesagt auch gar nicht erwartet. Aber ein kleiner Teil von mir hatte es dummerweise gehofft.

Doch wenn ich mich nicht irrte, war sie sogar bei Misses Bishop gewesen, um mich wieder loszuwerden.

Scheiße, war ich am Arsch.

Dabei sah Maya immer noch so verdammt süß und sexy aus wie damals. Ihre dunklen Haare fielen ihr immer noch in wilden Locken über die Schultern und ihr farbenfrohes Outfit sorgte in meinem Kopf für ein Déjà-vu. Jesus, und dann ihre Augen! Ich war in dem Braun ihrer Iris versunken, ja ich hatte auf ihre Lippen gestarrt und den intensiven Wunsch verspürt, sie sofort zu küssen.

Doch erst hatte mich das Wissen zurückgehalten, dass es mich unter Umständen den Job kosten könnte, noch bevor ich meinen ersten Tag hinter mich gebracht hätte, und dann hatte Maya ganz klar eine Mauer zwischen uns errichtet. Eine, die mir sagte, dass ich mit meiner Traumvorstellung meiner Zukunft völlig falschlag. Allerdings hätte ich vielleicht nicht so schroff sein sollen …

Also setzte ich mich an den von ihr angewiesenen Platz und sah ihr und den Kindern zu. Immerhin war ich hier, um zu lernen. Ich hielt meinen Mund – denn das konnte ich – und ließ Maya ihren Job machen.

Es dauerte nicht lange, bis sich ein blonder Junge mit Pagenschnitt gut einen Meter vor mir hinstellte, die Hände in die Hüften gestützt, und mich mit großen Augen ansah. Er wirkte neugierig und unsicher. Ich lächelte ihm zu, schielte dann aber kurz zu Maya. Ich hatte keinen Bock, es mir mit ihr zu verscherzen, weil sie den Eindruck hatte, ich würde mich einmischen, obwohl sie mich gebeten hatte, nur zuzusehen. Für heute war mein Fass mit unliebsamen Erfahrungen und geplatzten Wunschvorstellungen einfach voll.

»Bist du ein Polizist?«, fragte er und legte dabei seinen Kopf schräg.

»Nein, bin ich nicht«, gab ich zur Antwort und versuchte mich an einem Lächeln.

»Mayas Bruder ist ein Polizist. Das weiß ich, weil der schon ein paarmal hier gewesen ist. Seine Uniform ist cool.«

Ich nickte nur, speicherte mir aber diese Info schon mal ab. Alles, was ich über sie in Erfahrung bringen konnte, war für mich interessant.

»Dann bist du ein Feuerwehrmann.«

Leise lachte ich. »Nein, ich bin auch kein Feuerwehrmann.«

»Hm«, machte er und stützte sein Kinn in die Hand, während er den anderen Arm um seinen kleinen Körper schlang. Er wippte mit einem Fuß, bevor er weiter riet. »Dann bist du ein Bauarbeiter.«

»Nein, ich bin wirklich Kindergärtner, wie Maya schon gesagt hat. Genau genommen noch in der Ausbildung, aber wenn ich dieses Praktikum bei euch gut abschließe …«

»Du bist also wirklich ein echter Kindergärtner?« Seine Augen wurden noch größer, als er mich unterbrach und mich ungläubig anstarrte. »Wie geht das denn? Ich dachte, starke Männer mit so vielen Muskeln wie du müssen Feuerwehrmann oder Polizist sein. Oder aber sie tragen große, schwere Dinge wie Ziegel und Hammer. Kindergärtner sind doch nur Mädchen!«

Ich schmunzelte. »Du meinst, es ist nicht cool, wenn ich zwanzig Kindern etwas beibringe und sie auf die Schule vorbereite?«

»Was lernen wir denn von dir?«

Inzwischen standen schon drei Kinder vor mir. Ein weiterer Junge mit schwarzbraunen Haaren sowie ein Mädchen mit zwei brünetten Zöpfen hatten sich zu dem blonden Jungen hinzugesellt, der jedoch immer noch als Einziger Fragen stellte.

Wieder schielte ich zu Maya, die gerade noch mit einem Kind gemeinsam etwas ausschnitt, indem sie seine Hand führte.

»Nun, vielleicht zeige ich euch ein paar … Tricks.«

»Bist du ein Zauberer?«, fragte das Mädchen ehrfürchtig.

»Nein.« Ich schmunzelte. »Wisst ihr, ich war vorher Soldat und könnte euch vielleicht zeigen, wie man am schnellsten im Sand vorwärts robbt oder wie man auf einen Baum klettert, um von dort aus den Feind zu beobachten.«

»Den Feind?«, fragte der blonde Junge.

Inzwischen starrten mich die drei an, als käme ich von einem anderen Planeten, seit ich erwähnt hatte, dass ich einmal Soldat gewesen war.

»Darf ich fragen, was das hier wird? Ich bin mir sicher, ihr seid mit euren Arbeiten noch nicht fertig, oder?« Maya stand hinter den Kindern, die unschuldig zu ihr hochsahen.

»Dieser Mann hier will uns vor dem Feind retten«, erklärte der blonde Junge. Er zeigte mit dem Finger auf mich, als wären sonst noch andere Männer anwesend, die dafür infrage kämen.

»Und er will uns zeigen, wie man im Sand liegt«, meinte das Mädchen, das dabei die Nase rümpfte.

Gut, mit ihrem rosa Kleidchen würde sie vermutlich nicht mitmachen wollen.

»Nein, nicht wie man im Sand *liegt*«, verbesserte sie der zweite Junge. »Sondern, wie man durch den Sand *robbt*.« Seine Augen strahlten begeistert, ehe er noch einen draufsetzte. »Kannst du uns auch zeigen, wie man kämpft?«

»Theodor, ich denke, ihr habt jetzt genug Fragen gestellt. Habt ihr denn schon alle den Scherenschnitt fertig gemacht? Ich sehe auf euren Plätzen noch immer Papier und Scheren liegen, ihr Lieben. Wer nicht fertig wird, kann später nicht mit uns in den Bewegungsraum kommen und am Theaterstück weiterproben.«

Das Mädchen lief ohne eine Antwort zurück zu einem der Tische, während die beiden Jungs seufzten und die Augen verdrehten, ehe sie sich ebenfalls in Bewegung setzten.

Kaum hatten sie ihre Plätze wieder eingenommen, baute sich Maya vor mir auf. Ihre Augen waren zu schmalen Schlitzen zusammengepresst, als sich ihr Zeigefinger auf meine Brust legte. Am liebsten hätte ich sie an mich, in meine Arme gezogen, doch ich hielt mich zurück. Stattdessen stand ich auf und sah mit ausdrucksloser Miene auf sie hinab.

»Das wird nicht noch einmal vorkommen, hast du mich verstanden?« Sie fauchte wie ein kleines Kätzchen. »Noch mal zum Mitschreiben: Wir spielen hier nicht Krieg, und wir sind nicht bei der Army. Ich dachte eigentlich, ich hätte mich vorhin klar genug ausgedrückt.«

Nun war es mit meiner Geduld ebenfalls am Ende. »Das hast du. Ich kann gerne das nächste Mal die Kinder anlügen, wenn sie mir Fragen stellen – falls dir das lieber ist. Ich bin jedoch kein Fan von Unwahrheiten und Heuchelei, also würde ich lieber bei der Wahrheit bleiben, wenn es dir nichts ausmacht. Dass ich vor meiner Ausbildung zum Kindergärtner Soldat war, sollte kein Geheimnis sein, schon gar nicht, wenn die Kinder fragen, woher meine Muskeln kommen.«

Mit dieser Aussage hatte ich sie irritiert. Ihr Blick glitt an meinen Armen hinab bis zum Bund meines T-Shirts, unter dem ein Sixpack schlummerte, zurück nach oben, wo ich die Brustmuskeln extra anspannte.

Ich grinste breit, als ich sah, wie etwas wie Verlangen durch ihre Augen blitzte. Dann öffnete sie den Mund, als wollte sie etwas erwidern, entschied sich aber offensichtlich dagegen, denn sie schnappte nur nach Luft, wandte sich den Kindern zu und … überraschte mich.

»Kinder, hört zu: Da Ryan nun eine Weile bei uns in der Klasse ist, wird er sich nach und nach auch im Unterricht einbringen.« Sie drehte sich kurz zu mir um. »Vorerst wird er aber einfach nur dasitzen und uns zusehen, damit er beobachten kann, was ihr alles bei mir gelernt habt. Und nächste Woche darf er dann zeigen, was er draufhat.«

Sie schaute wieder die Kinder an. »Was haltet ihr davon, wenn er für nächste Woche etwas für euch vorbereitet? Egal was – wir sind immerhin neugierig, was er bisher alles gelernt hat, wie man richtig mit Kindern umgeht. Oder was meint ihr?«

Die Kinder jubelten, doch mir entging nicht die Botschaft, auf die sie mich noch einmal sehr subtil hinwies.

»Ich kann es kaum erwarten«, murmelte ich.

Abgesehen von der unerträglichen Spannung zwischen uns war Maya toll. Man merkte einfach, dass sie Kinder liebte. Ich musste wieder an ihre Worte von vor vier Jahren zurückdenken, als sie mir erklärt hatte, warum sie unbedingt mit Kindern im Vorschulalter arbeiten wollte. Jetzt verstand ich sie noch mehr als damals.

Trotzdem ergaben sich innerhalb der wenigen Stunden, die ich sie an diesem Tag beobachten durfte, mehrmals Situationen, in denen ich völlig anders auf die Kinder reagiert hätte als sie. Was bestimmt daran lag, dass ich meine ganze Kindheit lang eine harte Erziehung genossen hatte. Mein Dad kannte nichts anderes als den militärischen Drill. Meine Mom hatte es so hingenommen, und Sean und ich hatten immer Folge zu leisten. Es gab wenige, aber scharfe Worte und keine Diskussionen.

Maya war das Gegenteil davon.

Sie redete unentwegt auf die Kinder ein, erzählte ständig, vermittelte zwischen den Kleinen und hatte eigentlich immer was zu sagen. Ich mochte ihre Art, war aber auch der Meinung, dass die Kinder vieles hätten selbst entdecken oder lernen können, wenn sie nur die Freiheit von ihr bekommen hätten.

Hin und wieder kamen noch ein paar der Kinder auf mich zu, doch die Fragen über meine Vergangenheit blieben aus. Ich hatte eine schöne Zeit hier, spielte Brettspiele, schnitt Katzenschnurrhaare aus Tonpapier aus und half den Kleinen beim Händewaschen, nachdem sie auf der Toilette gewesen waren. Ich schnitt den Mädchen herzförmige Stücke aus den Pausenäpfeln und formte für die Jungs eine Ritterburg aus Knetmasse.

Die Jungs sahen mich an, als wäre ich der Superheld, auf den sie alle gewartet hatten, während die Mädchen zum Teil noch unsicher waren, ob sie mir näher kommen oder doch besser Abstand wahren sollten. Doch ich war davon überzeugt, dass auch sie noch auftauen würden …

Als dieser erste Tag vorbei war, wartete ich, bis alle Kinder abgeholt waren. Maya fegte gerade die letzten Kaffeebohnen zusammen, die die Kinder in die Kaffeemühle geben durften, um Kaffee zu mahlen. Die

Kleinen liebten es, und es hatte den Vorteil, dass es in der Klasse danach roch.

Ich wartete ab, bis sie die Schaufel und den Besen wieder im Schrank verstaut hatte, als ich mich hinter sie stellte. Ich stützte mich an der geschlossenen Schranktür neben ihr ab und atmete tief ihren Duft ein.

Verdammt, ich musste die Unstimmigkeiten zwischen uns einfach aus dem Weg räumen. Denn immerhin würden wir jetzt über mehrere Wochen auf engstem Raum zusammenarbeiten, und Streit im Team war nie gut. Unausgesprochene Worte ebenfalls nicht – deshalb musste ich das auf der Stelle ändern, bevor noch mehr Negatives zwischen uns stand.

Maya zuckte zusammen, als sie sich umdrehte und mich so nah vor sich sah. Sofort nahm ich meine Hand vom Schrank und machte einen Schritt zurück. Ihre Reaktion kränkte mich, doch ich ließ es mir nicht anmerken.

»Ich muss mit dir wegen heute reden«, begann ich.

Maya starrte mich seltsam düster an, wich dann meinem Blick aus und tat so, als müsse sie unbedingt alle Scheren im Regal in eine Richtung ausrichten. »Dann tu das«, war ihre knappe Reaktion darauf.

»Wie sieht meine Aufgabe für die nächsten Tage aus? Ich würde mich gerne etwas vorbereiten und wollte deshalb von dir wissen, was du alles für mich geplant hast.«

Maya wirkte nervös. Sie fuhr sich mit einer Hand durch die langen gelockten Haare, sah mich aber nach wie vor nicht an. Dann wand sie sich an mir vorbei und atmete tief durch, als sie wieder genug Raum hatte.

»Nun, also … wie gesagt wäre es mir vorerst lieber, wenn du tatsächlich einfach nur beobachtest. Dabei lernst du in den ersten Tagen bestimmt genug, und gegen Ende der Woche sprechen wir uns noch einmal.«

Sie wollte, dass ich mich raushielt?

»Ich dachte eigentlich, der Sinn eines Praktikums wäre, dass ich durch *praktische* Arbeit lerne.« Den Sarkasmus in meiner Stimme konnte ich mir leider nicht verkneifen.

Maya kam auf mich zu und stemmte die Hände in die Hüften. Dabei kniff sie die Augen zusammen, und ich hätte schwören können, dass aus ihren Augen kleine Blitze sprühten, als sie mir antwortete.

»Du wirst dich an meine Anweisungen halten, ist das klar? Das hier ist meine Klasse, die ich mir so, wie sie jetzt funktioniert, mühsam erarbeitet habe. Nicht alle Kinder haben eine normale Kindheit und eine normale Entwicklung durchgemacht. Dass die Kleinen auf dem aktuellen Entwicklungsstand sind, haben sie meiner harten Arbeit zu verdanken. Und das lasse ich mir garantiert nicht von dir kaputt machen.«

»Aber ich …«, setzte ich an, doch Maya fegte wie ein Wirbelsturm über mich hinweg.

»Ich hab gesehen, wie du mit den Kindern umgehst. Und das gefällt mir nicht. Hör zu: Wenn du mit ihnen deine Militärnummer durchziehen willst, bist du bei mir an der falschen Adresse. Und wenn du damit ein Problem hast, dann können wir das gerne gemeinsam mit Misses Bishop erörtern, haben wir uns verstanden?«

Ich bebte innerlich. Meine Hände hatte ich zu Fäusten geballt, und ich kämpfte dagegen an, noch einmal etwas darauf zu erwidern.

Im Grunde hatte mir Maya nichts zu befehlen. Und trotzdem hatte ich als Praktikant nicht das Recht, ihr zu widersprechen, denn ich wollte meinen Job behalten, und dazu gehörte zwangsläufig auch, mich ihr zu fügen.

»Ja, Ma'am«, antwortete ich deshalb.

Um meinem Ärger Luft zu machen, fuhr ich direkt im Anschluss in das Fitnesscenter, das im *Wooden Spa Hotel* untergebracht und nicht nur für Hotelgäste zugänglich war. Mich hier einzuschreiben, war meine erste offizielle Amtshandlung neben den Behördengängen gewesen.

Ich presste gerade an der Legpress und hatte den Höchstwert an Gewicht seit den SEALs erreicht, als mir ein Kerl nur unweit von mir bei den Gewichten auffiel, der mich beobachtete. Er hatte dunkle Haare und einen leichten Bartschatten und sah aus, als wäre er hier ebenfalls Stammgast. Anerkennend nickte er mir zu, als ich zum letzten Mal das Gewicht von mir drückte, und kam dann auf mich zu, die Enden seines Handtuchs in den Händen, welches er um seinen Nacken liegen hatte.

»Dean Hunter. Ich bin Officer im Greenwater Hill Police Department – und schwer beeindruckt von deiner Leistung.« Er streckte mir die Hand entgegen.

Stirnrunzelnd bedankte ich mich, schlug ein und ließ mich von ihm hochziehen.

Hunter? Polizist? Klang fast so, als wäre es Mayas Bruder, auch wenn ich bis auf die dunkle Haarfarbe keine Ähnlichkeiten erkennen konnte.

»Ryan Hawthorne«, stellte ich mich vor.

Er musterte mich von der Seite, als ich mir mit dem Handtuch den Schweiß von der Stirn wischte.

»Bist du auf der Durchreise?«

Er wirkte in Ordnung. Und ich war nicht mehr im Einsatz. Ich hatte ein neues Leben begonnen und musste lernen, den Leuten mehr von mir preiszugeben als Oberflächlichkeiten.

»Nein, ich bin letzte Woche hierhergezogen. Ich wohne jetzt in der Maple Street.«

Dean legte den Kopf schief. »Bist du etwa der Kerl, der neben Nick Cornerman eingezogen ist?«

Ich runzelte die Stirn. »Korrekt.«

Ein Lächeln legte sich auf sein Gesicht. »Cool. Nicks Bruder und ich sind quasi miteinander aufgewachsen. Vermutlich waren Ted und ich mehr Brüder, als er und Nick es waren.« Nun lachte er und zuckte mit den Schultern.

Ich schmunzelte. »Ich bin beeindruckt. Meinen Bruder Sean und mich hätte nichts und niemand auseinandergebracht.« Außer der Tod! Der Gedanke an ihn tat immer noch weh, doch ich erinnerte mich daran, weiterzuatmen und die negativen Gefühle wieder tief in mir zu begraben. »Aber wenn man Einzelkind ist, kann ich mir gut vorstellen, dass man sich nach einem Bruder sehnt.«

Dieser kleine Test würde gleich meine Vermutung bestätigen oder das Gegenteil belegen.

Dean lachte auf. »O nein, ich bin kein Einzelkind. Meine Schwester Maya hat bis heute nicht verstanden, dass Ted und ich uns so gut verstehen – und keine Sorge, ich steh nicht auf Männer«, fügte er schnell hinzu, als er mein überraschtes Gesicht sah.

Er dachte wohl, ich hätte wegen seines Kumpels so reagiert, doch damit lag er falsch.

»Deine Schwester heißt Maya Hunter?«

Sicher, die Kinder hatten mir von Officer Hunter erzählt und dass er Mayas Bruder sei, aber dass ich ihn gerade in diesem Moment, wo ich so wütend auf sie war, im Fitnessstudio kennenlernte …

»Ja, wieso? Kennst du sie?« Deans Haltung wirkte jetzt angespannt. Als würde er sie beschützen wollen …

»Wir arbeiten gemeinsam im Kindergarten«, hörte ich mich leise sagen.

Was für ein verrückter Zufall, dass ich bei meinem ersten Besuch im Fitnessstudio gleich Mayas Bruder über den Weg lief …

Erst schaute er mich sprachlos an, dann brach er in lautes Gelächter aus. Zähneknirschend wartete ich, bis er sich wieder halbwegs beruhigt hatte.

»Echt jetzt? Du bist … Kindergärtner?« Er musterte mich dabei von oben bis unten, als hätte ich ihm gerade den besten Witz ever erzählt.

»Korrekt.«

»Ach, wirklich? Du meinst … das war nicht gerade ein Scherz oder so?«

»Nope.«

Ich konnte ihm anmerken, dass ihm seine erste Reaktion minimal unangenehm war. Dann, als die Nachricht wohl endlich zu ihm durchgesickert war, runzelte er die Stirn und kniff seine Augen zusammen – genau, wie seine Schwester es tat. »Sorry, aber … damit hätte ich am allerwenigsten gerechnet. By the way, Maya hat mir noch gar nichts davon erzählt, dass sie nun einen neuen Kollegen hat.«

Er würde seine Schwester mit seinem Leben beschützen, das wurde mir in dem Moment klar.

»Das liegt vermutlich daran, dass wir heute den ersten Arbeitstag zusammen hatten.«

Sofort entspannte er sich wieder etwas. »Alles klar. Na dann ... Mein herzliches Beileid«, sagte er plötzlich und lachte laut.

Irritiert sah ich ihn an, was ihn nur noch mehr belustigte.

»Tut mir leid, aber Maya kann auf Dauer ziemlich anstrengend sein, wenn sie ununterbrochen redet.« Er klopfte mir freundschaftlich auf die Schulter. »Viel Durchhaltevermögen wünsch ich dir. Ich bin mir sicher, wir sehen uns bald mal wieder.« Dann verabschiedete er sich und ging in die Umkleidekabine.

Ich ließ mich auf die nächstbeste Sitzgelegenheit nieder und stützte den Ellenbogen auf die Knie. Dass ich nicht einmal hier im Fitnessstudio Maya entkommen konnte, war ein harter Schlag. Auch wenn es nur ihr Bruder war, aber er würde mich immer an sie erinnern. Und nun auch noch Nick, nachdem ich über deren Verbindung Bescheid wusste. Und das war ... nun. Keine Ahnung, ob das gut war. Nach allem, wie unser Wiedersehen verlaufen war und wie sich die weitere Zusammenarbeit wohl abspielen würde, hatte ich eigentlich gehofft, hier einen Rückzugsort zu haben, der nur mir gehörte. Einen Ort, an dem Maya *nicht* die Hauptrolle spielen würde. Doch offensichtlich war Dean ebenfalls regelmäßig hier, was bedeutete, dass ich immer wieder an seine Schwester erinnert werden würde.

Vielleicht sollte ich doch über einen Fitnessraum in meinem Haus nachdenken ...

Als ich spätabends nach Hause kam, begegnete ich Nick in der Einfahrt. Er winkte mit einem Sixpack Bier. »Schon Pläne für heute Abend, Nachbar?«, fragte er, nachdem ich aus meinem Auto gestiegen war und Richtung Haustür ging, während er seinen restlichen Einkauf in sein Haus trug.

»Noch nicht.«

»Bier und Pizza?«

»Deal.« Ich grinste.

Meine Sporttasche stellte ich nur schnell ins Wohnzimmer, verschloss die Haustür wieder und ging über den Rasen zu ihm.

»Sind die Pizzen immer noch so grauenvoll wie vor vier Jahren?«, fragte ich, nachdem wir uns auf seine Couch setzten.

Nick lachte. »Keine Sorge, Craig hat den Laden aufgegeben. Pietro, der aktuelle Inhaber, versteht tatsächlich was vom Pizzabacken.«

»Dann bin ich beruhigt.« Sofort hatte ich wieder Maya vor Augen, wie sie vor vier Jahren verzweifelt versucht hatte, mir die Pizzen aus- und ihre Gesellschaft einzureden.

Ein seltsam schwerer Druck legte sich auf meine Brust.

Wenig später saß ich mit Nick auf seiner Terrasse, während mir der Duft meiner leckeren Salamipizza in die Nase stieg. Ich konnte mich nicht daran erinnern, wann ich zuletzt einen gemütlichen Abend in Gesellschaft bei Bier und Pizza gehabt hatte.

»Hast du dich schon etwas eingelebt?«, fragte er und biss von seiner Margherita ab.

»Ich bin es gewohnt, überall und nirgends zu leben. Aber ich glaube, dass ich Greenwater Hill schon als Zuhause bezeichnen kann.«

Ich sah mich um und ließ meinen Blick über das kleine Grundstück und den dahinter angrenzenden Wald schweifen.

»Mit Miami hat die Stadt nichts gemeinsam«, gluckste Nick. »Aber ich würde ehrlich gesagt auch nicht von hier wegwollen.«

Das konnte ich ihm nicht verdenken. Die Stadt hatte etwas so Idyllisches an sich, dass ich schon nach wenigen Tagen gespürt hatte, wie sich in mir eine innere Ruhe ausgebreitet hatte – bis zu dem Moment, als ich heute Morgen Maya das erste Mal gegenübergestanden hatte.

Nick lenkte das Gespräch in eine unangenehme Richtung. »Es spricht sich übrigens schon herum, dass du neu hier bist.« Sofort verspannte ich mich.

»Ach so?« Viel zu lange war es meine oberste Priorität gewesen, nicht aufzufallen. Dass nun nach so wenigen Tagen schon Leute von mir wussten, als wäre ich ein bunter Hund, gefiel mir nicht.

»Du warst heute im Fitnessstudio«, erklärte er dann.

Ich atmete tief durch und entspannte mich wieder. »Dean hat geplaudert.«

Womöglich hatte Officer Hunter auch meinen Job erwähnt oder meine Verbindung zu Maya. Unter Umständen machte ich mir aber auch einfach zu viele Gedanken über Dinge, die nur für mich und niemanden sonst relevant waren …

Sieben – Maya

Vielleicht hätte ich ein schlechtes Gewissen haben sollen. Immerhin war die zweite Woche bereits angebrochen, in der Ryan als Praktikant bei mir in der Gruppe war, und ich ließ ihn immer noch völlig links liegen.

Ja, okay, ich hatte ein schlechtes Gewissen, aber nicht, weil ich ihn nicht aktiv an der Klasse teilnehmen ließ, sondern weil ich mich ihm gegenüber absolut unmöglich verhielt. Doch andererseits zwang er mich förmlich dazu.

Den Ryan, den ich vor vier Jahren kennengelernt und in den ich mich in dieser einen Nacht zumindest ein klein wenig verguckt hatte, gab es nicht mehr. Ob es an mir lag, daran, wie wir beide uns in den letzten Jahren verändert hatten, oder ob er damals einfach vorgegeben hatte, ein anderer zu sein, wusste ich nicht.

Jedenfalls war ich jeden Morgen aufs Neue völlig verkrampft, wenn ich zur Arbeit kam und wusste, dass er auch hier sein würde. Die meiste Zeit saß er tatsächlich einfach da, spielte mit den Kindern, brachte sich aber nicht aktiv als Kindergärtner ein. Er hielt sich also an meine Regeln.

Ihm zuzusehen, wie er – ein Koloss von einem Mann – auf den kleinen Stühlen saß, um mit den Kindern zu malen, oder in der Bauecke auf dem Boden lag und damit fast den gesamten Teppich einnahm, brachte mich in Momenten, in denen ich die Spannung zwischen uns vergaß, zum Schmunzeln. Doch dann, wenn ich sah, wie er mit den Kindern im Bewegungsraum tobte und ich heimlich das Spiel seiner Muskeln beobachtete, erfasste mich wieder ein bedrückendes Gefühl, und ich begann zu überlegen, wann und wo genau das zwischen ihm und mir aus dem Ruder gelaufen war …

Seine Blicke waren gleichgültig, er hielt Abstand zu mir und tat, als hätte es diese Nacht nicht gegeben. Dabei fühlte ich allein seine Anwesenheit als hauchzartes Vibrieren auf meiner Haut, und die sanften Schwingungen breiteten sich überall in meinem Körper aus. Dass nur ich so zu empfinden schien, war frustrierend. Seine ganze Art war frustrierend.

Für diesen späten Nachmittag hatte ich ein Gespräch mit Suzys Mutter anberaumt. Ryan hatte sich eben gemeinsam mit den Eltern des vorletzten Kindes verabschiedet, als ich sah, wie Misses Keaton auf mich zukam. Suzy lief wie immer ihrer Mutter entgegen und fiel ihr in die offenen Arme. Mir brach bei dem Anblick jeden Tag aufs Neue das Herz. Ich konnte nur ahnen, wie sehr die Kleine ihren Vater vermisste und wie es in ihr aussah.

»Schön, dass Sie hier sind und sich für mich Zeit nehmen, Misses Keaton.«

Sie schüttelte meine Hand. Ich führte sie in unseren Klassenraum und bat sie, Platz zu nehmen.

»Suzy, möchtest du noch kurz mit den Puppen spielen?« Ich deutete auf die Puppenstube. Das Mädchen nickte und lief hinüber. Dann setzte ich mich ihrer Mutter gegenüber.

»Wie geht es Ihnen?«, begann ich das Gespräch.

Die Frau seufzte tief, und mir entging ihr Zittern nicht. »Ganz gut eigentlich. Den Umständen entsprechend halt. Jeder Tag ist ein Schritt vorwärts.« Sie lächelte gequält. »Wie macht sich Suzy?«

»Nun …« Ich sah zu dem Mädchen mit den braunen Locken. »Wir machen kleine Fortschritte. Sie setzt sich zu uns, wenn wir ein Spiel spielen. Sie hört aufmerksam zu, wenn wir Lieder singen. Aber wir sind leider noch weit davon entfernt, dass sie wieder ganz die Alte ist. Noch macht sie keine Anzeichen, sich aktiv einzubringen, geschweige denn zu sprechen. Was sagt ihre Therapeutin?«

Die Schultern der Frau sackten bei meiner Nachricht nach vorn. »Sie würde sich auch mehr Fortschritt wünschen, aber sie meint, Suzy braucht einfach noch ein bisschen. Irgendwann wird sie schon auftauen, wir sollen ihr die Zeit lassen, die sie benötigt.«

Ich nickte. »Das machen wir.«

Tränen schimmerten in ihren Augen. »Ich hatte mir nie so etwas für meine kleine Suzy gewünscht. Sie sollte nicht so was Schreckliches durchmachen müssen. Sie ist doch noch so klein und …« Ihre Stimme versagte. Hektisch wühlte sie in ihrer Handtasche nach einem Taschentuch und wischte sich damit die Tränen von den Wangen, bevor sie sich schnäuzte.

Beruhigend legte ich meine Hand an ihren Oberarm. »Ich bin für Suzy da. Sie macht immerhin kleine Fortschritte, hat heute sogar bei einem Spiel mitgespielt – auch wenn sie nach wenigen Minuten wieder gegangen ist. Geben Sie die Hoffnung nicht auf, irgendwo tief in ihr schlummert die alte, fröhliche Suzy. Das Erlebte wird sie bestimmt nie ganz vergessen können, aber irgendwann wird sie wieder unter dem Schutzwall hervorkommen.«

»Ich hoffe, Sie behalten recht. Sie hätte nie … nie erleben dürfen, wie ihr Vater neben ihr stirbt.« Wieder schluchzte sie erstickt und schüttelte dann den Kopf.

»Nein, das sollte kein Kind durchmachen müssen.«

Ich wollte ihr so viel mehr sagen, wusste aber nicht, was in dieser Situation angebracht war. Meine Eltern lebten beide, ich hatte eigentlich noch niemanden gehen lassen müssen. Selbst meine Großeltern lebten noch alle …

»Ich bin so froh, dass Suzy in Ihrer Klasse ist.« Sie lächelte, und diesmal wirkte es nicht gezwungen, sondern ehrlich. »Suzy, kommst du? Wir fahren nach Hause.«

Das Mädchen legte die Puppe ins Bett und lief zu ihrer Mutter, während sich mein Herz zusammenkrümmte.

»Du wirkst heute ziemlich … gequält?«

Hazel hob eine Augenbraue, als ich mein dotterblumengelbes Neckholdershirt auszog und mich auf die Massageliege legte.

»Leicht möglich«, gab ich zur Antwort und war froh, mein Gesicht gleich in dem kleinen Loch in der Liege zu verstecken. »Irgendwie meint es das Leben im Moment nicht wirklich gut mit mir. Oder eigentlich doch … ich weiß auch nicht …«

Hazel verteilte warmes Massageöl auf meinem Rücken und gab ein Geräusch von sich, das mir signalisierte, dass sie mir zuhörte, ohne mich unterbrechen zu wollen.

»Weißt du, da ist dieses kleine Mädchen in meiner Klasse, die ihren Vater bei einem Verkehrsunfall verloren hat – du weißt schon, letztes Jahr kurz vor Weihnachten. Sie ist immer noch so verschlossen. Ihre Mutter war heute bei mir, hat geweint. Ich wollte sie so gerne trösten, aber ich weiß nicht, wie lange ihre Tochter noch so sein wird. Was sie in ihrem Inneren durchmachen muss, ist für mich einfach so schwer nachvollziehbar. Ich meine, sie hat gesehen, wie ihr Vater vor ihr zerquetscht wurde. Sie hatte sein Blut im Gesicht und an den Händen. Das ist …« Mir fehlte eine Beschreibung, das alles in Worte zu fassen.

»Viel zu schrecklich für so ein kleines Mädchen.«

»Genau. Und dann ist da noch Ryan …« Ich stockte. Noch hatte ich niemandem von ihm erzählt, abgesehen von Dean letzte Woche am Telefon. Und bei ihm war ich mir nicht sicher, ob er wirklich zugehört hatte, geschweige denn, ob er mitbekommen hatte, dass mich die Anwesenheit dieses Mannes in meiner Kindergartengruppe so sehr aus dem Konzept brachte, dass ich mich nur schwer auf meine Arbeit konzentrieren konnte.

»Ryan?«, fragte meine Freundin, und ich konnte raushören, dass sie jetzt wahnsinnig neugierig war, mehr zu erfahren.

»Ja. Er ist seit letzter Woche bei mir Praktikant und …« Ich seufzte tief. Ich musste mich einfach jemandem anvertrauen, und bei Hazel wusste ich, dass alles, was ich sagte, gut aufgehoben war. Außerdem hatte sie kaum Kontakt zu meinen anderen Freunden, da sie nach der kurzen Episode mit Dean zu Luca zurückgekehrt war, und somit würde dieses Thema auch nicht so schnell bei ihnen die Runde machen.

»Weißt du, er war vor ein paar Jahren schon einmal hier. Ich hatte meine Ausbildung zur Kindergärtnerin bereits begonnen und verbrachte die Sommerferien hier – ich hab damals bei Craig Pizzen serviert, aber den kennst du wahrscheinlich nicht mehr –, als Ryan als Soldat in der Nähe stationiert war … Was genau er da gemacht hat, weiß ich allerdings nicht.« Ich stockte, hatte wieder den Mann von damals vor Augen. »Gott, er war … süß und heiß und … so unglaublich sexy. Die Nacht mit ihm war der absolute Wahnsinn, und ich dachte wirklich, dass ich nie wieder in meinem Leben so verdammt aufregenden Sex haben würde wie mit ihm.«

Hazel gab ein belustigtes Geräusch von sich. »So gut?«

»Gott, besser als gut. Und diese Meinung hat bis heute niemand ändern können. Leider. Und Gott sei Dank, denn er ist jetzt wieder hier. Wie es aussieht sogar länger, immerhin hat er hier anscheinend ein Haus neben Nick, Teds Bruder. Ich meine, das hat doch was zu bedeuten, dass er wieder nach Greenwater Hill gekommen ist und dann auch noch als Kinder-gärtner … ähm … Praktikant …«

Ich stöhnte leise auf, als Hazel eine Stelle an meinem Rücken erreichte, die besonders verspannt war.

»Und wieso bist du dann wegen seiner Anwesenheit so … verkrampft? Solltest du nicht eigentlich völlig entspannt sein?« Auch wenn ich sie nicht sehen konnte, hörte ich, wie sie bei ihren Worten breit grinste. Sie wusste, dass ich schon lange keinen festen Freund mehr gehabt hatte und mein letzter Sex auch schon einige Monate zurücklag.

»Ach, von Entspannung in seiner Gegenwart bin ich weit entfernt. Ich weiß auch nicht, was das zwischen uns ist, aber es ist nicht mehr so wie damals. Er ist kalt und abweisend. Zudem befürchte ich, dass er nicht gut sein könnte für die Kinder ... für Suzy.«

»Wie kommst du denn darauf? Ich dachte immer, auf männliche Kindergärtner würden Kinder besonders positiv reagieren?«

»Er hat sie an seinem ersten Tag in Reih und Glied aufgestellt! Kannst du dir das vorstellen?«

Hazel hielt kurz in der Bewegung inne, dann massierte sie weiter. »Klingt strange.«

»Ja, genau! Und nun weiß ich nicht, was ich mit ihm tun soll. Immerhin hab ich ihm versprochen, ihn in dieser Woche endlich Initiative zeigen zu lassen. Aber ... was, wenn er all das, was ich mühsam bei Suzy und auch den anderen Kindern erarbeitet habe, mit einem Schlag zunichtemacht?«

»Wieso denkst du, dass er das tun könnte?«

Ich gab ein grummelndes Geräusch von mir. »Keine Ahnung. Aber wenn ich ehrlich bin, will ich es erst gar nicht herausfinden.«

»Ist es nicht aber sogar deine Pflicht, Praktikanten ...«

»Jaaa, ich weiß!« Stöhnend unterbrach ich sie. »Gott, ich bin einfach völlig durcheinander. Weißt du, in den letzten Jahren habe ich mir mehr als einmal ausgemalt, was wäre, wenn Ryan doch irgendwann wieder in meinem Leben auftauchen würde – auch wenn ich es immer gleich als eine Wunschvorstellung abgetan habe. Ich dachte, wir würden zusammen sein, gemeinsam Spaß haben. Ich würde ihm die Umgebung zeigen, ihn meinen Freunden und meiner Familie vorstellen. Wir würden wieder diesen Welt-aus-den-Angeln-hebenden Sex haben und ich wäre die glücklichste Frau auf Erden. Aber jetzt ... Herrgott, ich weiß auch nicht. Er lächelt mich nicht einmal mehr an. Keine Ahnung, ob es daran liegt, dass ich ihn in der Klasse noch nichts machen lasse, oder daran, dass er mir zugeteilt worden ist. Vielleicht wollte er mich ja gar nicht wiedersehen – aber dann würde es keinen Sinn machen, dass er genau hierhergekommen ist, um zu arbeiten. Er kennt doch hier niemanden außer mir, denke ich ... Also ist das doch sicher ... vielleicht auch der Grund, weshalb er in diese Stadt gezogen ist. Natürlich hätte ich nach meinem Studium überall arbeiten können, aber ich hätte an seiner Stelle auch in Greenwater Hill angesetzt, um mich zu suchen ...« Ich seufzte frustriert. »Aber wenn er mich wirklich wiedersehen wollte, wieso ist es dann so ... seltsam zwischen uns?«

»Weißt du, was ich machen würde? Lass ihn einfach mal machen. Lass ihn mit den Kindern arbeiten. Er ist ein Mann, Maya, und Männer mögen es nicht wirklich, wenn sie sich einer Frau unterordnen müssen.« Ich hörte das Schmunzeln in ihrer Stimme. »Wer weiß, vielleicht wirst du positiv von ihm und seiner Arbeitsweise überrascht? Außerdem kommt er direkt von der Schule. So unwissend, was die Arbeit mit Kindern betrifft, kann er also nicht sein.«

Da war tatsächlich was dran.

»Du hast recht, Hazel. Vielleicht sollte ich ihn tatsächlich mal einfach machen lassen ...« Auch wenn mein Bauch wild rebellierte – oder was war das sonst für ein seltsam flatterndes Gefühl bei dem Gedanken daran, ihn völlig schamlos beobachten zu dürfen ...?

Am nächsten Morgen war ich viel zu früh im Kindergarten. Die letzte Nacht war grauenvoll gewesen, ich hatte kaum ein Auge zugetan, weil ich ständig darüber nachdenken musste, ob und wie ich Ryan freie Hand lassen sollte.

Umso überraschter war ich, als ich ihn bereits in der Leseecke entdeckte, ein dickes Buch in den Händen. Erst dachte ich, er würde einen Roman oder gar ein Kinderbuch lesen, doch als er mich sah, schloss er das Buch sofort und stand auf. Da konnte ich einen Blick auf den Umschlag werfen.

»Traumabewältigung und posttraumatische Belastungsstörungen« war der Titel. Warum beschäftigte er sich mit diesem Thema?

Ich hatte ihm doch noch gar nichts von Suzy erzählt … Vielleicht hatte Misses Bishop das getan? Hielt sie mich etwa für unfähig, Suzy bei ihrem Problem zu helfen?

Wut und Enttäuschung brodelten in mir hoch. Sie hatte mich doch hoffentlich nicht übergangen? Oder aber hatte Ryan gestern Abend das Gespräch mit Misses Keaton belauscht?

»Was machst du hier?«, fragte ich ihn, als er das Buch in seinen Seesack packte, mit dem er hier jeden Tag aufkreuzte.

»Ich warte, bis meine Arbeitszeit beginnt.«

Er verstaute den Seesack in dem Schrank, in dem ich auch meine Handtasche aufbewahrte, und kam dann auf mich zu. Mit jedem Schritt, den er mir näher kam, schlug mein Herz kräftiger. Er sah einfach viel zu gut aus. Seine engen Jeans betonten die Muskeln seiner Beine. Das Shirt lag straff an seiner breiten Brust an, und die Oberarme ... O Gott, hatte ich schon mal die Oberarme erwähnt? Ich durfte gar nicht daran denken, wie es sich angefühlt hatte, mich an ihnen festzuhalten, während er über mir war und ...

Mühsam fokussierte ich mich wieder darauf, wo wir waren, und hob den Blick. Seine etwas längeren Haare standen ihm gut, auch wenn er mir schon damals mit dem Kurzhaarschnitt gefallen hatte. Aber jetzt luden sie förmlich dazu ein, mit den Fingern hindurchzufahren. Eine Strähne hing ihm in die Stirn, und es kostete mich eine Menge Kraft, sie ihm nicht aus dem Gesicht zu streichen. Stattdessen konzentrierte ich mich auf seine graugrünen Augen.

Herrje, sein intensiver Blick brachte mein Herz zum Flattern. Schnell suchte ich einen anderen Punkt, den ich fixieren konnte, und sah auf seine Lippen, die er in diesem Moment mit der Zunge befeuchtete.

Heiliger Bimbam ... Ich war so was von verloren.

»Und wieso bist du so früh hier?«, fragte er und erinnerte mich daran, dass er bestimmt genau mitbekommen hatte, wie ich ihn schamlos gemustert hatte.

»Ich konnte nicht schlafen«, gestand ich schneller, als ich meinen Kopf dazuschalten konnte.

Er nickte nur und blieb direkt vor mir stehen. Viel zu nahe.

Das war nicht gut.

Gar nicht gut ...

Ich konnte seinen herben Duft riechen, der mich sofort in jene Nacht zurückkatapultierte und mich Dinge fühlen ließ, die hier bei der Arbeit völlig unangebracht waren.

Die Wärme, die von seinem Körper ausging, brachte mich dazu, die Kontrolle zu verlieren und mich ihm entgegenzubeugen. Erneut versank ich tief in seinen graugrünen Augen und meinte, darin plötzlich Schmerz und Verlangen, Sehnsucht und Verzweiflung zu entdecken. Ich senkte die Lider, sah auf seine Lippen. Das unbändige Verlangen, sie auf meinen zu spüren, war überwältigend.

»Maya ...«

Seine Stimme war rau, flehend.

Zitternd atmete ich ein.

»Ja ...?«

Ich konnte nicht anders, musste ihn einfach fühlen. Haut auf Haut. Mit den Fingerspitzen glitt ich über seinen Unterarm, an denen die Adern deutlich zu sehen waren.

Verwirrt sah er mich an, und ich bildete mir ein, Hoffnung in seinem Blick zu entdecken. Er hob seine andere Hand, würde mich jeden Moment berühren. Er führte sie zu meinem Gesicht, zuckte jedoch kurz davor zurück. Mit einem leisen Stöhnen schloss er die Augen, ballte die Hand zur Faust und ließ sie wieder sinken.

»Ähm, hör zu, ich wollte dir nur sagen, dass du heute die Gruppenarbeit übernehmen kannst, wenn du willst«, sagte ich mit dünner Stimme.

Ich musste es sagen, musste mich ablenken, bevor ich mich ihm willenlos in die Arme werfen und ihn anflehen würde, mich endlich zu küssen.

»Heute?«

Mich ärgerte es, dass seine Stimme so viel gefasster klang als meine.

»Ja ... Ich meine, du kannst, musst aber nicht. Ich kann auch einen Teil übernehmen, schließlich hab ich es dir nicht angekündigt. Das hätte ich tun sollen, immerhin ist es nicht sehr professionell, dich damit einfach so zu überrumpeln. Andererseits hab ich es ja an deinem ersten Tag schon gesagt, dass du diese Woche freie Hand haben wirst – zumindest teilweise. Also wenn du nichts vorbereitet hast ...«

»Ich tue es«, antwortete er knapp.

Mit der schroffen Art, die genauso ... verschlossen wirkte wie die Tage zuvor, verletzte er mich. Er zertrennte damit das Band, das gerade eben noch zwischen uns geherrscht hatte, das mich kurz hatte glauben lassen, dass *mein* Ryan zurückgekehrt wäre.

»Gut«, antwortete ich, hob mein Kinn trotzig an und schob mich dann an ihm vorbei. Ich durfte nicht zulassen, ihm meine Schwäche für ihn erneut zu zeigen, denn offensichtlich hatte ich mir nur eingebildet, dass er sich nach mir sehnte so wie ich nach ihm.

»Ich will mit den Kindern im Garten arbeiten«, erklärte er.

Überrascht, dass er nicht einfach nur tat, was er irgendwann schon geplant hatte, sondern es vorher mit mir absprechen wollte, hielt ich inne und drehte mich zu ihm um.

Steif und breitbeinig stand er vor mir, wie immer mit verschränkten Armen in seinem Rücken. Dabei sah er mich nicht an, sondern fixierte einen Punkt in der Ferne. Um seinen Mund lagen harte Züge, die mich überraschenderweise tief in meinem Inneren trafen. Mein Blick glitt über seinen Körper, der so viel Kraft und Stärke ausstrahlte. Kurz zweifelte ich an meiner Zusage, ja bereute sie fast. Doch nun war es zu spät. Und ich würde ihn schließlich nicht mit den Kindern unbeaufsichtigt lassen ...

»Wie du möchtest«, antwortete ich knapp, dann eilte ich aus der Klasse, und erst als ich im Personalzimmer ankam und die Tür hinter mir verschlossen hatte, atmete ich tief durch.

Das konnte ja heiter werden ...

Tatsächlich überraschte mich Ryan positiv. All die Härte und Kälte, die er mir gegenüber gezeigt hatte, war wie weggewischt. Zwar war mir das auch schon in den letzten Tagen aufgefallen, aber ich hatte damit gerechnet, dass er mit militärischer Disziplin mit den Kindern arbeiten würde. Dass er sie den Drill spüren lassen und sie wie kleine Soldaten behandeln würde. Dass er aber stattdessen liebevoll und fast schon süß mit den Kindern spielte und mit ihnen das Obst und Gemüse für den Vormittagssnack zubereitete, damit hätte ich nicht gerechnet. Er legte sogar ein Gurken-Karotten-Tier auf die Servierplatte, dem er Bananenhaare und Apfellippen verpasste, was die Kinder wahnsinnig komisch fanden. Auch wie er mit den Kleinen sprach, sich zu ihnen einfach so auf den Boden setzte und sogar die Stimmen von *Winnie the Pooh* und *Tigger* imitierte, überraschte mich. Er hatte tatsächlich mehr Händchen für die Kleinen, als ich ihm je zugetraut hätte.

Nachdem er ihnen nach dem Mittagessen was vorgelesen hatte, bat er mich, wie schon angekündigt, mit den Kindern in den Garten gehen zu dürfen. Ich stimmte zu, da etwas Bewegung an der frischen Luft den Kindern sicher nicht schadete und ich zudem neugierig war, ob er sie jetzt einfach spielen ließ oder ob er noch etwas mit ihnen geplant hatte. Vielleicht würde er ja mit den Mädchen Blumen pflücken und ihnen Blumenkränze flechten ... Okay, das war dann doch zu weit hergeholt. Ich schmunzelte in mich hinein und schüttelte den Kopf, um das Bild von ihm in der Wiese mit Gänseblümchenkranz auf dem Kopf wieder aus meinen Gedanken zu bekommen.

Erst ließ er die Kinder einfach spielen, schaukeln und rutschen, während er im Geräteschuppen verschwand. Stirnrunzelnd stellte ich mich neben die Wippe, auf der zwei unserer Jüngsten saßen, und ließ den Blick über den Garten gleiten.

Nach einer Weile kam Ryan aus dem Schuppen heraus, aus dem er einen voll beladenen Wagen mit Reifen, Brettern, Rollen, Bällen, Matten und Hütchen schob. Ich wollte schon einschreiten, da viele dieser Dinge für die Verkehrserziehung und für Geschicklichkeitsübungen der älteren Kinder mit Fahrrädern gedacht waren ... aber dann ließ ich ihn doch einfach erst mal machen.

Nach und nach verteilte er alles auf dem Rasen, baute Rampen, legte die Ringe nebeneinander, band Seile sogar am Klettergerüst fest.

Als er wieder in meiner Nähe war, hielt ich ihn an.

»Ich will dir wirklich nicht zu nahe treten oder dein Engagement unterbinden, aber wärst du vielleicht so freundlich und würdest mir erklären, was du konkret geplant hast?«

Sein einseitiges Schmunzeln irritierte mich einen Moment, ehe er mich wieder ernst ansah. »Ich will herausfinden, wie weit die grobmotorischen Fähigkeiten der Kinder ausgeprägt sind und wo noch Handlungsbedarf besteht.«

Fragend sah ich ihn an, doch er ignorierte meinen Blick und drapierte die letzten Teile auf dem Rasen. Als sein Pfiff durch den Garten gellte, verstummten sofort alle Kinder und blickten in seine Richtung.

»Herkommen!«

Als ich tief Luft holte und zum Protest ansetzen wollte, fügte er noch ein »bitte« an und zeigte mir wieder sein leichtes Schmunzeln, das mein Herz zum Flattern brachte.

Herrgott, wieso war dieser Mann so ... so ... unberechenbar? Und wieso reagierten mein Herz und mein Verstand so divergent auf ihn? Einerseits wollte ich mich ihm in die Arme werfen und ihn küssen, während die andere Hälfte von mir ihn am liebsten in tausend Stücke reißen wollte, weil er sich so ... unmöglich verhielt. Mir und den Kindern gegenüber. Ich meine, er konnte doch nicht nach den Kleinen pfeifen, als wären sie Hunde!

Innerhalb weniger Sekunden hatten sich alle Kinder um ihn versammelt und sahen zu dem Berg von einem Mann mit neugierigem, teils respektvollem Blick hoch.

»Ihr alle hier ...« Er deutete mit seiner Hand auf sie. »Ihr seid ein Team. Eine Einheit, die zusammenhalten muss. Streit und Neid machen euch nicht stärker, im Gegenteil. Sie machen euch schwach ... und schwach wollen wir nicht sein, oder?«

Die Kinder schüttelten fest den Kopf.

»Wir wollen stark sein ...« Er rammte seine geballte Faust in die Luft, unterstrich damit seine feste, entschlossene Stimme. Gebannt starrte ich auf die breiten Oberarme, die in dieser Position noch kräftiger wirkten, und schluckte verzweifelt.

»Dazu müssen wir zusammenhalten, denn nur gemeinsam ist man stark und kann was erreichen. Jeder,

der es in der Welt zu etwas gebracht hat, hat das nicht alleine getan, sondern mit einem Team im Hintergrund. Vergesst das nicht.«

Die Kinder nickten, als würden sie die tiefsinnige Botschaft verstehen, die ihnen Ryan vermitteln wollte. Und zu meiner Überraschung musste ich gestehen, dass ich gut fand, was er sagte. Zwar war die Art wie immer ... etwas seltsam, aber er war ein Mann und ein ehemaliger Soldat, der jahrelang entweder Befehle erteilt oder empfangen hatte – das musste ich mir einfach immer vor Augen halten. Er handelte nicht wie ein junges Mädchen Anfang zwanzig ohne große Lebenserfahrung, im Gegenteil. Er hatte bestimmt Dinge erlebt, die niemandem widerfahren sollten ...

»Was haltet ihr davon, wenn wir einen kleinen Wettkampf starten?«, fragte er mit der liebevollen Stimme, die so gar nicht zu seinem harten, von Kampfgeist geprägten Gesichtsausdruck passte.

Natürlich jubelten die Kinder lautstark – die Jungen mehr, die Mädchen etwas verhaltener.

»Alles klar, ich wusste, dass ich auf euch zählen kann. Also los, wir bilden zwei Teams. In jedem Team will ich gleich viele Jungs wie Mädchen sehen.«

Er deutete auf Theodore und André die beiden Jungs, die ihn am ersten Tag neugierig ausgefragt hatten, und stellte sie nebeneinander. »Jeder von euch wählt nun sein Team aus. Denkt daran, dass ihr auch nicht so starke Kinder in der Gruppe braucht, da sie versteckte Talente haben könnten.« Dabei zwinkerte er Theresa zu, die zwar nicht besonders schnell, dafür aber sehr wendig und vor allem schlau war. Woher er das wusste, war mir ein Rätsel – vielleicht war es aber auch nur Zufall.

Innerhalb kürzester Zeit hatten die beiden Jungs zwei Teams aufgestellt, die wirklich gut gemischt waren. In jedem waren ungefähr gleich starke wie auch schwächere Kinder. Ich war positiv überrascht.

Im Anschluss zeigte er ihnen, wie sie den Hindernisparcours bewältigen sollten. Es erinnerte tatsächlich immer noch sehr an eine militärische Angelegenheit, aber im Grunde war nichts Schlimmes daran, die Kinder über Hindernisse laufen zu lassen. Sie würden bestimmt ihren Spaß haben.

»Wenn ihr am Ende des Parcours angekommen seid, lauft zurück zum Start. Dort klatscht ihr den nächsten eurer Gruppe ab, der dann den gleichen Weg laufen wird. Das Team, bei dem zuerst alle im Ziel angekommen sind, hat gewonnen.«

Die kleine Cathy, ein Mädchen, das immer das letzte Wort haben musste, hob die Hand. Sobald Ryan den Blick auf sie gerichtet hatte, öffnete sie schon den Mund. »Was ist, wenn wir den Weg nicht mehr wissen? Wirst du uns dann helfen?«

»Natürlich.«

»Und was ist, wenn in beiden Teams die Kinder den Weg nicht mehr wissen und dabei an unterschiedlichen Stellen sind? Wie willst du uns dann helfen?«, plapperte sie sofort weiter.

»Dann wird Maya für euch da sein. Sie hat sich den Weg auch genau eingeprägt, oder?«

Ich nickte lächelnd.

»Zur Sicherheit gehen wir einfach gemeinsam noch einmal den ganzen Weg ab, dann starten wir. Bereit?«

Die Kinder nickten, murmelten zustimmend und folgten ihm dann in ihrer jeweiligen Bahn bis zum Ziel.

Als wenige Minuten später die ersten Kinder quer durch den Garten liefen, durch Reifen hüpften, unter Brettern hindurchkrochen und über Bälle sprangen und ich sah, wie begeistert sie davon waren, empfand ich Ryan zum ersten Mal als Bereicherung in meiner Klasse. Zwar würde ich es ihm natürlich nicht sagen – zumindest nicht sofort –, aber er hatte sich meinen Respekt verdient.

Die Kinder des ersten Teams waren bereits alle im Ziel und jubelten, während die andere Gruppe noch ihre letzte Läuferin anfeuerte. Genau wie Ryan.

»Gut so, Amanda! Lauf! Geh an deine Grenzen und darüber hinaus!«

Er feuerte das mollige Mädchen mit dem roten Pferdeschwanz an, das ich bisher noch nie so hatte laufen sehen. Der Schweiß rann ihr von der Stirn, sie schnaufte, ihr Blick war verbissen.

Als sie im Ziel ankam, umarmten alle Kinder sie freudig und feierten sie, obwohl das Team eigentlich verloren hatte. Und sie lachte glücklich. Ich war verblüfft und überrascht von den Reaktionen der Kinder. So viel Zusammenhalt hatte ich ihnen nicht zugetraut.

»Schau mal, Maya, André klettert auf den Baum.« Cathy stand neben mir, zog an meiner Tunika und deutete gleichzeitig hoch auf den Nussbaum, der am Rande des Gartens stand.

Mein Herz setzte einen Schlag aus, ehe es in wildem Tempo weiterpolterte. Tatsächlich entdeckte ich den Jungen weit oben in der Baumkrone, dort, wo die Äste schon viel zu dünn waren … Noch nie war eins meiner Kinder auf die Idee gekommen, auf den Baum zu klettern. Sofort lief ich zu ihm, zerrte mir gleichzeitig die

Tunika vom Kopf und warf sie auf die Wiese. Darunter trug ich ein dünnes Trägertop, das sich nicht in den Ästen verheddern konnte.

»O mein Gott, wie kommt er denn auf diese Idee? Bleib, wo du bist, und rühre dich nicht vom Fleck, André, ich komme zu dir hoch!«, rief ich noch, dann stemmte ich mich den ersten Ast hoch. Wie der Junge es hier hoch geschafft hatte, war mir ein Rätsel.

Ich hörte ihn wimmern, sah, wie er den Ast, auf dem er sich befand, fest umklammert hielt.

»André, Schatz, wieso kletterst du auf einen Baum, wenn du doch Höhenangst hast!?«

»Aber Ryan hat doch gesagt, dass wir an unsere Grenzen und darüber hinaus gehen sollen. Ich wollte unbedingt auf diesen Baum klettern und wie er nach dem Feind Ausschau halten, aber ... das ist so hoch.« Er wimmerte verzweifelt, während ich mir fest auf die Zunge biss, um die vielen Flüche und Schimpftiraden, die mir durch den Kopf gingen, nicht laut auszusprechen.

»Ich bin hier, André«, hörte ich Ryan unter mir rufen.

Na super ... ich war immerhin auch hier. Auf dem Weg zu dem Jungen, der Angst hatte. Und ohne Ryan wäre er gar nicht erst in diese Situation gekommen ...

»Spring! Ich fange dich auf«, hörte ich ihn doch glatt unter mir rufen.

»Da runter?« Andrés Stimme zitterte.

»Ja, spring, Soldat! Ich bin dein Team, ich fange dich, du bist bei mir sicher. Vertrau mir einfach, dir kann nichts passieren.«

Zögerlich sah der Junge von Ryan zu mir und wieder zurück.

»Traust du dir wirklich zu, denselben Weg wieder hinunterzuklettern? Dann warte auf Maya. Wenn nicht, dann spring. Siehst du meine Arme?« Er spannte die Muskeln an. »Ich bin stark, ich fange dich.«

»Herrgott, Ryan, das ist doch …« Viel zu gefährlich, wollte ich endlich rufen, nachdem ich den ersten Schrecken überwunden und meine Stimme wiedergefunden hatte, doch da sauste der Junge schon an mir vorbei und ich stieß einen leisen Schrei aus, während ich vor Schreck die Augen zusammenkniff.

Vergnügtes Lachen drang von unten zu mir hoch. »Das war cool, ich will noch mal fliegen!«, rief André.

Ich blinzelte vorsichtig nach unten und entdeckte den Jungen, der sich an Ryans Hals klammerte.

Dieser lachte vergnügt – ob ihm bewusst war, wie gefährlich die Situation eben gewesen war, sah man ihm nicht im Entferntesten an.

»Das nächste Mal sag vorher Bescheid, damit wer in deiner Nähe ist und dich fangen kann, solltest du den Halt verlieren, hörst du?«, erklärte er doch tatsächlich dem Jungen.

»Das wird garantiert nicht noch einmal vorkommen, Ryan Hawthorne, haben wir uns verstanden?« So schnell ich konnte, kletterte ich den Baum hinab. Wenn ich erst mal wieder den Boden unter meinen Füßen spürte, würde ich ihm gewaltig die Leviten lesen, so viel stand fest. Denn noch war ich hier die Hauptverantwortliche für diese Kinder, und einen gebrochenen Arm oder Schlimmeres ließ ich mir garantiert nicht in die Schuhe schieben … »Du ahnst nicht, wie tief du in der Patsch…aaaaah!«

Mein Herz setzte aus, als ich mit dem Fuß abrutschte, ins Leere trat und … in die Tiefe stürzte. Es war seltsam, aber in dem kurzen Moment, in dem ich fiel, wusste ich, dass die Landung schmerzhaft sein würde. Ryan war zu weit weg, hatte außerdem noch André auf dem Arm ... Ich schloss die Augen, spannte den Körper an und hob die Arme über den Kopf, um ihn zu schützen.

Acht – Ryan

Es gab nicht viele Situationen in meinem bisherigen Leben, in denen ich hilflos zusehen musste, ohne handeln zu können. Einer davon war der, als Maya in einer Höhe von circa zwei Metern einen Rückwärtssalto vom Baum machte, während ich André gut eineinhalb Meter von ihr entfernt gerade auf dem Boden absetzte.

Ich hechtete in ihre Richtung, wollte sie schützen, sie fangen, sie vor einer Verletzung bewahren … doch in dem Moment, in dem ich auf sie zueilte, wusste ich schon, dass ich zu spät bei ihr sein würde. Sie überschlug sich, hatte vermutlich Glück im Unglück. Unsanft landete sie auf den Beinen, kippte dann nach vorn und nahm endlich die Hände vom Kopf, um sich im letzten Augenblick mit den Armen abzustützen, bevor sie womöglich noch mit ihrem hübschen Gesicht aufgeschlagen wäre.

Sofort sank ich neben ihr auf den erdigen Boden, auf dem nur wenig Gras wuchs, dafür viel zu viele kleine Steine und Äste lagen.

»Jesus, Maya! Bist du verletzt?«

Sie stöhnte, biss die Zähne zusammen und ließ sich dann auf ihren hübschen Hintern sacken.

»Das ist alles deine Schuld!«, begann sie zu wettern und funkelte mich dabei wütend an. »Weil du die Kinder dazu animieren musstest, über ihre Grenzen hinauszugehen. Herrgott noch mal, Ryan, das sind Kinder! Keine Soldaten, die du auf ihre nächste Mission vorbereiten musst. Sieh dir an, was passiert ist! Und zum Glück hat es nur mich und nicht André erwischt! Stell dir mal vor, der Junge wäre abgestürzt … Wir kämen in Teufels Küche, das könnte das Ende deines Praktikums, vielleicht sogar des Jobs sein, bist du dir dessen eigentlich bewusst? Dann kannst du wieder zurück zu …«

»Schon gut, ich hab's verstanden«, sagte ich in ruhigem Ton, wobei ich mir sicher war, dass nicht meine Stimme, sondern eher meine Hand an ihrer Wange und mein Daumen auf ihrer Unterlippe ihren Redeschwall unterbrachen.

Was mich innerlich zum Lächeln brachte.

Doch jetzt war nicht der Zeitpunkt, um in ihren Augen zu versinken, ihr auf die Lippen zu starren, die unter meiner Berührung bebten, oder gar auf ihren Brustkorb in dem knappen Top, der sich heftig hob und senkte.

»Bist du verletzt?«, wiederholte ich stattdessen.

Maya blinzelte und betastete dann ihre Arme.

»Ich glaube … nicht.«

Sie sah an mir vorbei auf die Kinder, die sich in einer Traube um uns versammelt hatten. Ihnen stand der Schrecken ins Gesicht geschrieben. Ich musste sie beruhigen, da Maya offensichtlich noch unter Schock stand.

»Maya hat uns eben gezeigt, dass man nicht ohne das Team im Rücken handeln soll. Auch André hat sich nicht an die Regeln gehalten und hat das Team verlassen.« Ich sah in seine Richtung. Schuldbewusst wich er meinem Blick aus.

»Aber zum Glück ist alles gut ausgegangen. Wir lernen am besten daraus, nichts im Alleingang zu unternehmen, und schon gar nicht, ohne uns Erwachsene in eure Abenteuerpläne einzuweihen, okay?«

Ein paar der Kinder nickten, andere murmelten zustimmend.

»Na komm, ich helfe dir hoch.« Ich streckte Maya meine Hand entgegen, die sie ergriff, sodass ich ihr hochhelfen konnte.

»Autsch.« Schmerzerfüllt kniff sie die Augen zusammen, während sie an meine Brust sackte.

Sofort stützte ich sie, da ich merkte, wie sie zusammenzuckte und den Halt zu verlieren schien.

»Wo tut es weh?« Ich presste die Worte zwischen meinen Lippen hervor und zwang mich, nicht ihren Duft in mich aufzusaugen. Oder ihre Wärme an meinem Körper zu genießen. Oder mir vorzustellen, wie es wäre, ihre Haut auf meiner zu spüren. Überall …

»Der Knöchel.« Sie wischte sich eine Haarsträhne aus dem Gesicht und sah dann zu mir hoch.

Und nein, ich bildete mir nicht ein, dass sie viel zu lange in meine Augen sah. Denn das tat sie. Mir entging auch nicht, dass sie erst die Luft anhielt, dann ihre Lungen mit Sauerstoff vollsog und dabei die Augen schloss. Es könnte natürlich auf den Schmerz zurückzuführen sein, aber ihre Hand, die an meiner Brust lag und die Stelle suchte, wo mein Herz am kräftigsten zu spüren war, bewies das Gegenteil.

»Soll ich einen Arzt rufen?«

Maya schüttelte langsam den Kopf. Sie stützte sich auf meinen Unterarm und belastete vorsichtig ihr Bein.

»Ich glaub … es geht gleich wieder … Siehst du? Ich stehe. Ich kann gehen … Gleich bin ich wieder ganz die Alte, ich brauche nur … ein paar Minuten.«

»Du bist durch und durch stur, hab ich recht?« Ich zwinkerte ihr zu.

Sie schnappte nach Luft, doch noch bevor sie etwas darauf hätte erwidern können, ergriff ich erneut das Wort. »Du bleibst hier sitzen, während ich mich um alles kümmere.« In einer schnellen Bewegung beförderte ich sie zurück auf den Boden.

Sie blinzelte verwirrt zu mir hoch, während die Kinder hinter mir kicherten.

»Dein rechter Knöchel?«, fragte ich, nur um sicherzugehen.

Sie nickte.

Ohne zu zögern, griff ich nach ihrem Bein und zog ihr vorsichtig den Schuh aus. Der Fuß sah leicht geschwollen aus.

»Ihr seid nach wie vor mein Team, oder?«, wandte ich mich an die Kinder, die sofort nickten. »Ich brauche euch jetzt hier. Maya braucht euch. Bleibt bei ihr und passt auf sie auf – sie soll sitzen bleiben und bloß nicht aufstehen. Ich bin gleich zurück.«

»Ich brauche keinen Arzt«, wimmerte Maya und wollte schon wieder auf die Füße.

Tadelnd schüttelte ich den Kopf und bedeutete ihr, sitzen zu bleiben. Sofort waren ein paar Kinder an ihrer Seite und hielten sie fest, damit sie auf dem Boden blieb.

»Ich hole keinen Arzt, nur etwas Verbandszeug. Und ich sage Misses Bishop Bescheid.«

Erst stöhnte sie auf und vergrub ihr Gesicht in ihren Händen, doch dann nickte sie zögerlich.

Das war mein Zeichen. Ich rannte zurück in die Klasse zum Erste-Hilfe-Kasten, aus dem ich Verbandsmaterial nahm. Aus dem kleinen Kühlschrank holte ich noch Kühlpads, dann lief ich zu Misses Bishop, die mich irritiert ansah, als sie bemerkte, was ich in den Händen hielt.

»Miss Hunter hat sich verletzt.«

Sofort sprang sie von ihrem Stuhl hoch und eilte um ihren Tisch auf meine Seite.

»Wo ist sie? Wo sind die Kinder?«

»Sie sitzt im Garten unter dem Baum. Die Kinder sind bei ihr und warten auf mich.«

Meine Chefin nickte und eilte mit mir nach draußen.

Tatsächlich waren die Kleinen nicht von ihrer Seite gewichen, saßen neben ihr auf dem Boden und warteten. Einige hatten immer noch ihre Hände auf ihr liegen, und ich war mir sicher, sie würden sie am Aufstehen hindern, sollte sie es probieren.

Als Maya mich mit Misses Bishop sah, schoss ihr die Röte ins Gesicht. Kurz packte mich das schlechte Gewissen, doch ich wusste andererseits, dass unsere Chefin über den Unfall informiert werden musste.

»Ich übernehme die Kinder. Mister Hawthorne, Sie kümmern sich bitte um Miss Hunter. Bringen Sie sie zu Doctor Shepperd«, sagte sie überraschend, ohne sich über den Unfallhergang zu informieren oder ein Wort über den Parcours zu verlieren, an dem sie mit mir vorbeigegangen war.

»Jawohl, Ma'am.« Fast hätte ich salutiert.

Sie scheuchte die Kinder zurück in die Klasse. Erst als Maya und ich allein waren, kniete ich mich vor sie auf den Boden. Sie zitterte immer noch, und ihr

Blick schwankte zwischen Schock, Wut und etwas wie Unglauben – vermutlich weil die strenge Chefin nichts weiter über den Vorgang wissen wollte und mich mit ihr sofort zum Arzt schickte.

Mayas Knöchel war noch weiter angeschwollen, und ich konnte nur hoffen, dass die Verletzung nicht allzu schlimm war.

»Ich werde jetzt das Kühlpad um deinen Knöchel wickeln, dann bringe ich dich zum Arzt.«

»Ich hab doch schon gesagt, dass ich keinen Arzt brauche. Es tut auch fast nicht weh, und wenn ich mich etwas schone, bin ich morgen wieder wie neu. Außerdem musst du dich nicht um mich kümmern, ich kann das auch allein machen. Geh du doch schon mal zu den Kindern in die Klasse zurück, du musst nicht ...«

»Muss ich doch. Anweisung der Chefin.« Ich grinste verschmitzt, dann griff ich nach ihrem Fuß und strich vorsichtig über die Schwellung.

Maya sog zischend Luft ein. So viel dazu, dass es nicht mehr wehtat ...

Ich platzierte das Kühlpad über der Schwellung und fixierte es mit einem festen Verband, der gleichzeitig ihren Fuß stützen sollte.

Aus dem Augenwinkel bekam ich mit, wie Maya sich auf die Unterlippe biss. Wie sie jedes Mal die Luft anhielt, wenn meine Finger über ihre bloße Haut streiften ...

Ja, verdammt, mir fiel es auch nicht leicht, sie zu berühren und dabei die Bilder unserer gemeinsamen Nacht wieder vor meinem inneren Auge aufblitzen zu sehen. Alles in mir schrie nach einer Wiederholung, doch die gab es nicht. Durfte es nicht geben. Mein Job war mir zu wichtig, und schon gar nicht durfte ich riskieren, dass Maya ihre Anstellung wegen mir aufs Spiel setzte. Also blendete ich mein Verlangen aus, soweit es mir in Mayas Gegenwart überhaupt möglich war, und konzentrierte mich auf das Wesentliche – nämlich, sie zu Dr. Shepperd zu bringen.

»So, ich denke, das sollte fürs Erste reichen.« Ich gab Maya ihren Schuh und hob ich sie hoch. Sie keuchte kurz auf, dann schlang sie ihren Arm um meinen Nacken und hielt sich an mir fest.

Ihren zarten Körper an meinem zu spüren, brachte mich erneut an den Rand meiner Beherrschung. Sie blickte mit ihren großen braunen Augen zu mir hoch, in denen ich neben unzähligen Fragen etwas wie Verlangen zu entdecken glaubte. Oder war es nur mein Wunschdenken, dass sie mich noch genauso wollte wie ich sie?

»Lass uns fahren«, sagte ich mit rauer Stimme und sah dann nach vorn, um den Bällen und Reifen auszuweichen, die immer noch im Garten verteilt lagen.

Meine Erleichterung ließ sich kaum in Worte fassen, als wir erfuhren, dass sie sich nur den Knöchel verstaucht und sich keine gröberen Verletzungen zugezogen hatte. Der Arzt hatte ihr einen neuen Verband angelegt und ihr eine abschwellende Salbe mitgegeben.

Maya hatte noch im Behandlungszimmer darauf bestanden, zurück in den Kindergarten zu fahren, was Dr. Shepperd sofort zum Anlass nahm, sie auf direktem Weg nach Hause zu schicken.

»Keine Widerrede. Zumindest heute und morgen sollten Sie sich schonen, Miss Hunter. Glauben Sie mir, Sie tun Ihrem Knöchel nur Gutes, wenn Sie auf mich hören.«

»Aber die Kinder …«

»Sind in guten Händen bei Misses Bishop«, meldete nun auch ich mich zu Wort. »Komm, ich fahre dich nach Hause«, sagte ich dann in einem Ton, der keine Widerrede zuließ.

Sie schimpfte noch leise vor sich hin, doch dann ließ sich Maya von mir zum Auto begleiten.

Auch diesmal half ich ihr in meinen Wagen und wartete neben der geöffneten Tür, bis sie sich den Sicherheitsgurt angelegt hatte. Erst dann ging ich auf meine Seite und stieg ein.

»Sagst du mir bitte den Weg an«, bat ich Maya leise.

Der Gedanke daran, gleich mit ihr allein in ihrem Zuhause zu sein, jagte eine aufregende Spannung durch meinen Körper und ein jahrelanges Sehnen wurde in mir wach. »Ich könnte dich höchstens noch bei deinem Elternhaus absetzen, aber ich nehme an, dass du nicht mehr dort wohnst …«

Ihre Stimme brach fast weg, als sie leise verneinte und im selben Atemzug den ersten Richtungswechsel ankündigte.

Nach wenigen Minuten hielten wir an einem kleinen Haus, das direkt an einen Wald grenzte.

»Ist das etwa der Wald, an dessen andere Seite … Nick Cornermans Haus grenzt?« … und somit auch meines?

»Genau.«

In meiner Brust trommelte es wild – allein die Vorstellung, dass ich schon die ganze Zeit in unmittelbarer

Nähe zu Maya wohnte, war … eine Qual sondergleichen. Mein Schwanz zuckte. Schnell sprang ich aus dem Auto und war an ihrer Seite, um sie auf dem Weg zu ihrer Haustür zu stützen.

»Danke, Ryan, aber ich komme mir reichlich blöd vor, wenn du mich so umsorgst. Ich kann laufen, es tut auch schon viel weniger weh als vorhin im Garten. Ich schwöre, dass es mir besser geht, wirklich. Du musst das nicht tun«, murmelte sie und wich dabei meinem Blick aus. Ihre Wangen waren gerötet, ihre Lippen geöffnet.

Jesus, sie erinnerte mich im Moment so an jene Nacht, in der ich sie dazu gebracht hatte, unter mir zu stöhnen …

»Und wie ich das tun muss«, erwiderte ich durch zusammengebissene Zähne. »Das ist das Mindeste, was ich tun kann, nachdem du dir wegen mir den Knöchel verletzt hast.«

Sie schloss die Haustür auf und humpelte mit schmerzverzerrtem Gesicht hinein – anstatt sich weiterhin auf mich zu stützen. Als sich jedoch drei kleine maunzende Fellknäuel zu ihren Füßen sammelten, ließ sie sich sofort mit einem seligen Lächeln auf den Lippen hinab.

Ein Schmunzeln stahl sich in mein Gesicht, als ich meinen Blick durch das Wohnzimmer schweifen ließ, während Maya die Kätzchen streichelte. Fast fühlte ich mich, als hätte ich eine Zeitreise in die Siebziger gemacht, als ich die Tapete mit den großen Kreisen in allen möglichen Violetttönen entdeckte, und einen Designerstuhl mit gespreizten dünnen Beinen. Nie und nimmer würde ich mich daraufsetzen, aus Angst, er würde unter mir zusammenbrechen. Darüber hing eine

Discokugel, eine stylische Leselampe beugte sich von hinten über den Stuhl. Auf der einen Seite stand ein fragiles Bücherregal, während zur anderen Seite ein Fadenvorhang aus glitzernden Steinchen die Leseecke optisch vom restlichen Wohnzimmer trennte.

Hätte ich das Haus betreten, ohne zu wissen, wer hier wohnte, hätte ich es sofort, ohne zu überlegen, Maya zuordnen können. Von den Wänden bis hin zu den Möbeln war hier alles genauso bunt und ausgeflippt wie sie.

»Hallo, ihr drei Süßen. Na, habt ihr eure Mama vermisst? Klar habt ihr mich vermisst ... Och, ihr süßen, süßen Kuschelkätzchen.«

Sie nahm eines nach dem anderen hoch und schmiegte ihre Wange an das weiche Fell, was die Kätzchen mit lautem Schnurren und Miauen beantworteten.

»Du hast Katzen«, stellte ich trocken fest.

»Ja, sind sie nicht goldig? Ach, das seid ihr, nicht wahr? Ich hab sie erst seit Kurzem, aber ich kann mir ein Leben ohne die drei gar nicht mehr vorstellen. Sie sind so flauschig und so verschmust. Endlich freut sich jemand auf mich, wenn ich nach Hause komme ... Okay, das klingt armselig, ich hoffe, du hältst mich jetzt nicht für eine Irre. Aber du musst zugeben, dass sie wirklich niedlich sind. Hier, nimm mal eine.«

Und schon hielt ich das graue Kätzchen, während sie die beiden anderen humpelnd zur Couch trug. Das Ding war nicht größer als meine Handfläche und sah mich mit großen blauen Babykatzenaugen an.

»Herrje, du bist doch hoffentlich nicht allergisch gegen Tierhaare?«, fragte Maya mit entsetztem Blick, als sie zu mir sah und ich noch immer skeptisch dieses

Fellknäuel in meiner Hand betrachtete, das sein kleines Köpfchen an mir rieb.

»Nein, aber ich hab noch nie …«

Zögernd sah ich sie an.

»Du hast noch nie eine kleine Muschi in deinen Händen gehalten?«, fragte sie mit todernstem Gesichtsausdruck.

Lediglich ein leichtes Zucken ihrer Mundwinkel verriet mir, dass ihre Wortwahl völlig beabsichtigt war.

»Bis jetzt nur zweibeinige«, gab ich deshalb zur Antwort, was ihr ein prustendes Lachen entlockte.

»Gott sei Dank, ich dachte ja tatsächlich, der Ryan, den ich kannte, wäre völlig verloren gegangen. Na komm, setz dich.« Sie klopfte auf die Couch neben sich, nachdem sie die kleinen Kätzchen auf den Boden gesetzt hatte.

Auch ich ließ die graue Mieze wieder runter und kam Mayas Aufforderung nach.

Der Anstand hätte es verlangt, Abstand zwischen uns zu lassen, aber Scheiß drauf! Ich wollte ihr nahe sein, und hier bot sich gerade die beste Gelegenheit dazu, ihr nicht wie ein Idiot unaufgefordert näher zu kommen. Also setzte ich mich so dicht neben sie, dass sich unsere Oberschenkel berührten.

»Wie heißen die drei?« Ich nickte zu unseren Füßen, um die die drei Kätzchen schnurrten und ihre Köpfchen an uns rieben.

»Du musst versprechen, nicht zu lachen, okay?«

Mit ernster Miene nickte ich.

»Sie heißen Ernie, Fog und Onkel Chuck«, sagte sie dann, und ich spürte, wie ich die Kontrolle über meine Mundwinkel verlor.

»Wie kommt man denn auf solche Namen?«

Sie zuckte mit den Schultern. »Ernie, weil die Katze so orange ist wie Ernie von der Sesamstraße, Fog, weil er so grau ist wie der Nebel. Und Onkel Chuck …« Sie deutete auf die getigerte Katze, »hatte besonderes Glück. Seine Mutter ist laut Tierheim bei einem schweren Autounfall ums Leben gekommen. Eigentlich dachten sie nicht, dass ihre Jungen überlebt hätten, aber Onkel Chuck konnten sie zur Welt holen, und er hat tatsächlich überlebt.«

Ich runzelte überrascht die Stirn.

»Ja, ich war auch ziemlich baff, aber anscheinend hätte die Katzenmutter innerhalb der nächsten Stunden die Kleinen zur Welt gebracht. Onkel Chuck hatte einen ganz besonders schlimmen Start ins Leben – aber er lässt sich wohl nicht so schnell unterkriegen.«

»Er ist ein Kämpfer«, stellte ich fest.

»O ja, das ist er.« Gedankenverloren sah sie auf die Kätzchen nieder. »Und du?«, fragte sie dann. »Bist du auch noch ein Kämpfer?«

Ich sah tief in ihre Augen, nicht sicher, was sie von mir hören wollte. Ja, ich war noch immer ein Kämpfer, aber auf eine andere Art und Weise, als sie vielleicht dachte …

»Ich kämpfe dafür, ein schönes Leben zu haben«, erklärte ich monoton.

Den Schmerz, den ich dabei empfand, schluckte ich hinunter. Jedes Mal, wenn ich an die Ereignisse aus der Vergangenheit dachte, kroch mir die Kälte den Nacken hinauf. Ich konnte die Bilder nicht abschalten. Weder jene, in denen ich wieder und wieder sah, wie ich Freunde bei Einsätzen verloren hatte, noch die, in denen ich selbst nur knapp dem Tod entkommen war. Geschweige denn die, bei denen wir meinen Vater und meinen Bruder beerdigen mussten …

»Tut mir leid, dass du dich wegen mir verletzt hast«, sagte ich dann, um mich selbst abzulenken. Und weil es mir wirklich leidtat.

Maya zuckte mit den Schultern. »Ich bin ja selbst auf den Baum geklettert und war auch noch so blöd, abzustürzen. Ich hätte nie da hochdürfen, wobei …« Sie schlug mir gegen meinen Oberarm. »Wie konntest du den Kindern was von ihren Grenzen erzählen und dass sie diese überschreiten sollen? Dass sie den Feind suchen sollen?! Das sind Kinder, Herrgott noch mal! Die brauchen Grenzen, damit sie wissen, in welchem Rahmen sie sich bewegen können. Ich lehre sie nichts anderes, und du kommst daher und sagst ihnen, dass sie sich nicht daran halten müssen. Stell dir nur mal vor, was passiert wäre, wenn nicht ich, sondern André so abgestürzt wäre …! Er hätte dabei sterben können, oder sich zumindest ernsthaft verletzen …«

Natürlich hatte sie recht. Ich hatte nicht einkalkuliert, dass Kinder manchmal Worte anders verstehen, als Erwachsene sie gemeint hatten. Dabei war ich doch selbst nicht viel anders gewesen. Wie oft hatten meine Eltern mich zurückpfeifen müssen …

»Ich kann nicht mehr sagen, als dass es mir leidtut. Es lag nicht in meiner Absicht, ihn zu so einer Aktion zu verleiten, das weißt du hoffentlich.«

»Nein, eigentlich weiß ich das nicht. Ich meine, du tauchst hier auf und stellst die Kleinen auf, als wären sie in deinem *Team*.«

Das letzte Wort sagte sie fast schon verachtend, was mich tief traf. Jahrelang war genau ein *Team* meine Familie gewesen. Sie hatte keine Ahnung, was es bedeutete, ein Teil davon sein zu dürfen. Es war ein großes Privileg, ein Navy SEAL gewesen zu sein, zur Elite gehört zu haben.

Ohne Luft zu holen, schimpfte sie weiter. »Klar, ich sollte vielleicht einfach dir gegenüber offen sein, aber wie soll ich das, wenn du jeden Moment ausnutzt, um dich nicht an meine wenigen Vorgaben zu halten? Vielleicht überreagiere ich ja, aber ich meine, du hast doch gesehen, was das heute für Folgen hatte. Mein Gott, Ryan … Du bist nun mal, wie du bist, aber es fällt mir verdammt schwer, den Kindergärtner in dir zu sehen. Gerade wenn du die Kinder zu solchen Dingen animierst. Wenn du dann noch so aussiehst, wie du aussiehst …« Ihr Blick wanderte an mir hinab, brachte meine Haut zum Lodern und meinen Schwanz zum Pulsieren, als sie genau dorthin starrte. »… und wenn du mich hochhebst und trägst wie vor vier Jahren, dann …«

Mehr brauchte ich nicht. Meine Lippen landeten auf ihren und brachten sie zum Schweigen. Sie dachte noch an unsere gemeinsame Nacht, das wusste ich nun. Ihre Stimme klang heiser und gequält. Ihr Blick, der über meinen Körper gewandert war und für meinen Geschmack viel zu lange an meinem Schritt festgehalten hatte, sagte mir allzu deutlich, dass ich sie nicht kaltließ.

Und als ich ihren zarten Mund schmeckte, ihren süßen Duft inhalierte … als ich ihre Lippen teilte und in den Genuss ihrer Zunge kam, vergaß ich all meine guten Vorsätze, mich von Maya fernzuhalten …

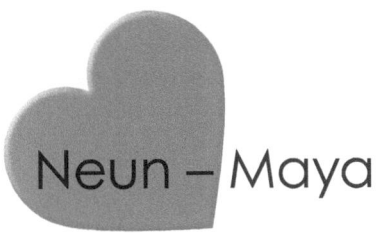

Neun – Maya

Irgendwann hatte ich den Punkt erreicht, an dem ich die Kontrolle verloren hatte. Wann genau, wusste ich nicht mehr, aber plötzlich landeten Ryans Lippen auf meinen und ... eigentlich hätte ich ihn von mir stoßen sollen. Doch ich konnte nicht. Selbst wenn ich gewollt hätte, hätte mein Körper es nicht zugelassen. Er hatte die Kontrolle übernommen ...

Meine Hände lagen in Ryans Nacken und zogen ihn näher. Meine Zunge hieß seine willkommen, als er vorsichtig meine Lippen teilte. Und nun, da ich ihn nicht nur fühlte und roch, sondern auch noch schmeckte, war ich vollends verloren.

Ein sehnsuchtsvolles Seufzen verließ meinen Mund und ... Gott, ich wollte, dass er mich nicht mehr losließ.

Ich fühlte den leichten Widerstand, mit dem Ryan mich erst noch bremsen wollte, und den Moment, in dem er aufgab und seinen Kopf ausschaltete.

Ein tiefes Knurren verließ seine Kehle, das mich erschaudern ließ. Es klang so sexy und animalisch, dass sich meine Brustwarzen aufrichteten und mein Slip nass wurde, als hätte er einen Knopf gedrückt.

Ryan drehte mich leicht, sodass ich mit dem Rücken nun vollständig auf der Couch lag, und drängte sich auf mich. Meine Hände glitten über seine breiten Schultern, während ich nach hinten sank und ihn mit mir zog. Ich hob ihm mein Becken entgegen, schlang meine Beine um ihn, völlig ignorierend, dass ich in dieser Position ein unangenehmes Ziehen im Fußgelenk spürte.

Ich merkte, wie sehr Ryan mich wollte ... Und Herrgott noch mal, ich wollte ihn auch!

Aber er war nicht mehr Ryan, der Soldat, und ich keine achtzehn mehr. Er war Ryan, der Kindergartenpraktikant, mit dem ich womöglich jahrelang zusammenarbeiten würde. Mit dem ich mir zumindest die nächsten Wochen meine Klasse teilte – und *das* war definitiv ein Grund, über den ich nachdenken sollte, bevor das hier weiterging. Denn ich wollte nicht – egal, was passieren würde –, dass es noch schwieriger zwischen uns wurde, als es bereits die letzten Tage gewesen war.

»Warte ...« Ich drückte ihn von mir.

Seine Augen waren halb geschlossen, und Feuer loderte in ihnen. Frustriert stöhnte ich auf, als ich noch mehr Abstand zwischen uns brachte.

Ryan blinzelte, dann schien es ihm wie Schuppen von den Augen zu fallen.

»Scheiße ...«, knurrte er. Sofort sprang er auf und machte ein paar Schritte weg von mir. Er fuhr sich mit den Händen durch die Haare und drehte sich um, als wollte er gehen.

»Schon gut. Das ...« Ich lachte auf. »Das ist jetzt etwas peinlich.« Ich tat besonders lässig, als er sich wieder zu mir umdrehte und mich mit seltsam verwirrtem Blick ansah. Verlegen rappelte ich mich hoch und fuhr mir mit den Fingern durch die Haare, um sie nicht unordentlich aussehen zu lassen.

Sein Blick folgte meinen Händen, wanderte tiefer, und ich wusste, er sah auf meine Nippel, die immer noch steif und empfindlich waren und genau wie der Rest meines Körpers dagegen protestierten, dass das, was sich eben angebahnt hätte, unterbrochen wurde. Von mir.

Gott, ich war so bescheuert!

Wie konnte ich eine Gelegenheit auf Sex einfach so ablehnen? Wer wusste schon, wann sich das nächste Mal die Möglichkeit dazu ergab? Mit Ryan jedenfalls garantiert nicht, seinem Gesichtsausdruck nach zu urteilen ... Denn in seinen Augen sah ich nun Stolz, Wut und Entschlossenheit.

»Ich sollte jetzt gehen«, zischte er zwischen zusammengebissenen Zähnen hervor und machte mir so den Eindruck, dass ich ihn tatsächlich in seinem Stolz verletzt hatte. Er war bestimmt kein Kerl, der wieder und wieder und wieder bei einer Frau zu landen versuchte, nachdem er sich einen Korb geholt hatte.

»Das ... war nett«, begann ich in meiner Panik, das Ganze auch noch zu verschlimmbessern. »Danke also ... für den Kuss ... und natürlich für deine Begleitung zu Doktor Shepperd und dass du mich nach Hause gebracht hast. Auf meine Couch.«

Natürlich, wohin hätte er mich sonst bringen sollen? In mein Bett? Am liebsten hätte ich mich in ein tiefes Loch gestürzt, das sich leider *nicht* vor mir auftat – nicht zuletzt, da sofort Bilder von ihm und mir in meinem Schlafzimmer durch meinen Kopf huschten. Schnell schüttelte ich ihn, um die nicht jugendfreien Bilder darin zu verscheuchen.

»Jedenfalls muss ich gestehen, dass ich den Ansatz deiner Arbeit im Grunde gar nicht so schlecht finde. Nur die Umsetzung ist etwas ...«

Ryan blinzelte. Gut, der Themenwechsel kam vielleicht etwas plötzlich, und ich hatte doch gerade tatsächlich unseren Kuss als *nett* bezeichnet! Wo war die Wand, gegen die ich meinen Kopf schlagen konnte?

»… also die Umsetzung … ich werde mich sicher daran gewöhnen«, sagte ich, da ich den Faden verloren hatte.

»Ich sehe schon, das alles war ein verdammter Fehler.« Ryan hatte seine Hände zu Fäusten geballt und wich meinem Blick aus. »Das Beste ist wohl, wenn ich hier wieder verschwinde …«

»Du willst was? Nein … warte …!«

Herrgott, das alles lief völlig verkehrt. Ich stand auf und humpelte zu ihm, doch er ignorierte mich und ging zur Tür. Dort blieb er stehen und drehte sich noch einmal zu mir um.

»Nein, nein. Hab schon verstanden. Im Grunde wäre es besser gewesen, nicht all meine Hoffnung auf Greenwater Hill zu legen. Vielleicht war es sogar falsch, zu denken, ich könnte Kindergärtner werden.«

»Nein, tut mir leid, so meinte ich das nicht …« Ich hatte ihn erreicht und stellte mich vor ihn, eine Hand gegen die Tür gedrückt, damit er sie nicht öffnete. »Du wirst ein wundervoller Kindergärtner werden. Die Kinder lieben dich, Herrgott. Sie sehen zu dir auf, als wärst du ihr Held. Kinder brauchen Helden … Sogar die Mütter himmeln dich an«, fügte ich noch hinzu, so verzweifelt war ich, da er immer noch diese Entschlossenheit im Blick hatte.

»Die Mütter …?« Er hob eine Augenbraue.

»Ja … Aber darum geht es nicht. Du hast einfach eine … sehr außergewöhnliche Art, mit Kindern zu arbeiten. Die ist anders, was nicht bedeutet, dass sie grundlegend schlecht ist. Ganz im Gegenteil, immerhin … könnte ich mir vorstellen … auch von dir zu lernen.« Gott, es fiel mir richtig schwer, das zu sagen. Ich holte tief Luft, bevor er meine klitzekleine Pause nutzen konnte, um mich zu unterbrechen. »Soll heißen, ich lasse dir gerne freie Hand, aber … es wäre schön, wenn wir im Vorfeld absprechen könnten, was du so alles geplant hast. Damit ich darauf vorbereitet bin, was mich erwartet, und damit ich vor allem rechtzeitig reagieren kann, sollte etwas nicht … zur Klasse passen.«

Die Formulierung wählte ich gezielt vorsichtig – ich wollte ihn nicht kränken oder gar vollends vertreiben und trotzdem die Kontrolle über meine Klasse behalten.

»Natürlich. Es ist deine Klasse.«

Keine Regung in seinem Gesicht. Kein Lächeln auf den Lippen. Nichts deutete darauf hin, wie es in ihm aussah. Herrgott noch mal, dieser Kerl brachte mich zur Weißglut …

Trotzdem wählte ich meine nächsten Worte bewusst. »Wir schaffen das, da bin ich mir sicher.«

Ryan nickte knapp, hob zwei Finger zum Gruß an seine Stirn und öffnete die Tür. Immer noch verwirrt, stolperte ich zur Seite, um ihm Platz zu machen. Ich tastete nach seiner Hand, nur um ihn noch einmal zu spüren, doch er zog sie zurück, kaum dass ich sie berührt hatte, und tat, als hätte diese Berührung nie stattgefunden. Gekränkt sah ich ihm nach, wie er mein Grundstück verließ, ohne sich noch einmal zu mir umzudrehen.

»Verdammt, ich hätte ihn nicht einfach gehen lassen sollen!« Ich stellte meine Kaffeetasse viel zu kräftig ab, sodass ein Teil des Inhalts auf meinen Gartentisch schwappte.

Meine beste Freundin und Nachbarin Louise nickte zustimmend. Sie drehte den Ehering an ihrem Finger und legte den Kopf schräg. »Aber vielleicht braucht ihr beide einfach noch etwas Zeit, denkst du nicht? Ich meine, ihr hattet vor vier Jahren eine tolle Nacht, schon klar. Übrigens bin ich dir immer noch böse, dass du mir das bis heute verschwiegen hast.«

Ich verdrehte die Augen und grinste entschuldigend.

»Doch damals hattet ihr keine Zeit, ihr habt beide gewusst, dass euch nur diese wenigen Stunden bleiben. Jetzt sieht das Ganze anders aus – ihr habt alle Zeit der Welt.«

»Wenn er mich nicht will, nützt mir Zeit gar nichts«, maulte ich beleidigt. Herrgott, immerhin war ich diejenige, die ständig predigte, dass man jede Gelegenheit für Sex nutzen sollte ... Schließlich war ich eine Singlefrau in Greenwater Hill, was bedeutete, dass die Auswahl an infrage kommenden Männern sehr begrenzt war. Selbst Louise hatte ich vor über einem Jahr, als sie nebenan eingezogen war, klargemacht, dass sie nicht lange zögern und die Gelegenheit, mit Noah, ihrem damaligen Möbelpacker, in die Kiste zu hüpfen, nutzen sollte. Und heute waren die beiden verheiratet.

Ich seufzte.

»Aber wenn er dich zuerst küsst, wird er nicht nichts von dir wollen«, beruhigte sie mich.

»Aber ich hab ihn verdammt noch mal abgewiesen. Und darauf hat er nicht gerade begeistert reagiert, sondern eher so, als wäre ihm bewusst geworden, dass er fast einen Fehler begangen hätte. Und ich hab seine Arbeitsweise kritisiert. Gleich nach dem ersten Mal, als er in Aktion getreten ist ...«

»Aber das musstest du. Immerhin hast du dir den Knöchel verletzt, weil der Herr Praktikant ...« Sie deutete auf mein Bein, das ich auf dem Stuhl vor mir ausgestreckt hatte.

»Ja, vermutlich musste ich das. Aber das ist noch lange kein Grund, davonzulaufen wie ein ...« Ich suchte nach einem passenden Vergleich.

»Wie ein Kleinkind?«, versuchte es Louise, doch ich schüttelte den Kopf.

»Nein. Nicht wie ein Kleinkind. Eher wie ein wütender Bär. Es war, als würde er bewusst Abstand zwischen uns bringen, bevor er mit seinen Pranken ausholt und ...«

»Herrje, er wollte dich schlagen?«, unterbrach mich meine Freundin entsetzt.

»Neiiin. Bildlich gesprochen natürlich.« Ich seufzte. »Er wirkte einfach völlig unberechenbar. Wütend, wild ...«

»Uh, klingt heiß.« Louise zwinkerte. »Auch wenn du nicht weißt, ob er dich noch will ... Du willst ihn garantiert.«

Ich grinste, wurde dann jedoch wieder ernst. »Keine Ahnung. Zum Narren mache ich mich garantiert nicht. Wenn er mich nicht will, werde ich ihm sicher nicht hinterherlaufen. Abgesehen davon weiß ich nicht, ob ich *tatsächlich* will, dass noch einmal was zwischen uns passiert. Immerhin arbeiten wir zusammen. Da könnte eine Affäre mit ihm für reichlich Probleme sorgen.«

»Wie jetzt? Du denkst über eine lockere Affäre mit dem heißen Exsoldaten nach?«

»Keine Ahnung!« Ich streckte die Arme über den Kopf und presste die Hände dagegen, um den beginnenden Kopfschmerz einzudämmen. »Im Grunde hatte ich noch keine Zeit, mir darüber klar zu werden, was es bedeuten würde, wenn er und ich ...« Ich raufte mir die Haare.

»Du hast in den ganzen zwei Wochen nicht ein Mal darüber nachgedacht, was wäre, wenn ihr zwei noch einmal was am Laufen hättet? Was daraus werden könnte?« Louise runzelte ungläubig die Stirn.

»Na ja ... Nicht wirklich. Weißt du, Ryan hat von Beginn an eher distanziert gewirkt. Ich dachte die ganze Zeit, dass er und ich Geschichte seien. Aber sein Kuss heute Nachmittag ... der hat mich völlig aus der Bahn geworfen.«

»Na also, dann will er dich doch.«

Ich zuckte mit den Schultern. »Jetzt vermutlich nicht mehr, wo ich ihn so plump abgewiesen habe. Und ja ... ich bin mir nicht sicher, ob ich im Falle des Falles einfach nur Sex mit ihm haben will, weißt du? Wir arbeiten zusammen, ich will nicht, dass es zwischen uns unangenehm wird. Und das würde es definitiv, wenn wir nur zum Spaß in die Kiste steigen würden ...«

Warum musste das alles so kompliziert sein? Wie einfach war es vor vier Jahren gewesen. Damals waren nur Ryan, ich und unsere gemeinsame Nacht wichtig. Aber jetzt stand so viel mehr auf dem Spiel. Würde er nicht mit mir gemeinsam im Kindergarten arbeiten, wäre alles vielleicht nur halb so verwirrend. Aber nachdem wir tagsüber zusammen funktionieren mussten, durfte nichts zwischen uns stehen.

»Hast du ihm deine Bedenken schon gesagt?«, fragte Louise, und ich schüttelte den Kopf.

»Nein, aber das sollte ich auf jeden Fall tun. Dazu ergab sich leider heute nicht wirklich die Gelegenheit. Schließlich bin ich selbst noch völlig durch den Wind. Weißt du, im Grunde ist es durch das eine Mal Sex ja schon kompliziert genug zwischen uns. Hätten wir damals nicht miteinander geschlafen, würde bestimmt nicht so eine unangenehme Anspannung zwischen uns herrschen. Und trotzdem ...« Ich schloss die Augen und reckte den Kopf nach oben, die Hände vor dem Gesicht. »Gott, ich hätte nie gedacht, dass es *so* sein würde, wenn wir uns wieder nahekommen. Ich dachte wirklich, ich hätte die Nacht mit ihm deshalb als so besonders in Erinnerung, weil es total aufregend gewesen war. Fast so, als würden wir etwas ... Verbotenes tun. Aber als wir uns heute geküsst haben ...« Ein wohliges Kribbeln kroch über meinen ganzen Körper und brachte mich zum Seufzen.

Louise kicherte. »So gut?«

»Gott, Louise, du hast ja keine Ahnung!« Ich lachte.

»Dann bleib dran. Nehmt euch die Zeit, die ihr braucht, und gib auf jeden Fall nicht auf. Wenn es für dich so schön war, hat er bestimmt ähnlich empfunden.«

Gedankenverloren sah ich auf das Waldstück vor uns. Dean hatte mir bei unserem letzten Telefonat verraten, dass Ryan Nicks neuer Nachbar war. War das zu fassen? Er lebte gleich am anderen Ende des Waldes, auf das Louise und ich sahen und das an unsere beiden Grundstücke grenzte.

Bestimmt hatte Louise recht. Es musste einfach so sein, dass Ryan ähnlich wie ich empfand. Ich hatte es doch in seinem Blick sehen können, als er auf mir lag, hatte es zwischen meinen Beinen fühlen können, als er sich mit seinem Becken gegen mich gepresst hatte. Die Frage war nur, ob das für uns beide genug war …

Am nächsten Tag ging es meinem Fuß insoweit besser, dass ich es zumindest in den Supermarkt schaffte. Ich humpelte zwar wie der Glöckner von Notre-Dame, aber ich brauchte dringend Lebensmittel. Sicherlich hätte ich Louise oder meinen Bruder fragen können, ob sie für mich einkaufen könnten, aber ich wollte niemandem zur Last fallen. Außerdem musste ich spätestens am Montag wieder voll einsatzfähig sein. Ich sah den Ausflug in den Supermarkt als Test und wusste schließlich, dass ich das ganze restliche Wochenende auf der Couch liegen und mich schonen konnte.

Ich stand gerade vor dem Regal mit dem Brot, als jemand an mir vorbei nach der letzten Packung Roggenbrot griff.

»Hey, das wollte ich gerade nehmen«, protestierte ich und sah mich zu dem Kerl um, der ein schuldbewusstes Grinsen aufgesetzt hatte.

»Hey, Maya.« Nick, Ryans Nachbar, zwinkerte mir zu und hielt mir das Brot unter die Nase. »Wenn du willst, kannst du es haben. Ich such mir einfach ein anderes aus.«

»Nein, schon gut. Nimm du es.« Ich hielt abwehrend die Hände in die Höhe.

»Aber du kannst es wirklich …«

Er wollte es gerade in meinen Einkaufswagen legen, doch ich griff sofort danach und warf es in hohem Bogen in seinen.

»Keine Widerrede. Wir machen einen Deal. Du bekommst das Brot und ich ein paar Informationen. Und
ich will, dass du mir ausführliche Antworten gibst,
immerhin hab ich dir gerade mein Brot überlassen. Ich
hoffe, du weißt das zu schätzen.« Ich sah den großen
Mann mit den dunkelblonden Haaren herausfordernd
an, der mit seinem Bruder Ted, dem örtlichen Tierarzt,
bis auf die blauen Augen nichts gemeinsam hatte.

Im Grunde kannte ich Nick schon mein ganzes
Leben – immerhin war Ted, seit ich denken konnte,
Deans bester Freund. Es gab eine Zeit, in der wir zu
viert viel unternommen hatten. Trotzdem standen wir
uns heute nicht mehr so nahe wie damals. Denn auch
wenn sich die beiden Brüder optisch nicht ähnelten,
waren sie charakterlich so gleich, dass es fast schon
unheimlich war. Dadurch kam es seit Kindesalter regelmäßig zu Reibereien zwischen den beiden, zuletzt, als
Nick seinem Bruder die Freundin ausgespannt hatte.
Diese Beziehung hatte zwar auch nicht gehalten, aber
die Spannung zwischen den Brüdern hatte sich so er-
höht, dass sie wohl irgendwann beschlossen hatten,
sich nicht zu sehr in die Quere zu kommen. Erst seit
Kurzem schien es wieder etwas harmonischer zwischen
ihnen zu werden, was wohl an Teds Freundin Sam
liegen musste. Ich war mir sicher, die Frau sorgte dafür,
dass nichts und niemand einen Keil in ihre Beziehung
treiben würde.

Er lachte leise auf. »O-oh, muss ich es jetzt mit der
Angst zu tun kriegen?«

»Keinesfalls. Außer natürlich, du verschweigst mir
wichtige Details. Glaub mir, über kurz oder lang finde
ich heraus, wenn du mir Informationen vorenthältst.
Irgendwann komme ich der Wahrheit auf die Schliche,

und dann hilft es dir nicht einmal mehr, deine sexy Feuerwehrkluft anzuziehen, um mich zu besänftigen.«

»Maya-Baby, wenn ich gewusst hätte, dass du scharf auf mich in Feuerwehrklamotten bist …«

»Sorry, Nick, ich steh zwar auf Männer in Uniformen, aber das mit uns beiden wird nie passieren.«

»Und wenn ich dir sage, dass er groß und allseits bereit ist?«, fragte er mit schmutzigem Grinsen, was mich zum Lachen brachte.

Ich boxte ihm gegen die Schulter.

»Ich hoffe, du sprichst vom Feuerwehrwagen.«

»Selbstverständlich.« Er wackelte mit den Augenbrauen. »Also? Wie kann ich dir helfen?«, fragte er dann und sah mich neugierig an.

Da ich nicht sofort antwortete, sondern überlegte, wie ich die Sache am besten angehen sollte, ergriff Nick noch einmal das Wort: »Wir können auch gern ins *Greenwater Grill* gehen, wenn dir das Thema hier zwischen Nudeln und Eiern unangenehm ist.« Er grinste. »Oder wir gehen direkt zu mir nach Hause.«

»Unglaublich! Ihr Cornerman-Brüder seid in so vielen Punkten völlig verschieden, aber in dieser Hinsicht könnt ihr euch die Hand geben. By the way möchte ich noch einmal darauf hinweisen, dass ich *nicht* an dir interessiert bin, Nick. So ungern ich dich auch enttäuschen will.« Nun zwinkerte ich ihm zu. »Aber du bist der Bruder des besten Freundes meines Bruders, der wie ein Bruder für mich war, also … bist du quasi auch *mein* Bruder.«

Wieder lachte er, und süße kleine Fältchen bildeten sich um seine Augen. »Du bist immer noch so eine verrückte Nudel wie früher. Wir sollten wieder öfter was miteinander unternehmen, Maya. Du bringst mich zum Lachen, und das ist gut.«

Ein warmes Gefühl stieg in mir hoch. Ich mochte Nick. Er war genau wie Ted einer der Guten.

Freundschaftlich legte er mir seinen Arm um meine Schulter. Dass er hinter meinem Rücken das Brot in meinen Einkaufswagen packte, entging mir nicht, aber ich ging nicht noch einmal darauf ein.

»Wie kann ich dir helfen, Süße?«

Ich holte tief Luft. »Puh, also ich weiß nicht, wie ich es am besten sagen soll, aber … Erzähl mir von deinem neuen Nachbarn.« Sofort wurde mir warm im Gesicht. Ich hatte keine Ahnung, ob sich die beiden, außer einem »Hallo« über die Grundstücksgrenze, unterhalten hatten oder ob sie sich so gut verstanden, wie Louise und ich ab dem Moment, in dem wir uns das erste Mal gesehen hatten.

»Verdammt, ich dachte wirklich, du würdest *mich* wollen.« Seine Stimme klang amüsiert, und ich wusste – hoffte –, dass er es tatsächlich nicht ernst meinte. »Na gut … mein Nachbar also.« Er holte tief Luft. »Ich denke, er ist ein anständiger Kerl. Ruhig, etwas verschlossen, aber bisher macht er einen guten Eindruck.«

»Das ist alles, was du über ihn sagen kannst?«

»Jep.«

»Okay …«

Es ärgerte mich, dass man meine Enttäuschung raushören konnte. Abgesehen davon wusste ich nicht, was ich erwartet hatte … Ja, okay, ich wusste es natürlich. Ich hatte auf viel mehr Informationen zu Ryan gehofft, aber vermutlich würde ich die nicht von Nick bekommen. Es war auch bestimmt nicht schlau, andere über Ryan auszufragen, da die Dinge, die mich interessierten, mir nur er selbst beantworten konnte.

Nämlich, was das mit uns beiden war. Ob daraus etwas Festes entstehen könnte oder ob er in mir maximal ein weiteres Abenteuer, eine heiße Nacht, sah. Oder nur die Arbeitskollegin. Und, was mindestens genauso interessant war: warum er so geworden war, wie er war … Was mit ihm passiert war, was ihn zu diesem verschlossenen, verbissenen Mann gemacht hatte. Denn ich hoffte stark, dass es nicht meine bloße Anwesenheit war …

Wobei … er war Soldat gewesen. Er hatte *garantiert* Dinge gesehen, vielleicht auch tun müssen, die kein Mensch erleben oder selbst tun sollte. Eine Gänsehaut kroch über meinen Rücken bei den Bildern, die sich vor mein inneres Auge schoben, und ich hoffte so sehr, dass die Wahrheit nichts mit meiner grauenvollen Fantasie gemeinsam hatte.

»Tut mir leid, dass ich dir nicht mehr sagen kann. Aber selbst wenn ich mehr wüsste …«

»Schon gut, Nick. Ich hätte dich nicht fragen sollen, das war nicht fair von mir. Danke trotzdem für deine Antwort.«

»Du stehst auf ihn, was?« Er drückte mich noch einmal an sich, ehe er den Arm von meiner Schulter nahm.

Ich zuckte mit den Schultern. »Stand« ich auf Ryan? Ich würde eher sagen, dass er mich tief im Inneren berührt hatte wie noch kein Mensch zuvor. Ich wollte mehr über ihn erfahren, wollte wissen, was ihn bewegte, was hinter seiner Fassade steckte. Ich malte mir im Kopf die kitschigsten Bilder von ihm und mir aus und zwang mich gleichzeitig immer wieder, an seine seltsame, abweisende Art zu denken, um mein Herz zu schützen. Was mir verdammt schwerfiel bei dem Gedanken daran, wie unglaublich süß er mit den Kindern umging …

»Wegen ihm hab ich mir jedenfalls den Knöchel verletzt. Ich bin mir noch nicht sicher, ob ich auf ihn stehe oder ihn lieber treten will«, antwortete ich dann leichthin, obwohl ich tief in mir drin die Antwort schon längst kannte …

Zehn – Ryan

»Auch wenn du erwachsen bist, wirst du immer mein Baby sein, Ryan. Ich hoffe, du hast dich inzwischen gut eingelebt …?«

Ich schmunzelte bei den Worten meiner Mutter und fühlte die unbändige Wärme, die mich durchflutete.

»Klar. Ich meine …« Sofort dachte ich an Maya, schob den Gedanken an sie aber gleich wieder weit in den Hintergrund. »Das Haus ist hübsch. Ich kann es dir gerne zeigen.«

»Ich hatte gehofft, dass du mich das fragst.« Sie lachte, und ich sah ihr an, dass sie glücklich war.

Ich stand auf und nahm den Laptop mit einer Hand hoch, drehte ihn langsam, sodass meine Mutter über die Webcam das Wohnzimmer sehen konnte. Es war das erste Mal, dass wir nicht telefonierten, sondern uns per Computer unterhielten, denn sie hatte schon ein paarmal darauf gedrängt, mein neues Zuhause sehen zu dürfen.

»Ich weiß, es ist noch nicht sehr wohnlich eingerichtet. Aber es erfüllt seinen Zweck«, sagte ich sofort entschuldigend.

Die Wände waren noch kahl, der warme Karamellton der Wandfarbe und das dunkle Braun der Holzmöbel waren die einzigen Farben in meinem neuen Zuhause.

»Dem Haus fehlt es noch etwas an Individualität«, merkte sie leise an, und ich hörte, dass sie traurig darüber war, nichts Persönliches entdecken zu können. Auch bei ihr in Florida hatte ich am Tag meiner Rückkehr nach dem Tod meines Vaters und meines Bruders alle Erinnerungen an schöne gemeinsame Tage, alle Pokale, Poster von Kinofilmen und alle Fotos von uns aus meinem Zimmer in einen Karton verbannt und im Keller verstaut. Es hatte einfach zu wehgetan, an glückliche Zeiten erinnert zu werden – und daran hatte sich auch in den letzten drei Jahren nichts geändert ...

»Vielleicht kaufe ich bald ein paar Kissen und ... Dekozeug«, entschied ich und versuchte so, meine Mom zu beruhigen.

Sie machte ein zustimmendes Geräusch, während ich zur Küche ging und mich dort einmal im Kreis drehte, um anschließend das Bad anzusteuern.

»Und wie geht es dir bei der Arbeit, Ryan?«

Als ich meiner Mom zum ersten Mal gesagt hatte, dass ich Kindergärtner werden wollte, hatte sie anfangs Zweifel, ob ich nicht völlig am Durchdrehen wäre. Ich meine, ich, der Navy SEAL wollte Kindergärtner werden! Mein Vater hätte niemals meine Entscheidung geduldet, doch er war nicht mehr da. Und mit Kindern zu arbeiten, war das Einzige, was ich mir für meine Zukunft vorstellen konnte. Es war der erste Gedanke, den ich gefasst hatte, als ich mir darüber im Klaren wurde, dass meine Karriere bei den SEALs ein Ende finden musste.

Das Anmelden zur Ausbildung war meine erste Amtshandlung gewesen, nachdem ich nach den vielen Tagen, in denen ich der Menschheit aus dem Weg gegangen war, endlich aus meinem Zimmer gekrochen kam. Doch als meine Mom gemerkt hatte, wie gut mir diese Veränderung tat, unterstützte sie mich, wo sie nur konnte.

Ich hatte nie mit ihr über den eigentlichen Auslöser gesprochen. Vielleicht dachte sie, mir wäre bewusst geworden, dass ich ebenfalls sterben könnte. Diese Angst hatte ich nicht. Hatte ich nie. Sonst wäre ich bei den SEALs vermutlich falsch aufgehoben gewesen. Aber ich hatte Angst bekommen bei dem Gedanken, meine Mom ganz allein auf dieser Welt zurückzulassen. Ich wusste, wie weh es tat, Dad und Sean zu verlieren. Das wollte ich ihr nicht noch einmal antun. Also war für mich das einzig Logische, einen neuen Beruf zu wählen.

Dass ich im Laufe meiner Ausbildung den Entschluss gefasst hatte, ausgerechnet in Greenwater Hill einen Job zu suchen, um für mich einen Neustart zu wagen, hatte mich trotzdem viel Überwindung gekostet. Natürlich hatte ich diesen Wunsch mit meiner Mutter besprochen. Ich musste wissen, was sie darüber denken würde. Hätte sie negativ darauf reagiert, hätte ich den Gedanken sofort wieder verworfen. Doch sie fand es gut, einen kompletten Szenenwechsel zu machen und den Kopf frei zu kriegen. Nun war ich derjenige gewesen, der hin- und hergerissen war. Schließlich war es meine Mom, die mich endgültig dazu überredet hatte, ans andere Ende des Landes zu ziehen. Sie meinte, ich sollte meinem Herzen folgen, und wenn Greenwater Hill der einzige Ort wäre, an den ich gute Erinnerungen hätte, sollte ich dort hingehen.

Ich seufzte tief. »Ganz okay«, gab ich ihr dann zur Antwort.

Als sie meine Arbeit erwähnt hatte, schlich sich sofort Maya in meinen Kopf. Obwohl es nicht viele Momente gab, in denen sie *nicht* in meinen Gedanken vorkam.

Meine Mom runzelte die Stirn, doch ich ignorierte vorerst ihren fragenden Blick und öffnete die Tür zum letzten Raum am Ende des Flurs. Mayas kritisierende Worte saßen immer noch tief, ganz zu schweigen von ihrer Abfuhr und dem Schock, fast meine und ihre Anstellung riskiert zu haben. Ich war mir sicher, Misses Bishop würde es auf Hunderte Meter Entfernung wittern, wenn sich zwischen Maya und mir etwas anbahnen würde. Und ihre scharfen Worte, die sie mir als Warnung an meinem ersten Tag mitgegeben hatte, hörte ich noch immer so deutlich, als würde sie direkt vor mir stehen und mich daran erinnern, die Finger von Maya zu lassen.

»Sogar dein Schlafzimmer wirkt unpersönlich, Ryan.« Meine Mom klang tadelnd, aber was sollte ich machen? Es hatte alles, was ich brauchte: ein Bett und einen Nachttisch sowie einen Einbauschrank. Das Fenster konnte ich mit Rollläden verdunkeln, wenn ich schlief. Mehr hatte ich ehrlich gesagt auch nicht geplant mit diesem Raum. Er erfüllte seinen Zweck und bot mehr Luxus, als ich es von meinen Auslandseinsätzen je gewohnt war. Ich lebte immerhin erst wenige Wochen hier und hatte bisher weder die Lust noch die Zeit, großartig in Einrichtungshäusern herumzuschlendern und nach Dekoartikeln Ausschau zu halten. Mal ganz davon abgesehen, dass ich ein Mann war und mir vermutlich die Gene fehlten, um ein Haus »hübsch« einzurichten, wie meine Mutter es bezeichnen würde.

»Wie geht es Carl?«

»Ach, komm schon, Ryan, lenk nicht vom Thema ab. Dich bedrückt etwas, und ich bin mir nicht sicher, ob es daran liegt, dass du nicht mehr bei mir lebst, an deinem Haus, das so kahl aussieht, dass ich Gänsehaut bekomme, oder an deinem Job. Ich hoffe, es ist die Trennung von zu Hause oder dein neues Heim, denn daran kannst du etwas ändern. Wenn es an Letzterem liegt, dann ...« Sie seufzte tief.

»Du hast recht, Mom«, gestand ich. »Es liegt am Job, aber nicht, wie du vielleicht denkst«, fügte ich schnell hinzu, als ich mich mit dem Laptop wieder auf die Couch sinken ließ.

»Sondern? Machst du dir also endlich keine Gedanken mehr darüber, was dein Vater zu deinem Jobwechsel sagen würde?«

Ich zuckte mit den Schultern. »In gewisser Weise schon. Aber das ändert nichts daran, dass es das Beste ist, was ich tun konnte. Ich will nicht, dass du weiterhin in Sorge lebst, dass auch mir etwas passieren könnte. Und ... Dad ist nicht mehr ...« Ich stockte.

»Ich weiß, was du sagen willst, Ryan.«

Es tat weh, den Schmerz in der Stimme meiner Mutter zu hören. Ich wusste, ich war das Einzige, das sie noch hatte. Klar war da auch Carl, aber er spielte viel zu kurz in ihrem Leben eine Rolle, als dass er eine annähernd ähnliche Wichtigkeit für sie hätte haben können wie ich oder Dad und Sean.

Ich war noch nie der gesprächige Typ gewesen, doch etwas in mir sagte mir, dass es vielleicht gut für mich sein könnte, über das, was mich bewegte, zu reden. Mit meiner Mom, denn im Moment hatte ich niemanden, dem ich mich wegen der Dinge, die mich belasteten, vollends hätte anvertrauen können. Also erzählte ich ihr von Maya. Davon, dass ich sie schon seit vier Jahren kannte, dass ich die Hoffnung gehabt hatte, die Rückkehr an diesen Ort, den ich mit so schönen Stunden verband, würde mich erneut glücklich machen …

Meine Mutter hatte mir gebannt zugehört, und ihr Gesicht war immer trauriger geworden. Jetzt wischte sie sich eine Träne von der Wange, ehe sie vor mir verschwamm.

Fest blinzelte ich, um die Tränen zurückzuhalten. Ich wollte es ihr nicht noch schwerer machen, nicht für mich da sein zu können.

»Ryan … mein lieber Junge. Ich will dir nicht sagen, dass du aufgeben sollst«, sagte sie nach einem Moment des betroffenen Schweigens. »Du hast so vieles in deinem Leben geschafft und durchgehalten, aber … wenn es nicht läuft, wird niemand über dich urteilen. *Ich* werde nicht über dich urteilen. Vielleicht findest du auch woanders eine passende Stelle. Auf jeden Fall werde ich für dich da sein, egal, welche Entscheidung du triffst.« Sie holte tief Luft, und ich konnte ihr ansehen, wie schwer es ihr fiel, jetzt nur per Computer bei mir zu sein. Würde ich bei ihr zu Hause sitzen, würde sie mich umarmen und fest an sich drücken, wie sie es immer tat, wenn sie das Bedürfnis hatte, mich zu trösten. »Du weißt, dass du hier immer und jederzeit willkommen bist. Und du weißt, dass hier niemand über dich urteilen wird, wenn du deine Zelte in Greenwater Hill abbrichst und zurückkommst, oder?«

»Das weiß ich. Danke, Mom. Aber ich bin noch nicht bereit, aufzugeben.« Ich wäre ein verdammter Loser, würde ich nach der ersten Kritik an meiner Arbeitsweise den Schwanz einziehen und zurück zu

Mommy laufen. Aber das verschwieg ich ihr – ich wollte ihr nicht noch mehr Sorgen bereiten. Stattdessen sah ich sie an und konzentrierte mich auf diese eine Sache, die ich ihr anvertraut hatte. »Ich *kann* nicht aufgeben, nur weil ich zufällig für die Frau, mit der ich zusammenarbeite, zu viel empfinde, als es unserer Chefin gefällt. Irgendwie werde ich das in den Griff kriegen ... Zumindest halte ich Augen und Ohren offen. Vielleicht hab ich ja Glück und es wird eine Stelle in einem Kindergarten in der Nähe frei. Dann kann ich wechseln ...«

Und dann würde Maya und mir nichts mehr im Weg stehen ...

»Aber wieso denn gleich an Wechseln denken, Ryan? Meinst du nicht, dass das alles etwas überstürzt ist? Immerhin hast du gerade erst deinen Job begonnen. Und nur, weil du vor Jahren mal was für diese Frau empfunden hast ...«

»Ich hab sie gestern geküsst, Mom. Und es war nicht einfach nur ein Kuss. Es war einer der Küsse, die ... etwas bedeuten. Auch wenn es niemand ausspricht.«

Jesus, ich hätte nie gedacht, dass ich einmal über Gefühle dieser Art mit meiner Mutter sprechen würde ... Früher hatte ich solche Themen immer mit Sean besprochen. In den letzten Jahren hatte es jedoch keinen Grund mehr für eine Unterhaltung dieser Art gegeben ...

»Du bist verliebt«, hauchte meine Mom bewegt.

Sofort schüttelte ich den Kopf. »Von Liebe kann hier nicht die Rede sein, Mom. Maya war nicht gerade von mir begeistert, als ich aufgetaucht bin. Und gestern nach meinem Kuss hat sie mich abgewiesen und sofort wieder von der Arbeit gesprochen. Nein, genau genommen hat sie mich kritisiert.« Nun musste ich es doch loswerden. »Sie meinte, ich bringe die Arbeitsroutine in ihrer Klasse durcheinander, weil ich … einfach so anders bin als sie. Herrgott noch mal, sie hat sich wegen mir den Knöchel verletzt. Sie hat keinen Grund, für mich in irgendeiner Weise Sympathie zu empfinden.«

Meine Mom atmete tief ein und aus. Liebe lag in ihrem Blick, als sie sich vorbeugte und mit leiser Stimme zu mir sprach. »Hör mir zu, mein Junge. Ich kenne nur deine Sicht der Dinge. Aber ich weiß auch, dass du ein anderer Mensch bist, seit …« Sie schluckte und schwieg für ein paar Sekunden, in denen mein Herz viel zu laut klopfte. »Ich vermisse den Mann, der du früher warst. Vielleicht geht es Maya ähnlich. Hast du ihr erzählt, was vor drei Jahren passiert ist?«

Träge schüttelte ich den Kopf. »Ich kann nicht …«

»Wie soll sie dich dann verstehen?«, fragte sie. »Rede mit ihr. Und such dir auch Freunde, mit denen du was unternehmen kannst.«

»Woher weißt du …?«

»Ich kenne dich.« Sie lächelte warmherzig. »Du vergräbst dich in der Arbeit und in deinen vier Wänden. Du willst alles mit dir selbst ausmachen, aber manchmal braucht man einfach einen Freund an seiner Seite. Gerade du als ehemaliger SEAL müsstest wissen, wie wichtig es ist, Leute um sich zu wissen, denen man vertrauen kann …«

Gerade ich sollte das wissen, da hatte sie recht. Und ich hatte sogar noch den Kindern gepredigt, wie wichtig es sei, ein Team zu haben, auf das man sich verlassen könne – während ich mich als Einzelkämpfer durchzuschlagen versuchte.

»Danke, Mom.« Meine Stimme klang belegt.

»Ich bin immer für dich da, mein Schatz, das weißt du. Gib nicht zu schnell auf, nur weil es schwierig scheint. Auch wenn ich dich liebend gern hier bei mir hätte, sagt mir mein Herz, dass dein Platz in Greenwater Hill ist und nicht in Miami.«

Kaum dass ich das Gespräch mit meiner Mutter beendet und den Laptop auf den Schreibtisch gelegt hatte, hörte ich eine Wagentür zuschlagen. Mein Herz pumpte mit einem Schlag viel kräftiger, doch ich drängte die wirklich irre Hoffnung, es könnte Maya sein, in den Hintergrund. Sie war verletzt und lag bestimmt auf der Couch, um sich zu schonen.

Hoffte ich.

Trotzdem ertappte ich mich dabei, wie ich zum Küchenfenster eilte, um auf die Straße hinaus zu linsen. Es war Nick Cornerman, der gerade eine Einkaufstüte und einen Kanister Wasser zu seinem Haus trug. Ohne zu überlegen, öffnete ich die Tür und eilte über den Rasen zu ihm.

»Hey, Nachbar«, rief ich und nahm ihm den Kanister ab, noch bevor er protestieren konnte.

Freunde. Ich brauchte Freunde, und genau darum würde ich mich jetzt kümmern. Meine Mom hatte recht, ich durfte mich nicht weiter einigeln und schon gar nicht sollte ich mich ausschließlich auf Maya fixieren. Unabhängig davon, ob die Beziehung zwischen uns – egal, ob auf beruflicher, freundschaftlicher oder ... intensiverer Weise – funktionieren konnte, brauchte ich auch andere Leute in meinem neuen Leben.

»Danke, Mann.« Nick lächelte freundlich und angelte in seiner Hosentasche nach dem Haustürschlüssel. »Vielleicht kannst du mir gleich noch einmal tragen helfen? Ich hab Holz im Auto, das ich für einen kleinen Anbau für meine Fahrräder brauche.« Er deutete zurück zu seinem Wagen, der bis oben hin voll mit Holzbalken und -latten war.

»Klar.« Ich stellte den Kanister in seiner Küche neben der Einkaufstüte ab und ging vor zu seinem Auto.

»Hör mal, ich bin heute Abend mit zwei Arbeitskollegen im *Greenwater Grill*«, begann Nick, als wir kurz darauf das Holz auf die Terrasse trugen. »Komm doch auch mit, heute übertragen sie das Spiel der *Mariners*, und Burger und Bier gibt es bis Spielende zum halben Preis.«

Die Aussicht auf einen Abend in einem Lokal – mit potenziellen neuen Freunden – stimmte mich positiv.

»Klingt gut. Wann soll ich dort sein?«

Elf – Maya

Nach einem erholsamen Wochenende ging es meinem Fuß wieder besser. Die Schwellung war abgeklungen, und nur hin und wieder spürte ich die leichte Reizung.

Meine Sorgen, es würde nach dem Kuss zwischen Ryan und mir und dem, was im Anschluss geschehen war, seltsam zwischen ihm und mir werden, waren unbegründet gewesen. Im Gegenteil, er war mir gegenüber freundlich, aber nicht zu freundlich, er verhielt sich distanziert, aber nicht zu distanziert, und er hatte sich meine Worte zu Herzen genommen.

Er hatte mir einen schriftlichen Plan darüber, was er mit den Kindern erarbeiten wollte, für die gesamte Woche vorgelegt. Dabei ging er sogar auf einzelne Kinder ein, bei denen er sich durch gewisse Übungen Fortschritte erhoffte – und das, obwohl er noch gar nicht lange in meiner Klasse war.

Zugegeben, ich war schwer beeindruckt. Zwar konnte man an dem Plan noch erkennen, dass er strikt nach dem handelte, was er in der Ausbildung gelernt hatte, doch auch daran konnte ich nichts Negatives sehen. Er bemühte sich, und die Art, wie die Kinder auf ihn ansprachen, war richtig toll. Sie reagierten auf einen Mann völlig anders als auf mich oder eine meiner Kolleginnen.

Die Jungen sahen zu ihm auf, als wäre er Superman höchstpersönlich. Sie waren in seiner Gegenwart rauer, aber deshalb nicht gewalttätig. Ich erlaubte ihnen sogar, im Bewegungszimmer auf den Matten zu rangeln. Ryan musste mir nur das Versprechen abgeben, dass er dafür sorgte, dass es zu keinen Verletzungen kam, aber dieser positive Kraftaustausch hatte zur Folge, dass die Kinder viel weniger stritten und ausgeglichener waren. Als würden sie dabei die überschüssige Energie abbauen und lernen, miteinander umzugehen.

Ein paarmal stand ich an der Tür und beobachtete Ryan mit den Kindern. Er zeigte den Jungs, wie sie sich gegenseitig zu Boden drücken konnten, und lehrte die Mädchen, Angriffe abzuwehren, ohne sich selbst oder ihr Gegenüber zu verletzen. Vielleicht war es noch etwas früh, den Kindern Selbstverteidigung beizubringen, aber nachdem auch die Eltern, vorzugsweise die Mütter, positiv auf das Neuerlernte ihrer Sprösslinge reagierten, waren meine letzten Zweifel beseitigt.

Einmal pro Woche veranstaltete Ryan einen Hindernislauf im Garten, sofern das Wetter mitspielte und es nicht aus Eimern goss. Ich half ihm dabei, neue Hindernisse zu überlegen und aufzubauen, und je mehr Zeit wir miteinander verbrachten, umso mehr gewöhnte ich mich an ihn und seine Art, den Kindern zu begegnen.

»Danke für alles, Ryan.« Ich lehnte am Geräteschuppen, aus dem er noch ein paar weitere Reifen holte, und lächelte ihn an.

Stirnrunzelnd blieb er neben mir stehen. »Ich mach nur meine Arbeit«, sagte er, und obwohl seine Stimme hart klang, entging mir das leichte Heben seiner Mundwinkel nicht.

»Ich meine es ernst. Tut mir leid, dass du bei mir einen so schweren Start hattest. Daran hab ich definitiv mit Schuld. Aber du machst deine Sache einfach toll. Die Kinder lieben dich.«

Seine Augen versanken in meinen. Viel zu lange standen wir voreinander, bis das laute Schreien der Kinder uns wieder an Ort und Stelle zurückholte.

»Sie warten auf dich.« Mit einem Kopfnicken wies ich in die Richtung, aus der der Kampfschrei ertönt war.

»Korrekt. Und auf dich«, sagte Ryan, und tatsächlich lächelte er mich kurz an, was einen kleinen Schmetterlingsschwarm in meinem Bauch zum Flattern brachte.

Wir gingen zu den Kindern, die noch schaukelten, rutschten und Fangen spielten, bis wir mit dem Aufbau fertig waren. Ryan legte auf dem Weg dorthin die Reifen an ihre Plätze, während ich die Kleinen zusammentrommelte. Dann stellte er sich vor ihnen auf – breitbeinig, die Arme im Rücken verschränkt. Inzwischen störte ich mich nicht mehr an dieser Haltung, im Gegenteil, ich genoss es, wenn er seine machtvolle Statur auf diese Weise zur Schau stellte, und konnte den Blick dann kaum von ihm abwenden.

»Seid ihr bereit, Kinder?«, bellte er mit einem Grinsen im Gesicht.

Laute Jubelrufe ertönten, begleitet von Klatschen und Hüpfen.

»Sehr gut. Ich werde wieder zwei Kandidaten wählen, die die Teams festlegen. Und zwar werden es diesmal zwei Mädchen sein. Cathy und … Suzy.«

Sofort schoss mein Kopf in seine Richtung. Mein Herzschlag hatte sich verdoppelt, als er den zweiten Namen genannt hatte, doch von Ryan kam keinerlei Reaktion. Sollte ich mich in seinem Urteilsvermögen getäuscht haben?

Ein schneller Blick zu den beiden Mädchen genügte. Während Cathy stolz nach vorn marschierte und dieselbe Haltung einnahm wie Ryan, war aus Suzys Gesicht sämtliche Farbe gewichen. Dann drehte sie auf dem Absatz um und lief davon.

»Suzy, warte …!«, rief ich ihr hinterher, doch noch im selben Moment, als ich ansetzen wollte, ihr zu folgen, rannte Ryan ihr schon nach.

»Bleib bei den Kindern«, wies er mich an, und bog bereits um die Hausecke, hinter der Suzy verschwunden war.

In dem Moment öffnete Helen, unsere Kollegin, die Tür zum Garten, und ihre Klasse schwärmte laut lärmend an ihr vorbei ins Freie. Eine Hand hatte sie auf ihren gerundeten Bauch gelegt und dabei lächelte sie selig, wie es vermutlich nur Schwangere taten.

»Alles in Ordnung?«, fragte sie mich, als sie meinen bestimmt entsetzten Gesichtsausdruck sah.

»Ja … Nein … Kannst du einen Augenblick auf meine Kinder aufpassen?«, fragte ich und spürte Panik in mir aufsteigen.

Keine Ahnung, was Ryan nun mit Suzy machen würde, was er ihr erzählen würde. Womöglich würde er sie zwingen, die Teams zu wählen, oder er würde sie vielleicht davon zu überzeugen versuchen, sich uns wieder anzuschließen – beides waren Situationen, von denen ich mir nicht sicher war, ob Suzy tatsächlich positiv darauf reagieren würde. Immerhin hatte sich in den letzten

Wochen seit dem Gespräch mit ihrer Mutter nicht viel getan. Sie war verschlossen, stumm und in sich gekehrt.

»Klar, ich hab sie alle im Blick«, antwortete Helen und deutete mit dem Daumen nach oben.

Mehr musste ich nicht wissen. Ich sprintete los, den gleichen Weg, den Suzy und Ryan genommen hatten.

Als ich um die Hausecke bog, bremste ich abrupt ab und ging hinter einem Gebüsch in Deckung. Ryan saß auf der kleinen Bank an der Hauswand, Suzy auf seinem Schoß.

»... und ich weiß, wie das ist. Ich habe ebenfalls meinen Daddy verloren, weißt du?«, hörte ich ihn sagen, und ich konnte ganz klar fühlen, wie mein Herz in die Hose rutschte.

Ich wollte schon aus meinem Versteck hervortreten und die beiden unterbrechen, als ich etwas vernahm, mit dem ich nie gerechnet hätte. Ein kleines, zaghaftes Stimmchen, das ich viel zu lange Zeit vermisst hatte.

»Wirklich?«, fragte Suzy leise und sah mit großen Augen zu ihm auf.

Schnell schob ich mich wieder völlig zurück in das Gebüsch, hinter dem ich mich versteckt hielt, sodass die beiden mich nicht sehen konnten.

»Ja, wirklich. Es ist jetzt bald drei Jahre her, und es tut immer noch schrecklich weh.«

Ich sah Tränen in Suzys Augen. »Mir tut es auch so furchtbar weh, dass mein Daddy nicht mehr hier ist. Ich hab gesehen, wie er ...« Sie atmete zitternd ein. »Jetzt ist er dort oben im Himmel, sitzt auf einer Wolke und sieht auf mich herab.«

»Das tut er ganz bestimmt«, hörte ich Ryans warme, tiefe Stimme. »Und ich bin mir sicher, er ist unheimlich stolz auf dich, weißt du das?«

Suzy schüttelte den Kopf, bis ihre braunen Löckchen lustig tanzten.

»Doch, das ist er. Weil er sieht, wie groß du schon geworden bist und was für tolle Sachen du jeden Tag lernst.«

»Sieht dein Daddy auch auf dich herab?«

Ryan hob den Kopf und sah zum Himmel. »Ganz sicher«, sagte er, und dabei konnte ich den Schmerz in seiner Stimme direkt in meinem Herzen fühlen.

»Und ist dein Daddy auch stolz auf dich?«

Ryan sah wieder Suzy an und streichelte ihr mit einem Lächeln auf den Lippen über ihre Wange, auf der eine Träne den Weg nach unten suchte. »Das weiß ich nicht. Ich hoffe es …«

»Hast du ihn enttäuscht?«

Herrgott, Suzy so viel reden zu hören, nachdem sie seit fast einem Dreivierteljahr nicht mehr gesprochen hatte, war … einfach unglaublich schön. Mein Herz raste in der Brust, und Freudentränen verschleierten meine Sicht, während mich Ryans Worte tief in meinem Inneren trafen. Völlig gebannt wartete ich auf seine Antwort, obwohl ich das Gefühl hatte, mein Versteck längst wieder verlassen zu sollen und zurück zu Helen und den Kindern zu gehen.

»Ich denke, mein Daddy wäre nicht begeistert, wenn er erfahren würde, dass ich Kindergärtner werde«, sagte Ryan in diesem Moment, und ich stutzte.

»Dabei machst du das ganz toll!« Suzy nickte bekräftigend, was Ryan zum Lachen brachte.

»Das ist lieb von dir. Na komm, wir sollten wieder zurück zu den anderen. Wenn du nicht möchtest, dass du das Team auswählst, können wir damit auch noch warten.«

Zögerlich sah Suzy ihn an. »Vielleicht nächste Woche?«, fragte sie dann flüsternd.

»Abgemacht. Ich frage dich vorher einfach ganz leise, und dann kannst du mir ja sagen, ob du diesmal Lust dazu hast. Abgemacht?«

»Abgemacht.«

Ryan hielt ihr seine Hand für ein High-Five hin, und Suzy schlug ein, während sich tatsächlich ein süßes Lächeln auf ihren Lippen ausbreitete …

So schnell ich konnte, drehte ich mich um und lief zu den anderen zurück. Ich strich meine Haare aus der Stirn und versuchte, meine Atmung unter Kontrolle zu bringen, als Ryan mit Suzy an der Hand gerade wieder zurück in den Garten kam.

Schnell sorgte ich dafür, dass die Kinder unserer Klasse beisammen waren, und tat so, als wäre ich die ganze Zeit hier gewesen. Dabei hoffte ich inständig, dass sich keines der Kinder verplappern und mich verraten würde …

»Kann ich dich nach der Arbeit kurz unter vier Augen sprechen?«, flüsterte ich Ryan zu, als die ersten Kinder wenig später durch den Garten liefen, über Bälle sprangen und durch Reifen kletterten.

»Natürlich.« Ryan nickte mit völlig ausdrucksloser Miene. Irgendwann würde ich noch wahnsinnig werden mit dem Kerl, da ich keine Ahnung hatte, was in seinem Kopf vorging.

Als das letzte Kind abgeholt worden war, saß Ryan mit verschränkten Armen auf einer der Kommoden, in denen wir die Spiele aufbewahrten. Sein Blick wirkte verschlossen und abwartend, und ich war mir nicht sicher, ob er sauer auf mich war. Vielleicht hatte er doch bemerkt, dass ich ihm und Suzy gefolgt war und ihre Unterhaltung belauscht hatte?

Das Ganze machte mich unsicher, und ich überlegte einen Moment, wie ich das Thema am besten zur Sprache brachte.

»Also wegen der Sache heute mit Suzy …«, begann ich zögernd. »Hat sie schon vorher mit dir gesprochen, oder war das heute das erste Mal? Ich meine, tut mir leid, dass ich euch gefolgt bin. Eigentlich wollte ich mich auch gar nicht verstecken und euch belauschen, aber als ich bemerkt habe, dass Suzy spricht, da … wollte ich nicht dazwischengehen.«

Ryan hob eine Augenbraue – viel mehr Reaktion, als ich tatsächlich von ihm erwartet hatte. »Du enttäuschst mich«, sagte er jedoch anschließend und brachte mich damit aus dem Konzept.

Völlig perplex klappte mein Kiefer nach unten. »Wie bitte?«

»Wie kannst du denken, ich hätte dich nicht bemerkt?«, sagte er dann. »Ich war ein verdammter SEAL, Maya. Ich bin darauf trainiert, meine Umgebung im Blick zu behalten. Davon hing jahrelang mein Leben ab.«

Ein SEAL. Das hatte ich nicht gewusst. Verlegen wandte ich den Blick ab.

Ich hatte nur wenig Ahnung vom Militär, aber ich wusste, dass die Navy SEALs eine Spezialeinheit der US Navy waren, die auf dem Meer, in der Luft und an Land zum Einsatz kamen. Sie waren die harte Elite, und je gefährlicher der Auftrag, desto wahrscheinlicher war es, dass die SEALs zum Einsatz kamen. Dabei waren sie für die ganze breite Palette zuständig: Egal, ob sie die Behörden im Kampf gegen den Drogenhandel unterstützten, ob sie zur feindlichen Aufklärung oder zur Terrorismusbekämpfung eingesetzt wurden – ihr Leben setzten sie bestimmt bei jedem Einsatz aufs Spiel und das unter härtesten Bedingungen.

Mir Ryan in dieser Einheit vorzustellen, jetzt, wo ich seine sanfte Seite und sein weiches Herz bei der Arbeit mit den Kindern kennengelernt hatte, fiel mir schwer. Und trotzdem erklärte es in gewisser Weise seine harte Schale.

»Das beantwortet nicht meine Frage …«, murmelte ich.

»Ja, das war das erste Mal, dass sie mit mir gesprochen hat. Du solltest wissen, dass ich dein Gespräch mit Misses Keaton vor ein paar Wochen belauscht habe, als ihr euch über den Tod von Suzys Vater unterhalten habt.«

Überrascht schnellte mein Kopf wieder in seine Richtung. »Du hast uns belauscht?«, wetterte ich, doch Ryans Blick brachte mich augenblicklich zum Schweigen, da er mich daran erinnerte, dass ich ja erst heute genau dasselbe getan hatte.

»Suzy und mich verbindet eine ähnlich tragische Geschichte. Ich vermute, deshalb hat sie zum ersten Mal wieder gesprochen.«

»Sie hat in dir einen Verbündeten gefunden«, schlussfolgerte ich und war zugleich schockiert und überrascht.

Ryan nickte und blickte mich fest an. »So muss es wohl sein. Aber ich denke, dass es auch auf deine Geduld zurückzuführen ist, dass sie nach und nach auftaut. Immerhin hast du sie die letzten Monate zu nichts gedrängt und hast ihr trotzdem das Gefühl gegeben, dass sie jederzeit in der Runde willkommen ist, sobald sie dazu bereit ist.«

Als Ryan noch seinen rechten Mundwinkel nach oben zog, als würde er mir ein Lächeln schenken wollen, wärmte es mir das Herz.

»Trotzdem hat es vielleicht einfach nur den Schubs gebraucht, den sie von dir bekommen hat, als du sie heute aufgestellt hast, um das Team zu wählen. Im ersten Moment war ich völlig schockiert und dachte, du hättest Suzy überschätzt.«

»Das dachte ich auch, als sie weggelaufen ist«, gab er zu und lachte kurz auf. »Aber zum Glück ist alles gut gegangen.«

»Ja, zum Glück …« Ich seufzte und spürte mit einem Mal Tränen in meinen Augen.

»Seid ihr hier fertig?«, hörte ich jemanden rufen. Ich drehte den Kopf in die Richtung und entdeckte eine der Reinigungsdamen, die abends die Klassenräume sauber machten.

»Ja, wir gehen sofort«, gab ich zur Antwort. »Tut mir leid, wir wollten Sie nicht aufhalten. Sie können jederzeit in die Klasse, ich muss nur noch meine Tasche holen …« Ich eilte zum Schrank, in dem ich meine Handtasche aufbewahrte, und spürte Ryan hinter mir als sanftes Prickeln auf meiner Haut, noch bevor er etwas sagte.

»Maya, geh mit mir aus.«

Seine Stimme war tief und rau und ganz nah an meinem Ohr. Ein Kribbeln breitete sich von meinem Rücken aus, an dem ich seine Körperwärme erahnen konnte, und verteilte sich von den Haarwurzeln bis zu den Zehen.

Langsam drehte ich mich um und sah in seine graugrünen Augen, bei denen ich zum ersten Mal das Gefühl hatte, wieder ein Leuchten darin zu erkennen.

»Du meinst … jetzt gleich?«, fragte ich überrumpelt und hoffte so sehr, er würde Ja sagen.

»Korrekt.«

»Ja … super! Wo willst du denn hingehen? Willst du erst noch nach Hause, dich umziehen? Oder sollen wir gleich so losfahren? Die Pizzeria ist inzwischen besser als vor vier Jahren, aber ich bin trotzdem lieber im *Greenwater Grill.* Wobei es im *Café Landreth* auch ganz nett ist. Die haben leckere Sandwiches, falls du was essen willst, aber die Muffins und Croissants sind dort auch zu empfehlen.«

»Scheißegal, wo wir hingehen, Maya. Ich will mehr Zeit mit dir verbringen, und das nicht unbedingt bei mir oder bei dir, weil …« Er zögerte.

O Gott, gleich kommt es.

Gleich würde er mir sagen, dass er nur mit mir befreundet sein wollte und zwischen uns nie mehr sein würde als dieses freundschaftliche Arbeitsverhältnis.

»Verdammt! … Weil ich dich so sehr will, dass ich mich nicht länger zurückhalten kann, wenn wir ungestört wären.«

Zwölf – Ryan

Maya sah mich mit großen Augen an. Sie öffnete ihren Mund, schloss ihn dann wieder. Stattdessen lenkte sie ihren Blick auf meine Lippen.

»Lass dich nicht aufhalten«, murmelte sie dann.

Jesus, diese Frau trieb mich in den Wahnsinn. Wie konnte sie so etwas sagen, wo ich doch all meine Willenskraft dazu brauchte, nicht hier und jetzt über sie herzufallen, sie zu küssen, und weiß Gott, was noch alles …?

Das Räuspern der Reinigungskraft nur wenige Meter von uns entfernt ließ mich wieder zur Besinnung kommen.

»*Greenwater Grill* klingt gut«, stieß ich zwischen den Zähnen hervor, griff an Maya vorbei in den Schrank, um meinen Seesack herauszuholen, und eilte anschließend nach draußen, um so schnell wie möglich Abstand zwischen sie und mich zu bringen, bevor wir der Putzfrau noch eine Show lieferten.

Auf dem Flur hörte ich das Quietschen von Mayas Chucks mit Blumenprint hinter mir. Zu gern hätte ich sie gebeten, in meinen Wagen zu steigen, doch es würde, nachdem die Reinigungskraft den Funkenflug zwischen uns beobachtet hatte, sicher Fragen aufwerfen, wenn Mayas Auto noch auf dem Parkplatz stehen bleiben würde. Das war genau diese Art von Problemen, die ich nicht zwingend haben musste … Wobei wir auch – egal, für welches Lokal wir uns entschieden – die Blicke auf uns ziehen würden. Ich war mir sicher, dass man Maya hier kannte. Nicht nur ihres Jobs wegen, sondern auch, weil sie einfach auffiel mit ihrer bunten Kleidung und ihrem losen Mundwerk. Außerdem gab es nicht viele Möglichkeiten, sich in Greenwater Hill unter die Leute zu mischen, einer Kleinstadt, in der nicht viel passierte. Folglich liebten es die Leute, zu tratschen. Wir würden ihnen so oder so den besten Stoff dafür liefern – denn inzwischen hatte es sich wahrscheinlich herumgesprochen, dass es seit Neuestem einen männlichen Kindergärtner gab.

Als wir wenig später vor dem *Greenwater Grill* hielten, spürte ich eine nervöse Unruhe in mir. Ich wischte meine feuchten Hände an den Jeans ab und hielt nach Maya Ausschau, die wenige Meter entfernt von mir geparkt hatte. Als sie aus dem Wagen stieg und ihre brünetten Locken über die Schulter warf, kannte ich den Grund für meine Aufregung: Ich hatte seit Jahren kein Date mehr gehabt – falls man das, was wir taten, denn als solches bezeichnen konnte.

»Du siehst aus, als hättest du es dir anders überlegt.« Maya sah gekränkt aus, als sie mir ihre Vermutung mitteilte, wahrscheinlich, weil sie es schade fand. Was irgendwie süß war.

Ein besseres Zeichen gab es nicht für mich, dass ich gerade genau das Richtige tat.

»Keine Sorge, ich … bin nur nervös. Die letzte Frau, mit der ich ausgegangen bin, warst du. Folglich ist das alles schon eine Weile her, und ich befürchte, dass ich etwas aus der Übung bin.«

Mayas Augen wurden noch größer, als sie es von Natur aus schon waren. »Du veräppelst mich, oder?«, fragte sie dann und stützte dabei eine Hand in die Taille.

»Nope.« Ich grinste. »Also sei bitte ein bisschen nachsichtig, sollte ich mich danebenbenehmen und vergessen, dir die Tür aufzuhalten oder so …«

Ihr Lachen war herrlich und nahm mir einen Teil der Nervosität. »Also *das* wirst du ja jetzt nicht so schnell vergessen, nehme ich an.« Sie zwinkerte mir zu und hielt neben der Tür, die ich gleich für sie öffnete.

Wir nahmen an einem Tisch im hinteren Winkel des Restaurants Platz. Ich war mir sicher, Maya hatte den Platz nicht unabsichtlich gewählt, denn hier war es ruhiger und wir waren nicht den Blicken der anderen Gäste ausgesetzt wie auf einem Präsentierteller.

Wir bestellten bei einer Kellnerin mit blondem Pagenschnitt die Miniburger-Platte für zwei, da wir uns nicht für einen Burger entscheiden konnten und wir auf diese Art sechs verschiedene Stücke bekamen, die wir alle durchprobieren wollten. Dazu wählte Maya für uns die Kartoffelspalten mit Rosmarin, während ich zwei Gläser hausgemachten Zitroneneistee orderte.

»Oh, den wirst du lieben. Noah, der Geschäftsführer, setzt den höchstpersönlich an. Er ist der Mann meiner besten Freundin und Nachbarin Louise, und ich durfte bei der Auswahl der Geschmacksrichtung in der Jury sitzen. Okay, Jury klingt vielleicht etwas übertrieben, es waren nur Louise, mein Bruder Dean, seine Freundin Phoebe und ich, aber ich schwöre, die Entscheidung fiel uns nicht leicht. Noah hat versprochen, regelmäßig die Rezeptur zu ändern und je nach Jahreszeit einen anderen Eistee anzubieten. Der mit

Ingwer ist total lecker, aber den wird er wohl erst im Winter servieren – vielleicht sogar als warmen Tee.«

Schmunzelnd lauschte ich ihrem Redeschwall und merkte, dass ich genau *das* vermisst hatte.

»Was ist?«, fragte sie dann, als ich nicht auf ihre Wortgewalt einging. »Ich langweile dich, oder? Tut mir leid, ich kann nicht aus meiner Haut. In mir sind, glaub ich, doppelt so viele Worte wie in anderen Menschen, die pro Tag an die Luft müssen. Ich will auch gar nicht ständig reden, aber ich kann einfach nicht anders.«

»Ich finde es süß«, gestand ich lächelnd. »Maya, du langweilst mich nicht. Viele Jahre meines Lebens hab ich viel zu viel Zeit mit Schweigen und der Stille verbracht. Manchmal wurde diese durch Kommandos unterbrochen oder durch ...«

Scheiße noch eins, diese Unterhaltung lief in die völlig falsche Richtung. »Tut mir leid, das willst du sicher nicht hören.«

»Doch, erzähl. Mich interessiert alles, was du sagst. Ich bin neugierig auf dich und dein Leben vor Greenwater Hill.« Maya sah mich gebannt an, stützte ihren Kopf auf eine Hand und wartete, dass ich weitersprach.

»Die Stille wurde manchmal von Schüssen durchbrochen. Oder von dem Geschrei von Menschen, die um ihr Leben bangten. Jesus, Maya, du kannst dir nicht vorstellen, wie grausam Menschen sein können – mich inbegriffen ...«

»Du hast Befehle befolgt, Ryan, das ist was anderes.«

Das hatte ich. Ich hatte Menschen getötet. Klar, sie waren Drogenbarone, Waffenschmuggler, Terroristen, Menschenhändler ... Doch trotzdem war jeder von denen ein Sohn oder ein Bruder von jemandem. Sie hatten vielleicht Frauen hinterlassen und Kinder.

Ich hatte kein schlechtes Gewissen, weil ich sie getötet hatte, weil dadurch Schlimmeres verhindert werden konnte. Aber mir wurde seit dem Tod meines Vaters und Sean übel bei dem Gedanken daran, dass ich unschuldigen Menschen jemanden geraubt hatte, den sie geliebt hatten oder der sie versorgt hatte.

Ich schüttelte den Kopf, um das Dunkle abzuschütteln, das mich immer wieder einholte, wenn ich daran dachte. »Manchmal frage ich mich, was mich dazu berechtigt, Kindergärtner zu werden ...«

»Das kann ich dir genau sagen, Ryan Hawthorne. Dein großes Herz, das du immer noch in dieser muskulösen Brust mit dir herumträgst. Wärst du ein so grausamer Typ, wie du mich gerade glauben lassen wolltest, hättest du heute nicht der kleinen Suzy von deinem Schicksal erzählt. Du hättest ihr nicht erklärt, dass sie nicht alleine ist mit ihrem Verlust. Das, verdammt noch mal, ist nur einer der Gründe, weshalb du einen wahnsinnig guten Kindergärtner abgeben wirst.«

Ich starrte die Frau vor mir an, die Enthusiasmus versprühte, als müsse sie mit ihrer kleinen Rede eine Wahl gewinnen.

Bevor ich noch etwas darauf erwidern konnte, wurde uns das Essen serviert. Nachdenklich griff ich nach dem Messer, um jeden der Burger in zwei Hälften zu teilen, während Maya völlig selbstverständlich Ketchup und Mayo auf die Servierplatte drückte, auf der man unser Essen angerichtet hatte.

»Nur *einer* der Gründe?«, fragte ich nach und kam mir dabei reichlich dämlich vor, denn ich hasste es eigentlich, nach Lob zu haschen. Aber ich wollte unbedingt wissen, was sie mittlerweile von meiner Arbeit hielt – schließlich war sie anfänglich so gar nicht mit mir zufrieden gewesen, und auch wenn sie mich schon gelobt hatte, wollte ich sichergehen, dass sich zwischenzeitlich nichts an ihrer Meinung geändert hatte.

»Gott, Ryan! Die Kinder lieben dich, ach was ... sie vergöttern dich! Ich kann mich nicht erinnern, je einen Mann gesehen zu haben, der so einen süßen *Winnie the Pooh* abgibt.«

Ich musste herzhaft lachen und griff nach einem Burgerstück.

»Ehrlich, ich sag das nicht zum Spaß oder um dir den Bauch zu pinseln. Dann deine vielen Ideen, wie du den Kindern auf spielerische Weise Sport, Ausdauer, Konzentration und Körpergefühl näherbringst ... Das Feedback der Eltern ist durch die Bank positiv, und auch ich könnte nichts nennen, was mich stört. Selbst an deine Militärmasche hab ich mich inzwischen gewöhnt.«

»Hey!« Empört boxte ich ihr sanft gegen den Oberarm, was sie zum Lachen brachte.

Grinsend probierte ich den Eistee. »Du hast recht, der ist wirklich gut.«

Maya kaute gedankenverloren auf ihrem Burger herum. »Hör mal, Ryan ... Wir sollten Suzys Mutter darüber unterrichten, was heute passiert ist. Ich würde es dich ja gerne alleine machen lassen, bin mir aber nicht sicher, wie sie damit umgehen wird, wenn du dich ohne mich mit ihr über ihre Tochter unterhältst.«

Froh über ihr Vertrauen, sagte ich: »Kein Thema. Sei ruhig dabei, Maya.« Ich sah ihr tief in die Augen, in denen ich Unsicherheit aufflackern sah.

»Wirklich? Also ... nicht, dass du denkst, ich würde es dir nicht zutrauen, aber ich befürchte einfach, dass Misses Keaton sich womöglich überfordert fühlen könnte, mit einem ihr fremden Mann über den Verlust ihres Mannes und des Vaters ihrer Tochter zu sprechen.«

»Kein Problem, wirklich. Ich versteh dich, und ich würde mich freuen, wenn du das Gespräch beginnst.«

»Tatsächlich?«

Dass sie so überrascht wirkte, amüsierte mich. »Aber natürlich. Wir sind doch ein Team, oder etwa nicht?«

»Ein Team ... natürlich. Weißt du, Ryan, darüber will ich schon viel zu lange mit dir reden«, begann sie dann und wirkte jetzt wahnsinnig nervös. »Ich meine, wir beide ... wir sind Kollegen. Schon klar. Aber ... Also ... Bevor dieser Abend weitergeht – und ich hab keine Ahnung, wie er sich entwickeln wird –, würde ich gern erfahren, was das zwischen uns beiden ist. Ich meine, ich weiß, wie es in mir aussieht, aber ich hab keinen blassen Schimmer, was in dir vorgeht. Du wirkst auf der einen Seite kalt und distanziert, und dann ... siehst du mich an mit diesem Blick, der mir weiche Knie beschert und mich gedanklich in unsere Nacht vor vier Jahren zurückkatapultiert. Du küsst mich, und dabei habe ich das Gefühl, dass du viel mehr willst als diese Küsse, aber ...« Sie hob die Arme und senkte sie wieder. Verzweifelt sah sie mich an, als hätte ich keine Ahnung davon, wie das Chaos in ihr aussah.

Doch, verdammt, ich wusste es genau.

»Weißt du«, redete sie hastig weiter, »ich will nicht, dass wir uns wieder küssen ... ich meine, küssen will ich dich schon ... aber ich will nicht, dass wir dann vielleicht nicht damit umgehen können, falls mehr zwischen uns läuft. Das könnte doch sein ... Immerhin arbeiten wir zusammen. Wir sind ein Team, und wir müssen uns gut verstehen. Da sollte nichts zwischen uns stehen, was uns den Alltag nur erschwert. Ich denke, es gibt genügend andere Themen in unserer Klasse, mit denen wir zurechtkommen müssen ...«

Sie war so entzückend in ihrem Versuch, mich von etwas zu überzeugen, wovon sie selbst nicht überzeugt war. Denn sie wollte mich, sie wollte mehr, da war ich mir so sicher. Sie knetete nervös ihre Finger, griff immer wieder über den Tisch in meine Richtung und sah mir unentwegt auf die Lippen, als sie das Thema Küssen angesprochen hatte. Ihre Wangen waren gerötet, und ich konnte ganz vage ihre harten Brustwarzen durch den Stoff ihres Oberteils erkennen.

Ja, verdammt, sie wollte mich!

Es kostete mich alle Kraft, ihren Worten zu folgen und mich nicht von ihrer so verräterischen Körpersprache ablenken zu lassen.

»Wie mit Suzy zum Beispiel ...«

Mann, meine Stimme klang krächzend und heiser. So viel zum Thema verraten ...

»Genau.« Sie nickte bekräftigend.

Ich kniff die Augen zusammen und holte tief Luft, bevor ich ihr wieder ins Gesicht sah. »Maya, ich ... will dir keine Versprechen machen, die ich nicht halten kann«, begann ich leise und hoffte, dass ich mich nicht in eine Sackgasse manövrierte, aus der ich nicht mehr herauskam. »Ich denke gerne an unsere Nacht zurück. Dich zu küssen, ist ... Jesus, ich kann an nichts anderes denken als an deine Lippen. Aber ich will auch nicht, dass es wieder nur *eine* weitere Nacht für uns gibt, verstehst du? Ich möchte dich kennenlernen, Zeit mit dir verbringen, auch außerhalb der Arbeit. Und das ... geht im Moment leider nicht. Noch nicht. Das alles ... braucht seine Zeit, aber du sollst wissen, dass ich mir nichts sehnlicher wünsche, als dich wieder und wieder zu küssen.«

Maya starrte mich an, das angebissene Burgerstück in ihren Händen, und schluckte so kräftig, dass ich die Bewegung an ihrem Hals sehen konnte.

»Okay … Zeit … Klingt gut«, murmelte sie, senkte den Blick und biss noch einmal ab, stopfte Kartoffelspalten hinterher und trank einen Schluck Zitroneneistee, was auf mich wirkte, als würde sie alles daransetzen, nicht das zu sagen, was ihr in dem Moment auf der Zunge lag.

Schmunzelnd aß ich weiter, während ich hoffte, dass sie verstanden hatte, was ich mit dem Ganzen sagen wollte. Nämlich, dass einfach noch Dinge zwischen uns standen, die erst beseitigt werden mussten, bevor wir uns aufeinander einlassen konnten. Und ich würde alles dafür tun, um das zu erreichen – jetzt, wo ich wusste, dass sie mich genauso wollte wie ich sie …

Während wir die Burger verspeisten, redeten wir über alles Mögliche, worüber man als gute Bekannte an einem gemütlichen, sorgenfreien Abend so sprach. Wir plauderten noch ein wenig über die Arbeit, ich erzählte von meinen Sport-TV-Abenden mit Nick und seinen Kollegen Jeffrey und Steven hier im *Greenwater Grill*. Hauptsächlich jedoch unterhielt mich Maya, indem sie von ihren Freunden und ihrer Familie erzählte. Zwar kannte ich außer Dean niemanden, aber ich hatte immerhin schon von Ted, Nicks Bruder, sowie von Louise und Noah gehört.

»Du solltest unbedingt das nächste Mal dabei sein, wenn wir alle gemeinsam was unternehmen. Ende September gibt es wieder ein Stadtfest, zu dem wir alle gehen wollen. Falls also Nick dich noch nicht gefragt hat, ob du dabei sein wirst, würde ich mich freuen, wenn du meine Begleitung bist. Ich kann dich dann allen vorstellen, außer natürlich, du kennst bis dahin alle. Hast du eigentlich außer Nick und mir schon Freunde gefunden? Ach so, Jeffrey und Steven, ich weiß schon … Gott, tut mir leid, ich verhalte mich schon wieder absolut unmöglich. Vielleicht sollten wir uns auf den Nachhauseweg machen, bevor ich mich noch um Kopf und Kragen rede …«

Ich lachte leise. »Also soweit ich mich erinnere, bringt man dich tatsächlich nur durch einen Kuss zum Schweigen«, stellte ich belustigt fest.

Mayas Wangen färbten sich rot, und sie verbarg ihre Verlegenheit, indem sie den letzten Rest Eistee durch den Strohhalm sog.

»Na, dann komm. Fahren wir nach Hause.« Ich streckte ihr meine Hand entgegen und zog sie hoch in meine Arme. Sie sah mich an, und für einen Augenblick vergaß ich, wo wir waren.

»Danke für den schönen …«

Ich legte ihr meinen Finger an die Lippen, was sie augenblicklich zum Schweigen brachte. Interessant …

»Verabschiede dich noch nicht. Ich begleite dich nach Hause, immerhin macht man das so bei Dates, nicht wahr?«

Sie blinzelte zu mir hoch. Ihre Lippen bewegten sich an meinem Finger, dann spürte ich ihren Atem an der Haut, als sie »okay« hauchte.

Maya fuhr mit ihrem Wagen in die Garage, während ich in der Einfahrt parkte. Ich wartete noch, bis sie ausgestiegen war und durch das sich schließende Tor zu mir nach draußen huschte.

»Danke für den schönen Abend, Ryan«, wiederholte sie ihre Worte von vorhin.

»Ich hab zu danken, Maya. Für dein Vertrauen und deine Offenheit. Und für die Zeit, die du heute mit mir verbracht hast.«

Wir hatten inzwischen ihre Eingangstür erreicht. Maya spielte mit dem Schlüssel in ihrer Hand. Grillen zirpten, und es roch nach Regen und Wald. Sie warf einen Blick zum Nachbarhaus, bei dem in einem Fenster das Licht an- und wieder ausging.

»Ich war nur ehrlich, Ryan«, sagte sie dann unvermittelt und sah mir dabei so tief in die Augen, dass mein Herz für einen Schlag aussetzte. Die Luft zwischen uns flirrte wie kurz vor einem Blitzeinschlag, während ich das Gefühl hatte, mich ihr zu nähern, obwohl ich mich nicht bewegte.

»Das ist der Moment, in dem du mich küssen solltest – wenn du die Regeln eines Dates befolgst.«

Sie blickte zu mir auf, abwartend, die Lippen leicht geöffnet. Langsam beugte ich mich zu ihr hinab, legte eine Hand an ihren Nacken und strich mit meinem Mund über ihren, ohne ihn wirklich zu berühren.

Ein leises Seufzen kam über ihre Lippen und schwappte in meinen Mund. Es schmeckte süß und warm, und alles in mir wollte mehr davon. Ohne es kontrollieren zu können, lagen meine Lippen auf ihren.

Meine Zunge drängte, schmiegte sich um ihre und schmeckte, was Worte nicht sagen konnten.

Ich presste mein Becken an sie, umfasste ihre Taille. Ihre Haare streichelten meine Finger, als unser Kuss noch intensiver wurde. Maya stöhnte auf, als sie ihre Brüste an mir rieb, und ich wusste, wenn ich jetzt nicht sofort Abstand zwischen uns bringen würde, würde es zu spät sein. Dann gäbe es kein Zurück mehr für mich ...

Heftig atmend blinzelte Maya zu mir hoch. Ihre Lippen waren geschwollen und verrieten unseren Kuss. »Komm noch mit hinein«, bat sie mich mit rauer, verführerischer Stimme.

Stöhnend legte ich meine Stirn an ihre. »Jesus, Maya ... Bitte mich nicht, so was zu tun. Du ahnst nicht, wie viel Selbstbeherrschung ich gerade aufbringen musste, um Abstand zwischen uns beide zu bringen.« Ich schloss die Augen und atmete tief ein und aus. Dann wich ich einen weiteren kleinen Schritt zurück, da ich ihren Duft immer noch in meiner Nase hatte. »Man schläft nicht beim ersten Date miteinander, hab ich recht? So lauten doch die Regeln des Datings.«

»Genau genommen ist es unser zweites Date, Ryan«, meinte sie zwinkernd. »Du erinnerst dich ... vor vier Jahren ...«

Ich holte tief Luft, die Versuchung war wirklich groß. »Tu das nicht. Versuche nicht, mich dazu zu überreden, Maya, denn es braucht nicht viel und ich gehe mit dir durch diese verdammte Tür. Ich zerre dich in dein Bett und lasse dich nicht vor Morgengrauen schlafen, das schwöre ich ...«

»Warum tust du es nicht, wenn es doch das ist, was wir beide wollen?«, fragte sie leise.

»Weil ich es nicht schon wieder überstürzen will. Aber ich verspreche dir, dass das nicht unser letztes Date sein wird. Was machst du Freitagabend?«

»Da gehe ich mit dir aus«, antwortete sie lächelnd.

Dreizehn – Maya

Entgegen meinen Erwartungen fühlte es sich nicht merkwürdig an, nach diesem Date, unserer Aussprache und vor allem den leidenschaftlichen Küssen wieder gemeinsam in der Klasse zu stehen und unsere Arbeit zu machen. Wobei das Wort »Aussprache« nur zum Teil stimmte, denn ich wusste zwar, dass Ryan mich auch wollte, aber warum er noch »Zeit« brauchte, konnte ich mir nicht erklären. Gut, ich war sowieso viel ungeduldiger als normale Menschen und tat es vorerst einfach damit ab, dass Ryan in dieser Hinsicht anders tickte als ich.

Wie besprochen, vereinbarten wir einen Gesprächstermin mit Misses Keaton für Donnerstagabend. Zugegebenermaßen war ich etwas nervös, als es so weit war. Ryan und ich hatten uns abgesprochen, dass ich die einleitenden Worte sagen und er die Unterhaltung fortführen würde.

Als Misses Keaton kam, wirkte sie wie immer abgekämpft. Ihre Augenringe schimmerten dunkel und ließen vermuten, dass sie immer noch viel zu wenig Schlaf fand. Außerdem stand ihr die Sorge um ihr Kind ins Gesicht geschrieben.

Wir nahmen an einem der kleinen Tische Platz, während Suzy sich in die Bücherecke setzte.

»Schön, dass Sie für uns Zeit haben, Misses Keaton. Ryan Hawthorne kennen Sie ja schon. Er ist seit einigen Wochen Praktikant in meiner Klasse und ist eine ganz besondere Bereicherung für die Arbeit mit den Kindern.« Ich lächelte ihm zu. Mein Lob schien ihn verlegen zu machen. Wie süß!

Misses Keatons Blick wechselte von mir zu ihm und wieder zurück. Sie wirkte unsicher, was seine Anwesenheit bei diesem Gespräch betraf, deshalb wollte ich sie gleich beruhigen.

»Ryan hatte vor zwei Tagen eine Unterhaltung mit Suzy, deshalb möchte ich, dass er Ihnen erzählt, wie es dazu kam und … wie sie reagiert hat.«

Misses Keaton schnappte bei dem Wort »Unterhaltung« nach Luft, verkrampfte die Finger um ihre Handtasche und sah zu ihrer Tochter, die in einem Kinderbuch blätterte. Offenbar hatte Suzy zu Hause immer noch kein Wort gesprochen.

»Misses Keaton, ich werde Ihnen zuerst meine Geschichte oder besser gesagt meinen Werdegang erzählen.« Ryan hielt kurz inne und schien zu überlegen, ob er das jetzt tatsächlich tun sollte. Doch dann sprach er weiter. »Ich bin in einer Militärfamilie groß geworden, mein Vater und mein Bruder waren wie ich für unser Land im Dienst. Die beiden waren in derselben Einheit. Vor drei Jahren fand eine Truppenübung in Texas statt …« Er stockte kurz. »Vielleicht haben Sie die Nachrichten gehört, dass es dabei zu einer ungeplanten Explosion gekommen ist, die mehrere Schwerverletzte und drei Todesopfer forderte. Mein Vater und mein Bruder waren zwei der drei, die begraben werden mussten.«

Ryans Stimme wurde leiser, während mir fast das Herz stehen blieb. Ich kämpfte dagegen an, zu zeigen, wie geschockt ich war, da ich bis zu diesem Augenblick keine Ahnung gehabt hatte, wie grausam ihm das Leben mitgespielt hatte. Ich konnte mich an den schrecklichen Unfall erinnern – schließlich waren die Nachrichten voll davon gewesen. Aber ich hatte bis eben nicht gewusst, dass es sich bei den Toten um seinen Bruder und seinen Vater gehandelt hatte.

Ryan stockte immer wieder während des Erzählens. Seine Hände zitterten unmerklich, und es war ihm anzusehen, dass es ihn unglaublich viel Kraft kostete, diese Geschichte zu erzählen. Ich widerstand dem Verlangen, seine Hände in meine zu nehmen und sie zu drücken. Am liebsten hätte ich ihn fest umarmt, um ihm Trost zu spenden, doch das schien mir vor der Mutter eines Kindergartenkindes nicht passend. Also biss ich fest auf die Wangeninnenseite und konzentrierte mich auf seine Hände, die er angespannt knetete, um das Beben zu verbergen.

»Das tut mir unendlich leid für Sie, Mister Hawthorne«, hörte ich Misses Keaton sagen, und als ich sie ansah, füllten sich ihre Augen mit Tränen.

Er nickte dankbar, dann sprach er weiter. »Ich habe so schnell ich konnte meinen Dienst beim Militär quittiert. Unmöglich konnte ich verantworten, dass meine Mutter auch noch ihren letzten Sohn verlor. Ich bin zurück nach Miami gegangen, um für meine Mutter da zu sein. Dabei habe ich in den ersten Tagen nicht einmal gemerkt, wie sehr ich der Welt aus dem Weg gegangen bin. Ich wollte niemanden sehen, konnte die mitleidigen Blicke nicht ertragen. Es hat gedauert, bis mir bewusst wurde, dass das Leben trotzdem weitergeht. Also hab ich beschlossen, etwas daraus zu machen. Ich habe immer schon wahnsinnig gern Zeit mit meinen beiden Neffen Colin und Nate verbracht, und …« Er warf mir einen kurzen Blick zu. »… ich habe mich an ein Gespräch mit einer wundervollen Frau zurückerinnert, die mir von ihrem Traum, Kindergärtnerin zu werden, erzählt hatte.«

Bei seinen Worten hatte ich das Gefühl, mein Herz würde sich aus meinem Inneren freikämpfen, so fest schlug es gegen meinen Brustkorb. Er sah mir tief in die Augen, dann wandte er sich wieder Misses Keaton zu.

»Ich wusste, das war es, was ich tun musste. Ich wollte Kindergärtner werden, machte die Ausbildung, und vor zwei Tagen bekam ich vor Augen geführt, warum es die richtige Entscheidung gewesen ist.«

Ich konnte die Anspannung, die in der Luft lag, förmlich spüren. Meine anfängliche Unsicherheit, was dieses Gespräch betraf, war wie weggewischt, denn ich wusste, er würde es gut machen.

»Ich muss mich bei Ihnen entschuldigen, Misses Keaton, denn ich habe Ihr letztes Gespräch mit Miss Hunter über Ihre Tochter Suzy mit angehört. Das ist normalerweise nicht meine Art, aber als ich mitbekam, wie Suzy ihren Vater verloren hat, war ich wie gelähmt. Ich konnte nicht gehen, obwohl ich es hätte tun sollen. Vor zwei Tagen hat sich jedoch herausgestellt, dass es richtig war, Sie zu belauschen. Denn so konnte ich auf Suzy richtig reagieren.«

Misses Keaton sah immer noch verwirrt und leicht geschockt aus, blickte fragend zu mir, doch ich unterbrach Ryan nicht. Ich ließ ihn erzählen, was sich vor Suzys Flucht am Dienstag ereignet hatte und dass er ihr gefolgt war, um ihr zu helfen.

»Sie wirkte traurig und ängstlich. Also hab ich mich zu ihr niedergekniet und hab erzählt, dass auch ich meinen Vater verloren habe.«

Misses Keaton schnappte geräuschvoll nach Luft und wollte protestieren, doch ich schüttelte den Kopf und bedeutete ihr, ihn aussprechen zu lassen.

»Ich hab mich mit ihr auf die Bank gesetzt, sie auf meinen Schoß genommen und ihr gesagt, dass ich weiß, wie weh es tut, wenn man einen geliebten Menschen verliert. Vielleicht musste sie einfach hören, dass sie nicht alleine ist mit dieser Trauer, aber ...« Ryan machte eine kurze Pause. »Sie hat mit mir gesprochen.«

Misses Keaton sprang von ihrem Stuhl auf und sah zu ihrer Tochter, die kurz den Kopf hob. »Das ist ...«

»Die Wahrheit«, fiel ich ihr ins Wort.

»Misses Keaton, hat Suzy bei Ihnen auch schon gesprochen?«, fragte Ryan mit ruhigem Ton, obwohl ich, ihrer Reaktion nach zu urteilen, ihre Antwort vermutlich schon kannte.

Mit Tränen in den Augen schüttelte sie den Kopf. Langsam setzte sie sich wieder auf den Stuhl und kramte in ihrer Handtasche nach einem Taschentuch. »Das ist ... Ich verstehe es nicht. Wieso spricht sie nicht mit mir, aber mit Ihnen?«

»Das wissen wir auch nicht genau. Es ist auch nicht so, dass sie seitdem ständig redet. Sie hat nur mit Ryan ein paar Worte gewechselt, aber es ist ein kleiner Fortschritt, den wir Ihnen mitteilen wollten.«

Misses Keaton schnäuzte sich und sah dann zu ihrem Mädchen, das immer noch ein Buch durchblätterte. Dann hoben sich langsam ihre Mundwinkel. »Danke«, hauchte sie. »Danke, dass Sie meiner Tochter von Ihrem tragischen Verlust erzählt haben. Tut mir schrecklich leid, dass Sie Vater und Bruder verloren haben.« Sie knüllte das Taschentuch zusammen und rang zitternd nach Atem.

»Wir halten Sie selbstverständlich weiterhin auf dem Laufenden. Sie werden sehen, es wird nicht mehr lange dauern, bis Suzy wieder fast die Alte ist«, versuchte ich, sie noch weiter zu beruhigen.

Misses Keaton nickte, dann stand sie auf und bedankte sich noch einmal überschwänglich bei Ryan und mir. »Suzy-Schatz, wir fahren!«

»Komme schon«, hörten wir sie aus der Bücherecke sagen.

Misses Keaton schlug eine Hand vor den Mund. Ihre Augen füllten sich erneut mit Tränen, ehe sie erst Ryan und dann mich fest umarmte.

»Das war richtig schön«, sagte ich zu Ryan, als Misses Keaton und Suzy weg waren.

Auf Ryans Lippen bildete sich ein Lächeln, als er nickte.

»Du kannst ruhig schon fahren«, sagte er. »Ich räume die letzten Spielsachen weg und spüle noch die Becher.«

»Ich kann dir gerne helfen«, wandte ich ein, doch er schüttelte den Kopf.

»Geh ruhig. Du hast dir den Feierabend verdient, nachdem du heute fünfzehn Drachen ausgeschnitten hast.«

Ich lachte und sah auf meine Finger, auf denen man noch immer die Abdrücke der Schere sehen konnte. »Na gut. Dann sehen wir uns morgen.«

Er nickte, während ich die Autoschlüssel aus meiner Handtasche zog.

»Bis morgen, Ryan.«

Morgen … Der Tag unseres zweiten offiziellen Dates. Der Tag, an dem es nicht nach einem Kuss enden würde. Allein der Gedanke daran machte mich hibbelig und bescherte mir feuchte Hände und dieses sehnsuchtsvolle Ziehen zwischen meinen Beinen.

Ich war schon im Auto, als ich sah, dass ich meinen iPod in der Klasse vergessen hatte, auf dem ich heute für die Stille-Übung Meditationsmusik abgespielt hatte. Also ging ich noch einmal zurück in den Kindergarten. Ich griff nach meinem iPod, doch von Ryan keine Spur. Verwundert ging ich in Richtung Personalzimmer – wo ich Stimmen vernahm.

»Sie wissen schon, dass ich Sie nicht einfach so gehen lasse?« Misses Bishops Stimme drang leise an mein Ohr, und augenblicklich rutschte mein Herz in die Hose.

Gehen? Wer wollte denn gehen? Ryan? Wohin sollte er denn?

Ehrlich gestanden hatte ich mir noch keine großen Gedanken darüber gemacht, was nach Ablauf des Praktikums mit ihm passieren würde. Ob er weiterhin hier bei uns arbeiten würde oder nicht. Andererseits war Helen schwanger, und wir würden so oder so einen Ersatz für sie brauchen … Da wäre es nur logisch, wenn Ryan bleiben würde, nachdem er den Kindergarten und das Team schon kannte. Das musste Misses Bishop meinen … Dass Ryan auch in Zukunft hierbleiben würde. Ein verliebtes Lächeln schob sich auf meine Lippen. Ich wollte schon weitergehen, doch etwas hielt mich zurück. Ich wollte noch seine Antwort hören. Hätte ich gewusst, wie sie lautete, wäre ich besser überhaupt nicht Zeuge dieses Gesprächs geworden …

»Doch, das werden Sie. Die Gründe dazu finden Sie in meinem Schreiben.«

Er wollte weg?

Ein seltsamer Kloß bildete sich in meiner Kehle. So schnell und so leise ich konnte, eilte ich nach draußen zu meinem Auto und stieg ein. Ich startete den Motor, und als ich zu Hause angekommen war, blieb ich in der Garage im Wagen sitzen, geschockt und fassungslos über das, was ich mit anhören musste.

Okay, ich musste ruhig bleiben. Ich sollte versuchen, nicht in Panik zu geraten oder etwas in die Situation hineinzuinterpretieren. Vielleicht hatte ich was falsch verstanden? Womöglich aber auch nicht und Ryan würde mir morgen alles erzählen? So oder so würde ich einfach erst einmal abwarten, bis er das Thema ansprechen würde, denn erstens wollte ich ihm nicht verraten, dass ich gelauscht hatte, und zweitens wollte ich ihm die Chance geben, mir von sich aus davon zu erzählen – seine Version zu erzählen.

Bei der Arbeit am nächsten Tag tat Ryan so, als wäre nichts geschehen. Als hätte ich mir nur eingebildet, sein Gespräch gestern mit Misses Bishop belauscht zu haben. Ich wartete immer auf Anzeichen – irgendwelche –, doch es war alles wie immer.

Als er mich abends zu unserem Date abholte, war das Thema vorerst in den Hintergrund gerutscht. Meine Aufregung überdeckte alle Gedanken, die nicht mit Ryan und unserem Date zu tun hatten, und ich war wahnsinnig zappelig. Bereits während der Arbeit hatte er anklingen lassen, dass ich mich für legere Kleidung und Turnschuhe entscheiden sollte. Das verunsicherte mich, doch ich hielt mich an seine Bitte. Ich zog meine gemütlichen Jeans an, ein knallpinkes T-Shirt mit schwarzem Totenkopf darauf, dessen Augenhöhlen die Form von Blumen hatten – ein Geschenk von Teds Freundin Sam zu meinem letzten Geburtstag. Dazu trug ich pinke Chucks. Zur Sicherheit hatte ich mir aber im Schlafzimmer noch meine Trekkinghose und die Wanderschuhe bereitgestellt sowie eine knielange orange gemusterte Karohose, ein zitronengelbes T-Shirt und meine weißen Sneakers. Ich wollte auf keinen Fall under- oder overdressed sein.

Doch wie sich herausstellte, war meine Wahl perfekt. Auch Ryan trug Jeans und T-Shirt, dazu Turnschuhe.

»Du machst es ja spannend. Willst du mir nicht verraten, wo wir hinfahren?«

»Keine Chance. Dann würde ich mir ja meine eigene Überraschung vermiesen.« Er grinste, dann öffnete er mir die Beifahrertür seines Wagens.

Wir fuhren aus Greenwater Hill hinaus, die Straße entlang, die auf die umliegenden Hügel führte. Der Duft von Spätsommer lag in der Luft, es roch nach gemähtem Gras und aufgewirbeltem Staub. Erste Blätter waren schon verfärbt, wenige bereits von den Bäumen gefallen und machten uns darauf aufmerksam, dass es in diesem Jahr nicht mehr viele warme Tage geben würde.

Irgendwann bog Ryan von der Straße auf einen Waldweg ab.

»Und du bist dir sicher, dass du weißt, wo du hinfährst? Ich kenne mich nämlich abseits der Straßen nicht aus, und das, obwohl ich hier aufgewachsen bin. Solltest du irgendwo hängen bleiben, kann ich dir schlecht den Wagen aus dem Schlagloch schieben helfen, dazu fehlt mir vermutlich die Kraft. Und vielleicht sollte ich erwähnen, dass ich den Orientierungssinn eines Tannenzapfens habe. Ich bin mir nicht einmal sicher, ob wir hier noch Handy- oder GPS-Empfang haben …«

Ryan lachte leise in sich hinein, als er den Wagen abstellte. Der Waldweg schien hier zu enden, oder zumindest sah es so aus, als könnte er nicht weiterfahren, da ein umgefallener Baum quer über den Weg lag.

»Du machst es ja wirklich spannend«, murmelte ich, als er mir aus dem Wagen half. Ich folgte ihm zum Kofferraum, aus dem er eine Isomatte und einen Trekkingrucksack holte.

Nachdem er den Wagen abgeschlossen hatte, setzte er sich in Bewegung.

»Du bist dir aber schon bewusst, dass es bald finster wird? Im Dunkeln mitten im Wald herumzuirren, löst in mir ehrlich gesagt keine romantischen Gefühle aus – nicht, dass ich dich enttäuschen will, aber ich fürchte, dafür bin ich die Falsche. Wozu brauchen wir eigentlich die Matte? Du hast doch nicht vor, mit mir zu campen, oder? Also … halte mich jetzt bitte nicht für eine Stadtschnepfe, aber ich hab wahnsinnige Angst in der Nacht hier draußen in der Wildnis. Nicht, dass ich schon einmal im Wald übernachtet …«

»Wir campen nicht.«

»Nicht?«, fragte ich nach und wischte mir meine feuchten Handflächen in die Jeans, bevor ich seine Hand nahm, die er mir entgegenstreckte, um mir über einen großen Felsbrocken zu helfen.

»Nein. Keine Sorge, wir fahren später wieder nach Hause.«

»Puh. Okay. Da bin ich beruhigt. Willst du dann im Freien Yoga mit mir machen?«

Sein schallendes Lachen irritierte und verärgerte mich. Einerseits hatte ich ihn zuletzt vor vier Jahren so lachen hören, andererseits hätte er wirklich endlich sagen können, was er geplant hatte.

»Ja, ja, lach nur. Tut mir leid, dass ich noch nie ein so verrücktes Date hatte. Ich dachte, wir würden ins Kino gehen oder im Park picknicken. Nachdem du legere Kleidung und Turnschuhe gesagt hast, hatte ich sogar schon an die Quad-Tour gedacht, die sie drüben in Carlington anbieten ...«

»Echt jetzt? Du hättest mit mir die Quad-Tour gemacht?« Ryan stöhnte verzweifelt auf.

»Ähm. Ja. Vermutlich.«

»Verdammt.« Er boxte vor seinem Bauch durch die Luft. »Hätte ich das gewusst, hätte ich dich nicht hierhergeführt.«

Ich stemmte meine Fäuste in die Hüften, pustete mir eine Haarsträhne aus dem Gesicht und sah zu ihm hoch. »Wohin denn?«, fragte ich völlig außer Atem.

»Komm hoch, dann siehst du es.« Lächelnd streckte er mir wieder seine Hand entgegen.

Der Ausblick machte mich sprachlos.

Wir befanden uns auf einer großen Wiese, die offensichtlich erst vor Kurzem von einem der Farmer gemäht worden war. Sie war leicht abfallend und bot einen atemberaubenden Ausblick auf Greenwater Hill und seine Umgebung.

»Woher wusstest du ...?«

»Ich bin vor vier Jahren bei unserer Übung hier vorbeigekommen«, erzählte Ryan, während er die Isomatte ausrollte. Dann kniete er sich darauf, holte den Rucksack von seinen Schultern und zog ein paar Behälter daraus hervor.

»Was ist das?«, fragte ich und kam zu ihm.

»Picknick im Park ist was für Weicheier«, meinte er schmunzelnd. »Wir machen Picknick über der Stadt.«

Mit diesen Worten öffnete er eine Dose nach der anderen und enthüllte Obst- und Gemüsespieße sowie Spieße mit gebratenem Fleisch und Garnelen.

»Ich bin schwer beeindruckt, Ryan Hawthorne. So etwas hätte ich dir nicht zugetraut.« Ich setzte mich zu ihm.

»Oh, liebe Maya, das ist noch nicht alles.« Mit einem geheimnisvollen Gesichtsausdruck wühlte er erneut in dem Rucksack und zog eine Thermosflasche hervor. »Ich hab uns auch diesen leckeren Eistee aus dem *Greenwater Grill* besorgt.«

Übertrieben dramatisch legte ich mir beide Hände an die Wangen. »O mein Gott, Ryan, du bist ein absoluter Traum.«

»Und das ist noch nicht alles«, sagte er schon wieder mit der Stimme eines Verkäufers aus dem Werbefernsehen.

Ich kicherte vergnügt, als er erneut in den Rucksack griff und Sprühsahne sowie Schokosoße hervorzog.

»Ich hab auch für ein angemessenes Dessert gesorgt«, meinte er zwinkernd. »Aber erst greif mal bei den Spießen zu.«

Abwartend sah er mich an, bis ich nach einem Spieß mit Hühnerfleisch und einem mit gegrillten Cocktailtomaten und Zwiebelchen griff. Dann langte auch Ryan zu. Das Essen war unglaublich lecker, und der Eistee schmeckte trotz Thermosflasche wie im *Greenwater Grill*.

Ich konnte mich nicht erinnern, je ein so umwerfendes Date gehabt zu haben – und dabei hatte der Abend erst begonnen.

Wir unterhielten uns über die Stadt, und ich erzählte Ryan, dass sie durch einen anonymen Investor in den letzten Monaten so sehr wachsen konnte. Überall sah man Baustellen, auf denen neue Gebäude aus dem Boden gestampft wurden.

»Was vermisst du am meisten, wenn du an Miami denkst?« Ich schaute ihn abwartend an.

Ryan sah eine Weile in die Ferne, dann blickte er mich an. »Andere Leute würden sagen, sie vermissen das Klima oder das Meer. Tatsächlich aber fehlt mir meine Mutter am meisten. Das Wissen, dass ich nicht immer, wenn mir danach ist, meine Familie besuchen kann.«

»Das kann ich mir vorstellen. Dann wirst du deine Mom nur ganz selten sehen. Aber ihr telefoniert regelmäßig miteinander, nehme ich an, oder?«

Er nickte. »Oder wir skypen. Dann fühlt es sich fast so an, als wäre sie hier. Dieses Gefühl brauchen wir vermutlich beide.« Nun lachte er leise und nahm sich einen Spieß mit gegrillten Kiwi- und Drachenfruchtwürfeln. »Jetzt hältst du mich bestimmt für ein Muttersöhnchen, und all meine Bemühungen, dir zu imponieren, sind beim Teufel.«

»Ganz und gar nicht, im Gegenteil. Ich finde Männer mit ausgeprägtem Familiensinn äußerst anziehend.« Ich zwinkerte ihm zu, was ihn amüsierte.

»Dann zahlt sich meine Ehrlichkeit ja aus«, meinte Ryan.

Ich biss mir auf die Zunge, um von diesem Thema nicht auf das Gespräch zu lenken, das ich gestern mit anhören musste. Stattdessen griff ich nach einem Spieß mit Weintrauben und Erdbeeren.

Ryan hielt fragend Schokosoße und Sprühsahne hoch. Sofort war das Gefühl, ich müsse ihm sein

Geheimnis entlocken, vergessen. Ich war mir seiner Anwesenheit sehr bewusst, musterte seinen starken Oberkörper, seinen flachen Bauch und die breiten Oberarme. Mir fielen die Adern an seinen Unterarmen auf, die deutlich zu sehen waren, und das alles weckte Erinnerungen in mir, die mich dazu brachten, die Beine aneinanderzupressen, um das Prickeln in meinem Schoß zu bändigen. Natürlich völlig ohne Erfolg.

Schweigend nickte ich, da ich Angst hatte, mir könnte ein sehnsuchtsvolles Stöhnen entweichen, und öffnete den Mund. Ryan kniete sich vor mich, schüttelte die Dose mit der Sahne und sprühte sie mir dann in den Mund. Anschließend übergoss er sie mit der flüssigen Schokolade.

Mein Herz raste in meiner Brust, als ich ihn so nah vor mir hatte. Die Wärme, die sein Körper ausstrahlte, bescherte mir weiche Knie, und ich war froh, zu sitzen.

Als ich Sahne und Schokolade in meinem Mund vermischt hatte, war es mit meiner Beherrschung vorbei. Genüsslich stöhnte ich auf. »Gott, das schmeckt so gut! Ich hatte fast vergessen, wie gut.«

»Ist es länger her, dass du das so gegessen hast?«, fragte Ryan, als ich Weintrauben und Erdbeeren hinterherschob.

»Vier Jahre«, gestand ich. »Das letzte Mal mit dir in dieser Nacht.«

Ein seltsamer Ausdruck erschien auf Ryans Gesicht. »Ich hab es seitdem regelmäßig gegessen«, gestand er. »So hab ich mich immer wieder an uns erinnert.«

Sein Geständnis überwältigte mich. »Ich hab es deshalb nicht mehr gemacht, weil ich Angst hatte, es würde nie wieder so gut werden wie mit dir.«

Ryan sah mir tief in die Augen, dann beugte er sich vor und küsste mich. Zärtlich berührten seine Lippen die meinen, während ich seine Hand in meinem Nacken spürte, als würde er befürchten, dass ich vor ihm zurückweichen wollte – etwas, was nicht passieren würde.

Er sog meine Unterlippe ein, ließ mich sanft seine Zähne darauf spüren. Doch noch bevor ich den Kuss vertiefen konnte, hatte er wieder Abstand zwischen uns gebracht.

Verwirrt blinzelte ich, wollte schon protestieren.

»Sieh mal«, sagte er mit rauer Stimme und nickte in Richtung Tal.

Ich folgte seiner Anweisung, und staunend öffnete ich den Mund. Die untergehende Sonne tauchte die felsigen Hügel uns gegenüber in ein sattes Orange. Es sah aus, als würden sie brennen.

»Das ist … wunderschön«, gestand ich.

Ryan murmelte zustimmend, dann setzte er sich hinter mich und legte seine Arme um meine Mitte. So genossen wir gemeinsam die wenigen Minuten Naturschauspiel, bis die Sonne nur noch graublaue Schatten auf den Hügeln zuließ.

Ich half Ryan, die leeren Behälter zu verschließen und in seinen Rucksack zu räumen. Dann rollte er die Matte ein, und wir machten uns auf den Weg zurück zu seinem Auto.

»Vielen Dank, Ryan. Ich kann mich nicht erinnern, je einen so schönen, romantischen Abend verbracht zu haben.«

»Und du hast erst noch gemeint, dass für dich heute Abend Romantik ausgeschlossen ist.« Da er vor mir ging, sah ich leider sein Gesicht nicht, als er antwortete, doch ich war mir sicher, dass ihn das Thema amüsierte.

Als wir etwas später wieder vor meinem Haus hielten, war ich immer noch völlig überwältigt von den Eindrücken und seinem Sahne-Schokosoße-Geständnis.

Ryan stieg aus und begleitete mich zur Tür. Je näher wir ihr kamen, umso nervöser wurde ich. Ich nestelte am Saum meines T-Shirts herum, als ich davor stehen blieb.

»Kommst du noch mit hinein?«, fragte ich zögerlich, nachdem ich die Tür aufgeschlossen hatte. Die Angst, erneut eine Abfuhr zu kassieren, lähmte mich und gab mir das Gefühl, steif und tapsig zu sein. »Ich hab auch noch Walnusseis im Gefrierfach. Darauf konnte ich bei Gott nicht verzichten in den letzten Jahren – wobei ich sagen muss, dass es tatsächlich nie wieder so gut geschmeckt hat wie in jener Nacht. Aber ich muss auch gestehen, dass ich es nicht völlig ohne Hintergedanken gekauft hatte. Ich dachte mir, vielleicht kommen wir doch irgendwann wieder dazu, dieses Eis zu essen. Und wenn es nur ein harmloses Eisessen auf meiner Terrasse unter Arbeitskollegen ist.«

»Ich habe seitdem nie wieder Walnusseis gegessen«, gestand Ryan und überraschte mich damit.

Fragend legte ich den Kopf schief.

»Ich konnte mich nicht mehr an die Eismarke erinnern und hatte Angst, ich würde mit einem falschen Geschmack die Erinnerung an diese Nacht verlieren. Ich hielt sie lieber mit Schokosoße und Sahne aufrecht«, gestand er dann.

»Ist das also ein Ja?«

»Das ist so was von einem Ja, Maya«, murmelte er noch, bevor ich seine Hände an meinem Nacken und meiner Taille spürte, während sich seine Lippen auf die meinen pressten.

Ich keuchte auf, tapste rückwärts ins Haus und schlug die Haustür hinter Ryan ins Schloss, bevor die Kätzchen ausbüxen konnten.

Ryan presste mich gegen die Tür, und sofort fühlte ich seine Hände unter meinem Shirt.

»Ich dachte … wir wollten … das Eis essen?«, fragte ich unschuldig zwischen den Küssen, während ich ihm ungeduldig sein T-Shirt über den Kopf zerrte.

»Das gönnen wir uns danach … Als Belohnung für fantastischen Sex.«

»Du bist ja gar nicht von dir selbst überzeugt«, murmelte ich an seiner nackten Brust und leckte ihm über die heiße Haut, was ihm ein leises Stöhnen entlockte.

»Zweifelst du an meinen Fähigkeiten?«

Er zog mir mein Oberteil über den Kopf.

»Nicht im Geringsten«, gab ich ehrlich zur Antwort und sah ihm dabei tief in die Augen.

Das waren wohl die Worte, die Ryan hören musste. Er hob mich hoch und trug mich in mein Schlafzimmer, zu dem ich ihm den Weg wies. Sanft ließ er mich auf mein Bett nieder. Dann kniete er sich zwischen meine Beine und öffnete bedächtig meine Jeans.

Ich hob mein Becken, um ihm beim Ausziehen der Hose zu helfen. Er schob meine Beine weiter auseinander und vergrub sein Gesicht zwischen meinen Schenkeln. Ich konnte hören und spüren, wie er tief einatmete.

»Verdammt, Maya … Du ahnst nicht, wie sehr ich dich vermisst habe. Unzählige Nächte habe ich wach gelegen und an diese süße Stelle gedacht, die ich nur zu gern noch einmal schmecken wollte. In die ich mich ein weiteres Mal versenken wollte.« Dann stieß er ein tiefes Knurren aus und zog mir meinen Slip über die Beine nach unten.

Meine Haut schien in Flammen zu stehen. Es fiel mir schwer, meine Augen offen zu halten, doch ich wollte ihn unbedingt beobachten, wie er meinen Körper aufs Neue erkundete.

Sanft streichelte er meine Schenkel nach oben, legte sich ein Bein über die Schulter und leckte sich über die Innenseite bis fast zu meiner Mitte vor. Als ich vor Lust am ganzen Körper bebte, widmete er sich mit der gleichen Ruhe dem anderen Bein.

Ich seufzte verzweifelt auf, vergrub eine Hand in seinen Haaren und drückte mit der anderen meine Brust. Die Schale meines BHs schob ich einfach nach unten und rieb mit den Fingern über meine Brustwarze, weil ich in ihnen dasselbe drängende Pochen fühlte wie zwischen meinen Beinen.

»Du bist so heiß, Maya ... So bereit.«

Staunend sah Ryan auf die Stelle zwischen meinen Beinen, die er noch immer nicht berührt hatte. Sanft pustete er darauf und ließ mich meine Nässe fühlen.

»Bitte, Ryan ...«, wimmerte ich und streckte meine Hände nach ihm aus.

»Bitte was?«

»Ich will dich endlich spüren.«

»Wo genau?«, fragte er, biss sich auf seine Lippe und grinste. »Hier etwa?« Dabei streichelte er noch einmal meinen Oberschenkel hoch bis kurz vor meiner pulsierenden Mitte.

Frustriert stöhnte ich auf, als er die Finger wieder wegnahm und stattdessen damit meinen Bauchnabel umkreiste.

»Oder hier?« Mit quälender Langsamkeit umrundete er meine Brüste, nachdem er mir den BH ausgezogen hatte, zog dann den Kreis immer enger und hob seine Hand jeweils kurz vor Erreichen meiner Brustwarzen wieder an.

Da war es mit meiner Geduld am Ende. Ich packte ihn am Bund seiner Jeans und rang ihn auf das Bett nieder. Vermutlich wäre es ihm eine Leichtigkeit gewesen, sich gegen meinen Angriff zu wehren, aber er lachte einfach nur und spielte das bezwungene Opfer.

Ich setzte mich rittlings auf ihn, öffnete die Knöpfe seiner Jeans und zerrte ihm die Hose inklusive seiner Shorts von den Beinen. Sein Schwanz ragte groß und prall nach oben, und mein Körper reagierte auf diesen Anblick mit einem heftigen Ziehen zwischen meinen Beinen.

»Du kannst es wohl wirklich nicht mehr erwarten«, hörte ich ihn belustigt sagen.

»Oh, du hast ja keine Ahnung, Ryan.« Dann glitt ich mit meinen Lippen über seine Bauchmuskeln, die unter der Berührung zuckten.

Er stöhnte verhalten und schob seine Finger durch meine Haare an meinen Hinterkopf, als würde er nicht wollen, dass ich wieder Abstand zwischen uns brachte.

Den Gefallen tat ich ihm gern. Er schmeckte einfach fantastisch, irgendwie süß mit einer Spur Salz – wie diese Karamellschokoladen mit Meersalz. Definitiv eine Mischung, von der ich nicht genug kriegen konnte …

Ich küsste mich nach oben, während ich ihn mit meinen Händen genauso neckte, wie er mich gequält hatte. Unter seiner tätowierten »Einundzwanzig«, die mir vor vier Jahren schon aufgefallen war, hatte er jetzt eine weitere Zahlenkombination stehen. Diese bestand jedoch aus römischen Ziffern, doch ich war viel zu fokussiert auf Ryans Reaktionen auf mich, als dass ich mir über deren Sinn Gedanken machen wollte. Stattdessen sog ich an seinen Brustwarzen, bis ein tiefes Knurren seine Kehle verließ.

»Gott, verdammt, Maya. Ich muss endlich in dir sein«, stieß er zwischen den Zähnen hervor.

Das ließ ich mir nicht zweimal sagen. Gierig küsste ich ihn und biss sanft in seine Unterlippe, während ich mit einer Hand nach der Packung Kondome tastete, die ich in der Nachttischschublade aufbewahrte.

Doch da packte mich Ryan, warf mich auf den Rücken, stand auf und zog aus seiner Jeans eine quadratische Folie. Dann zerrte er mich an den Beinen zur Bettkante und leckte mit harter Zunge über meine Mitte.

Ich schrie auf und krallte mich vor Lust in den Laken unter mir fest.

Wieder und wieder rieb Ryan über meine hochsensible Perle und trieb mich auf den Gipfel zu. Ich fühlte die Hitze in mir, die durch meine Adern floss und mich dazu brachte, Sterne vor meinen Augen tanzen zu sehen. Mein Nasenrücken kribbelte, während mein ganzer Körper zu vibrieren schien.

Als der Orgasmus mich wie eine gewaltige Welle über den Abgrund trug, richtete sich Ryan auf. Mein Innerstes pulsierte, und ich wollte schon protestieren, weil ich seine Zunge auf mir vermisste, als ich Ryans harten Schwanz spürte, der sich in mich schob. Er füllte mich aus, erhöhte den Druck in mir auf ungeahnte Weise und sorgte dafür, dass die Spannung in mir keine Chance hatte, abzuflauen.

Er bewegte sich kraftvoll in mir, hielt meine Oberschenkel umschlungen, um tief in mich zu stoßen.

»O ja«, keuchte er und sah mir dabei in die Augen. »Genauso hatte ich dich in Erinnerung. Eng, bereit und leidenschaftlich.«

Seine Worte waren der Auslöser, dass ich erneut spürte, wie sich in mir die Spannung aufbaute.

Ryan schien es zu merken, denn er stöhnte kehlig und erhöhte sein Tempo. Wieder und wieder stieß er mit seinen Hüften gegen meine, und das Geräusch, das unsere nackte, feuchte Haut machte, als sie aufeinanderprallte, prickelte zusätzlich meine Wirbelsäule hinab bis in meinen Schoß.

Ich hob ihm mein Becken entgegen, um ihm noch näher zu sein, um ihn tiefer zu spüren. Verzweifelt stöhnte ich auf, als die Muskeln in mir zu zittern begannen, sich wieder und wieder um seinen Schwanz pressten und die heiße Welle erneut über mir zusammenschlug.

Ryan wurde lauter, stöhnte bei jedem Stoß auf, heizte mich dadurch nur noch mehr an und sorgte dafür, dass mein zweiter Höhepunkt scheinbar endlos zu dauern schien.

Mit einem letzten gepressten Keuchen kam Ryan. Ich konnte fühlen, wie er in mir pulsierte, während er erschöpft auf mich hinabsank. Sein Körper war heiß und schweißnass und fühlte sich einfach herrlich auf mir an.

»Was machst du bloß mit mir?«, murmelte er zärtlich in mein Ohr. Sanft küsste er mein Ohrläppchen und meine Wange, ehe er seine Nase in meinem Haar vergrub.

Die Frage war, was er mit mir machte ... Denn die letzten Tage hatten mir gezeigt, dass er nicht einfach nur irgendein gut aussehender Kerl war, mit dem ich fantastischen Sex hatte. Er war so viel mehr ... Er berührte mich mit seinen Taten tief in meinem Herzen.

»Bleibst du heute Nacht bei mir?«, fragte ich ihn leise.

Ich spürte an meiner Wange, wie er nickte.

Mit einem glücklichen Seufzen streichelte ich ihm über den Rücken bis hoch zu seinen Haaren, durch die ich meine Finger gleiten ließ. Um ihn festzuhalten und am liebsten nie wieder loszulassen …

Die Morgensonne blinzelte zwischen den Gardinen hindurch. Ich spürte meinen ganzen Körper, fühlte die Muskeln, die letzte Nacht mehr als einmal im Einsatz gewesen waren. Mit einem zufriedenen Grinsen öffnete ich ein Auge und sah auf dem Nachttisch die leere Packung Walnusseis stehen, aus der zwei Löffelstiele herausragten.

Selig seufzend drehte ich mich um und … starrte mit hart klopfendem Herzen auf eine leere Bettseite. Nein, das stimmte nicht ganz, denn auf dem Kopfkissen lag ein gefalteter Zettel, nach dem ich mit zitternden Fingern griff. Vielleicht hatte er früh rausmüssen und wollte mir auf diese Art einen guten Morgen wünschen. Doch etwas in mir ließ mich ahnen, dass das nur meine ganz persönliche Wunschvorstellung war. Dass die Wahrheit völlig anders aussah. Und ich hatte recht …

Maya,
ich bin gleich auf dem Weg nach Miami. Tut mir
leid, dass ich dir nicht vorher von meiner Reise

erzählt habe, aber bald erkläre ich dir alles, ver-
sprochen. Bis dahin bitte ich dich, mir einfach zu
vertrauen. Danke für die Nacht.
Kuss, R.

Was zur Hölle …?

Sprachlos starrte ich auf den Zettel, der liebloser nicht hätte sein können, drehte ihn mehrfach um, in der Hoffnung, noch irgendwo eine weitere – vielleicht versteckte – Nachricht zu entdecken, die das alles als schlechten Scherz entlarven würde. Doch da war nichts. Absolut nichts!

Dieser Mistkerl hatte sich tatsächlich einfach so nach dem Sex davongemacht!

Ich hätte vor Wut und Enttäuschung laut losbrüllen können. War ich beim Einschlafen noch tausendprozentig glücklich und zufrieden gewesen, war ich jetzt zu tausend Prozent wütend und entsetzt. Ich meine, was sollte ich jetzt davon halten? Was sollte ich von Ryan halten? Er hätte sich wenigstens persönlich von mir verabschieden können. Ich wäre ihm sicher nicht böse gewesen, wenn er mich geweckt hätte … Aber so – sich heimlich aus dem Staub machen – verlieh es dem Ganzen einen schäbigen Nachgeschmack und mir das Gefühl, eine billige Nummer für ihn gewesen zu sein.

Gott, war mir übel …

Dass er mir nur diesen gefühllosen »Abschiedsbrief« hinterlassen hatte, ließ mich schwer schlucken und Tränen in meinen Augen aufsteigen, erweckte es doch den Eindruck, dass Ryan unsere Nacht vielleicht nicht ernst gemeint hatte, anders als ich.

Mir fiel wieder das Gespräch zwischen ihm und Misses Bishop ein, das ich belauscht hatte. Kein einziges Mal hatte Ryan auch nur im Ansatz anklingen lassen, was es damit auf sich hatte. In Verbindung mit diesem Zettel bekam das Ganze aber eine Bedeutung – wollte er etwa ganz nach Miami zurückgehen? Hatte Greenwater Hill für ihn doch nicht gehalten, was er sich von seinem Umzug versprochen hatte? Oder lag es gar an mir?

Das Herz in meiner Brust wurde schwerer und schwerer, bis ich das Gefühl hatte, keine Luft mehr zu kriegen. Ich fühlte mich verletzt und erniedrigt. Wertlos, ersetzbar. Als hätte das alles, was zwischen uns gewesen war, die vielen Gespräche, die Sache mit Suzy, unsere beiden Dates, die Küsse, der Sex … als hätte das alles keine Bedeutung mehr.

Hatte ich gestern Nacht noch das Gefühl gehabt, ihm so nah wie nie zuvor zu sein, war es heute, als hätte er eine Mauer errichtet, hinter die er mich nicht blicken lassen wollte … Es fühlte sich an, als wäre alles, was zwischen uns passiert war, für ihn nur ein Spiel gewesen.

Und für Spielchen war ich mir definitiv zu schade.

Vierzehn – Ryan

Das schlechte Gewissen, weil ich Maya nach diesen wundervollen Stunden mit ihr noch vor Sonnenaufgang verlassen und ihr vorher nichts davon gesagt hatte, verfolgte mich bis Florida. Was musste sie wohl von mir denken, dass ich mich klammheimlich davongeschlichen hatte? Musste sie es nicht wieder für einen von mir geplanten One-Night-Stand vor meinem Abflug halten? Ich war so ein Vollidiot! Wie konnte ich das, was sich zwischen uns angebahnt hatte, so leichtfertig aufs Spiel setzen?

Als ich auf dem Weg zu meinem ehemaligen Zuhause im Taxi mein Telefon wieder einschaltete, trudelten mehrere Nachrichten ein. Sie waren alle von Maya, und sie klang so wütend.

Zu Recht.

Ich hätte meinen Kurztrip nach Miami zumindest erwähnen können. Aber ich *konnte* nicht. Es fiel mir nach drei Jahren immer noch so verdammt schwer, den Todestag der beiden zu erwähnen. Zu wissen, dass genau an diesem Tag vor drei Jahren die Herzen meines Vaters und meines Bruders zum letzten Mal geschlagen hatten … Jedes Mal wieder fragte ich mich, ob sie Schmerzen gehabt hatten. Ob sie die Gefahr hatten kommen sehen oder ob sie überrascht wurden von der Explosion. Ob sie gleich tot waren oder ob ihr Herz sie noch ein paar Sekunden am Leben gehalten hatte, bevor sie so viel Blut verloren hatten, dass ihr Körper aufgegeben hatte …

Stattdessen überlegte ich mir zig Erklärungen, warum ich weg war, wo ich war und weshalb ich ihr dazu vorher nichts hatte sagen können. Ich schrieb Antworten und löschte sie wieder, bevor ich sie senden konnte. Es klang sogar in meinen Ohren lächerlich, wenn ich erklärte, dass ich Zeit mit meiner Familie brauchte. Ich war einfach zu verkorkst, um nach drei Jahren damit umgehen zu können, dass mein Vater und mein Bruder gestorben waren. Dass ich Maya nichts sagen konnte aus Angst, sie würde mit ihrer fröhlichen und hilfsbereiten Art versuchen, für mich da zu sein, war verrückt, denn sie war neben der Arbeit mit den Kindern der einzige Lichtblick in meinem dunklen Leben. Doch ich war schwach. Verdammt, ich konnte sie nicht um Hilfe, geschweige denn um Verständnis bitten. Weil ich mit dem Chaos in mir noch immer nicht klarkam. Stattdessen musste ich allein sein, verspürte den Drang, für meine Mom da sein zu müssen. Es tat verdammt noch mal weh, sie trauern zu sehen, und dabei hatte ich schon genug damit zu kämpfen, wenn die Trauer *mich* packte und wie jedes Mal in den Boden stampfte. Unmöglich hatte ich da den Kopf für Maya frei. Und ich befürchtete, sie könnte es tatsächlich schaffen, dass es nicht mehr so wehtat wie bisher. Dass ich mir nicht mehr die Frage stellen würde, warum ich es verdient hatte, weiterzuleben, nicht aber Sean und Dead. Und ich hätte dann das Gefühl, ich würde über mein eigenes Glück die beiden vergessen, sie würden wirklich für immer aus meinem Leben verschwinden. Und das durfte einfach nicht geschehen.

Schließlich gab ich auf, ohne Maya geantwortet zu haben, und verstaute das Telefon in meiner Tasche, als der Wagen vor meinem Elternhaus hielt. Ich bezahlte den Fahrer und stieg aus.

»Hey, Schatz, hattest du eine gute Reise?« Meine Mom empfing mich mit einer herzlichen Umarmung, kaum dass sie mir die Haustür geöffnet hatte.

»War schon okay«, sagte ich und zwang mich zu einem Lächeln.

Wieder zu Hause zu sein, fühlte sich seltsam an. Denn bisher hatte ich immer gedacht, dass es sein würde, als wäre ich nie weg gewesen. Doch auch wenn ich erst wenige Wochen in Greenwater Hill wohnte, war mein altes Zimmer nicht mehr der Ort, der tatsächlich das Gefühl von zu Hause in mir auslöste. Es waren auch nicht das Wohnzimmer, in dem wir immer Familien-TV-Abende abgehalten hatten, oder der Garten mit dem Pool, in dem Sean und ich unablässig Längen geschwommen waren und dabei versucht hatten, den anderen in der Zeit zu schlagen.

Vielleicht war genau das der Grund: Weil hier so viele Erinnerungen existierten, die sich nicht zurückholen und lebendig machen ließen …

Alles hier fühlte sich fremd an und so, als wäre ich viel zu lange weg gewesen, als dass ich noch eine Verbindung zu diesem Ort fühlte. Dabei war das absoluter Mist, ich hatte immerhin seit meiner Kindheit hier gelebt. Doch ich wusste auch, dass ich in diesem kleinen Ort am anderen Ende des Landes mein Herz verloren hatte.

Home is where the heart is …

Noch nie zuvor hatte dieser Satz eine so essenzielle Bedeutung für mich gehabt. Und noch nie zuvor hatte ein simpler Spruch einen für mich so wahren Kern gehabt.

»Alles okay?«, hörte ich meine Mom hinter mir fragen, als mein Blick über den Garten mit den kleinen Palmen glitt.

Ich nickte. »Wo ist Carl?«, fragte ich dann, um von dem merkwürdigen Gefühl in meinem Inneren abzulenken.

»Drüben in seinem Haus.« Sie deutete auf das Nachbargrundstück. »Er lässt uns bis zu deiner Abreise Zeit für uns.«

Dafür war ich Carl dankbar. Dass er im richtigen Moment einen Schritt zurückmachte, um meiner Mom und mir den Raum zu geben, den wir brauchten.

Dass Carl immer noch in seinem Haus wohnte und meine Mom noch nicht mit ihm zusammengezogen war, fand ich gut. Irgendwann hatte ich mal mit ihr darüber gesprochen, und sie hatte mir erklärt, dass es für sie keinen Grund gäbe, zusammenzuziehen. Aus finanziellen Gründen wäre es bei keinem von beiden notwendig, und sie wolle sich den Freiraum nicht nehmen lassen, den sie im eigenen Haus genoss.

Ich war mir ja sicher, dass sie mit dem Zusammenziehen auch einen Teil ihrer Erinnerungen aufgeben müsste, und dazu war sie bestimmt nicht bereit. Sie hatte meinen Vater geliebt, genau so, wie er sie vergöttert hatte. Jedes einzelne Möbelstück in diesem Haus hatten sie gemeinsam ausgesucht und gekauft. Ein Neuanfang würde sich für sie anfühlen, als würde sie meinen Vater und meinen Bruder hinter sich lassen. Und das wollte und konnte sie nicht. Sie ließ Carl in ihr Leben, und so, wie es lief, war es gut für sie.

Ich hatte dafür Verständnis – Carl offensichtlich auch.

»Wann fahren wir morgen los?«, fragte ich sie dann.

Sie straffte die Schultern, und ich sah ihr an, wie schwer es ihr fiel, Haltung zu bewahren. »Gleich nach dem Frühstück.«

Ich nickte.

Dann hatten wir den schlimmsten Teil bald hinter uns.

Meine Mom gab sich wirklich Mühe. Sie backte Waffeln, servierte sie mit Sirup und Sahne und hatte Schüsseln mit frischen Beeren bereitgestellt. Zudem gab es Eier und Speck, und sie hatte sogar wieder Toastbrot und Erdnussbutter für mich gekauft, obwohl ihr das überhaupt nicht schmeckte. Bestimmt würde sie mir von beidem den Rest mit nach Hause geben …

Während des Frühstücks unterhielten wir uns, als wäre es ein Tag wie jeder andere. Doch ich wusste, dass sie genauso wie ich versuchte, fröhlich und unbeschwert zu wirken, obwohl es in unserem Inneren völlig anders aussah.

»Was ist jetzt eigentlich aus dem Mädchen geworden?«, fragte sie dann, noch mit dem fröhlichen Glitzern in den Augen, nachdem ich ihr von dem letzten lustigen Abend mit Nick, Jeffrey und Steven im *Greenwater Grill* erzählt hatte.

»Du meinst Maya?«, fragte ich und versuchte, das laute Trommeln meines Herzens in der Brust zu ignorieren.

Überrascht runzelte meine Mom die Stirn. »Gibt es denn noch andere Herzensdamen?«

»Nein, gibt es nicht«, antwortete ich. Gab es nie.

Sie schenkte mir Kaffee nach. Ich schob mir eine Erdbeere in den Mund und dachte an unsere letzte gemeinsame Nacht zurück.

»Sie weiß nicht, was ich hier mache«, gestand ich dann.

Der tadelnde Blick meiner Mom sagte eigentlich alles.

»Ja, ich weiß …« Ich presste meine Handballen gegen die Augen und seufzte tief. »Ich hab ihr nur gesagt, dass ich eine Weile weg bin und dass ich ihr bald erklären werde, warum ich wegmusste.«

»Und was hat sie darauf geantwortet?«

Zögernd sah ich sie an. »Gar nichts, ich …«

Mir fielen die unzähligen Nachrichten von ihr auf meinem Telefon ein. »Sie war wütend. Aber vermutlich nicht zwingend, weil ich wegmusste, sondern wegen der Art, wie ich es ihr gesagt habe.«

»Was willst du mir damit sagen, mein Sohn?« Der Ton meiner Mutter gab mir das Gefühl, wieder zwölf Jahre alt zu sein und ihr zu beichten, dass ich heimlich in den Pool des Nachbarn gestiegen war.

»Ich hab ihr einen Zettel hinterlassen, auf dem ich ihr eine kurze Erklärung geschrieben habe.«

»Einen Zettel?« Sie schüttelte den Kopf und sah mich mit einem Blick an, der mir sagte, wie dumm es von mir gewesen war, es ihr nicht persönlich zu sagen.

»Ja, ich weiß … Ich bin ein Idiot!« Ich trank noch einen Schluck Kaffee, dann stand ich auf und trug meine Tasse zur Spüle. »Ich werde es wieder geradebiegen. Aber erst fahren wir.«

Meine Mutter nickte, dann räumten wir gemeinsam den Frühstückstisch ab.

Ich hatte gedacht, es würde irgendwann besser werden – obwohl ich davor Angst hatte, dass sich im Laufe der Jahre die Leere in mir, die die beiden hinterlassen hatten, nicht mehr so dunkel anfühlen würde, sobald wir vor den Gräbern meines Vaters und meines Bruders standen. Ich hatte befürchtet, der nachlassende Schmerz könnte bedeuten, dass ich sie weniger lieben oder weniger vermissen würde. Doch auch heute war es, als würde mich eine unsichtbare Kraft aussaugen und mich zu Boden zerren. Meine Knie gaben nach, und ich sackte ins Gras. Meine Mom stützte sich an meiner Schulter ab, um Haltung zu bewahren. Sie war immer schon die Stärkere von uns beiden gewesen. Während mein Vater, Sean und ich unserem Land bei Auslandseinsätzen dienten, ich Dinge tat und sah, die mich nachts nicht schlafen ließen, war sie diejenige gewesen, die unsere Familie zusammengehalten hatte.

Vielleicht musste einfach noch mehr Zeit vergehen, um besser über den schrecklichen Verlust hinwegzukommen. Oder aber meine Mom und ich sollten zukünftig nicht mehr an ihrem Todestag ihre Gräber besuchen – doch schon allein bei dem Gedanken daran krampfte sich alles in mir zusammen und ich wusste, dass ich zu so was nicht fähig wäre, genauso wenig wie meine Mutter.

Ich blickte auf den Grabstein meines Vaters und dachte an die kleine Suzy. Wenn es schon für mich so schlimm war, war es völlig nachvollziehbar, dass sich das Kind von allem abgeschottet hatte. Dann dachte ich an die Unterhaltung mit ihr, an das rasende Herzklopfen, das ich gehabt hatte, als sie mit mir gesprochen und mich gefragt hatte, ob mein Vater auch stolz auf mich sei.

Der Druck in der Brust wurde noch einmal stärker, und ich ballte meine Hände zu Fäusten. Ich war mir sicher: Hätte ich meinem Vater zu Lebzeiten erklärt, ich würde meinen Job bei den Navy SEALs an den Nagel hängen und Kindergärtner werden, er hätte kein Verständnis dafür gehabt. Er hätte alles darangesetzt, mir diesen Plan schnellstmöglich wieder auszureden, und er hätte mich seine ganze Enttäuschung spüren lassen. Ich sah ihn heute noch deutlich vor mir, wie stolz er gewesen war, als ich ihm verkündet hatte, dass ich ein SEAL werden wollte. Das hatte mir damals eine Menge Respekt von ihm verschafft. Dass ich nun den Job machte, der in seinen Augen Frauensache war, würde ihn sicher enttäuschen …

Ich spürte den Druck einer Hand auf meiner Schulter. Blinzelnd setzte sich die Umgebung vor meinen Augen wieder zusammen, und ich sah in das Gesicht meiner Schwägerin Stephenie.

»Hey, Ryan. Wie geht es dir?«, fragte sie, als ich mich aufrichtete.

Ich zog sie an mich und legte meine Arme um sie. Ich drückte sie, und sie erwiderte meine feste Umarmung, weil es das war, was ich gerade brauchte. Was mich zusammenhielt. Sie wusste es, denn ihr ging es nicht anders. Uns allen ging es seit drei Jahren so …

»Gut, und dir?«, log ich und drückte ihr einen Kuss auf den Scheitel.

»Auch gut.« Sie blickte zu mir auf, und ich sah ihr an, dass der Schmerz sie ebenfalls auffraß. In den letzten drei Jahren war sie mehr gealtert als in den Jahren zuvor, seit ich sie kannte, und die kleinen Fältchen, die sich in ihrem Gesicht einen Stammplatz gefestigt hatten, waren keine Lachfalten ... »Schön, dich zu sehen.« Sie lächelte, aber es prallte an ihren Augen ab, in denen die Trauer zu sehen war. Sie waren gerötet vom Weinen.

»Wie geht es den Jungs?«

Sie lachte leise. »Gut. Sie sind gerade bei meinen Eltern.«

Schon die letzten Jahre hatte sie meine beiden Neffen am Todestag nicht mit auf den Friedhof genommen. Vermutlich wollte sie den Kindern ersparen, wie wir alle zusammenbrachen.

»Du musst mir alles erzählen, wie es dir jetzt in Greenwater Hill geht. Wir vermissen dich hier sehr. Colin und Nate sprechen fast jeden Tag von dir.«

»Ich vermisse euch auch«, murmelte ich und legte meinen Arm um Stephenie und meine Mom. Dann drückte ich die beiden Frauen an mich und atmete zitternd ein.

Doch es gab da noch jemanden, den ich so sehr vermisste, dass es mir beinahe die Luft zum Atmen raubte. Und die Person war niemand aus meiner Familie.

Es war Maya.

Die wenigen Stunden ohne sie waren die Hölle. Sie war so weit weg, und es fühlte sich an, als würde durch die räumliche Trennung die Verbindung zwischen uns leiden. Sobald wir wieder zu Hause waren, würde ich Maya anrufen. Ich musste unbedingt ihre Stimme hören und dafür sorgen, dass sie verstand, warum ich hier war und nicht bei ihr sein konnte ...

Fünfzehn – Maya

»Wo ist er?«, fragte ich und drängte mich an Nick vorbei in sein Haus.

Irritiert sah er mir nach. »Komm doch rein, fühl dich wie zu Hause«, murmelte er und schloss hinter mir die Tür.

»Also? Was weißt du? Immer raus mit der Sprache, weil ich nämlich mit meiner Geduld am Ende bin.«

»Ich wünsche dir auch einen wunderschönen guten Morgen.« Nick gähnte und streckte sich, und erst jetzt fiel mir auf, dass er nur Boxershorts trug.

Schnell drehte ich mich um und hielt mir zur Sicherheit noch eine Hand vor die Augen, was ihn zum Lachen brachte.

»Ich zieh mir schnell was an, mach du mal Kaffee.« Er deutete auf die Küche.

Als die Kaffeemaschine munter vor sich hin blubberte und Nick wenig später wieder auftauchte, sah er noch immer ziemlich verschlafen aus. Die blonden Haare standen kreuz und quer, die Augen waren klein und verquollen, als hätte er letzte Nacht einen draufgemacht.

»Tut mir leid, wenn ich dich geweckt haben sollte, aber ich hab seit gestern nichts von Ryan gehört, und ich dachte, vielleicht weißt du, wo er ist. Er reagiert nicht auf meine Nachrichten, dabei kann ich sehen, dass er sie gelesen hat. Keine Ahnung, was ich von alldem halten soll, aber es macht mich völlig kirre, dass ich nicht weiß, was mit ihm los ist. Er hat mir nur diesen kurzen Brief hinterlassen.« Ich wedelte damit vor Nicks Augen. »Aber ich meine, was soll ich mit der Info anfangen? Ich dachte eigentlich, dass … dass …«

Nick runzelte die Stirn. »Maya-Süße, tut mir leid. Ich kann dir nicht ganz folgen.«

»Na ja, dass zwischen ihm und mir etwas Besonderes wäre. Aber wahrscheinlich hab ich mich getäuscht. Vielleicht hab ich mir das alles nur eingeredet, und nun bekomme ich die Rechnung für meine dumme Hoffnung präsentiert.«

Nick holte zwei Tassen aus dem Küchenschrank und schenkte uns Kaffee ein. Eine drückte er mir in die Hand, dann setzte er sich und las den Zettel, den Ryan mir gestern auf das Kissen gelegt hatte, bevor er verschwunden und wie vom Erdboden verschluckt war.

»Da steht doch, dass er dir alles erklären wird …«, meinte er dann, als ob das Problem damit gelöst wäre.

»Aber er ist den ganzen gestrigen Tag nicht erreichbar gewesen! Ich hab einfach Angst, dass ihm was … passiert ist.« Ich zuckte mit den Schultern, da ich nicht wusste, wie ich ihm sonst meine Ratlosigkeit demonstrieren konnte. Offensichtlich bewertete Nick Ryans Reaktion bei Weitem nicht so schlimm wie ich. Vielleicht hätte ich besser mit Louise darüber sprechen sollen oder mit Hazel … oder mit Dean. Aber ob ich von denen andere Antworten bekommen hätte als von Nick bezweifelte ich in dem Moment, als ich darüber nachdachte.

»Okay, ich überreagiere. Schon klar.« Ich trank den Kaffee in einem Zug leer, stellte die Tasse in die Spüle und wandte mich zum Gehen. »Sorry noch mal, dass ich dich geweckt habe.« Mit hängenden Schultern ging ich zurück zur Haustür, doch noch bevor ich sie erreicht hatte, hatte mich Nick eingeholt.

»Tut mir leid, dass ich dir nicht wirklich helfen kann. Erstens funktioniert mein Gehirn um die Uhrzeit an einem Sonntagmorgen noch nicht in gewohnter Geschwindigkeit, und zweitens weiß ich echt nicht, wo er ist. Zu mir hat er nichts gesagt. Vielleicht hat ja jemand anderes eine Ahnung, wo er sein könnte? Ansonsten würde ich vorschlagen, du wartest einfach ab, bis er sich bei dir meldet. Er wird bestimmt seine Gründe haben, weshalb er eine Auszeit von ... also, weshalb er eine Auszeit braucht.«

»Auszeit von mir wolltest du sagen.« Es war keine Frage.

Schuldbewusst grinste Nick mich an.

»O Gott, bin ich wirklich so nervig? Klammere ich zu viel? Rede ich zu viel? Verdammt, das ist der Grund, weshalb ich seit Jahren Single bin, oder?«

Nick trat vor mich und nahm mein Gesicht in seine Hände. Irritiert von der sehr vertraulichen Berührung sah ich ihn mit großen Augen an.

»Ja, vielleicht redest du manchmal etwas viel, Maya. Aber das ist es, was dich ausmacht. Das macht dich zu dem liebenswerten Menschen, der du bist. Also egal, was andere Leute sagen, bleib dir selbst treu. Ändere dich nicht, nur um anderen zu gefallen. Denn glaub mir, es wären ganz viele Leute von dir enttäuscht, wenn du plötzlich weniger plappern würdest.« Als ich nickte, ließ er mein Gesicht wieder los und grinste zufrieden.

Geräuschvoll atmete ich aus und fühlte mich, als würde man mir eine Last von den Schultern nehmen. »Puh, gut, dann bin ich erleichtert. Ich wüsste nicht, wohin mit den vielen Worten, die tagtäglich aus mir rauswollen. Ich kann ja auch gar nichts dafür, dass ich ständig und immer reden muss. Das ist, glaube ich, bei mir ein angeborener Reflex wie das Niesen.«

Nick lachte laut. »So wird es vermutlich sein, ja.«

»Danke für alles«, murmelte ich verlegen.

»Schon gut. Wie gesagt, ich kann dir leider nicht weiterhelfen, aber vielleicht weiß ja jemand anderes mehr ...« Nick lächelte mir noch einmal aufmunternd zu, als ich die Tür öffnete und nach draußen ging.

Jemand anderes ...

Mit so vielen Leuten hatte Ryan bisher noch nicht Kontakt. Die Personen, denen er am nächsten stand, waren Nick und ich – und wir beide wussten nicht, wo er war.

Doch dann fiel mir noch jemand ein ...

Ob es sehr dreist wäre, Misses Bishop an einem Sonntagmorgen zu besuchen und sie zu fragen, ob sie wusste, wo Ryan sich aufhielt?

Ich stöhnte gequält auf, als ich in meinen Wagen stieg. Das hier würde ein schlimmes Ende nehmen, so viel war mir klar ... Misses Bishop war nicht gerade der Typ Mensch, der freundlich und verständnisvoll wirkte. Im Gegenteil, ich hatte bisher immer den Eindruck gehabt, dass sie am liebsten ganz klar Regeln befolgte und das auch von allen anderen erwartete. Das schloss die heilige Sonntagsruhe mit ein. Aber das hier war ein Notfall, verdammt!

Da Ryan nicht in seinem Haus war – ich war tatsächlich noch einmal rundherum geschlichen und hatte bei allen Fenstern hineingesehen –, hatte ich mir schon die schlimmsten Unfallsszenarien ausgemalt. Seine Garage war leer, was bedeutete, dass er weggefahren war. Dass er also mit dem Auto verunglückt war und in irgendeinem Graben lag, war nicht ausgeschlossen ... Panik überkam mich, denn ja, auch wenn er sich meiner Meinung nach mir gegenüber unfair und verletzend verhalten hatte, weil er mir nur diesen lausigen Zettel hinterlassen hatte, machte ich mir schreckliche Sorgen um ihn.

Misses Bishop runzelte irritiert die Stirn, als sie mir öffnete. Statt der üblichen Jeans trug sie ein lachsfarbenes Kostüm, das sie bestimmt anhatte, weil sie zur Kirche gehen wollte ... Es sah seltsam an ihr aus, als ob ein Mann in Frauenkleidern steckte, doch ich versuchte, mich davon nicht beirren zu lassen.

»Ja, bitte, Miss Hunter? Was kann ich für Sie tun, was nicht bis morgen warten kann?«

Sie sah mich missmutig an, und sofort befiel mich das schlechte Gewissen. »Tut mir leid, Misses Bishop, dass ich Sie am Sonntag störe. Sie wissen auch, dass es nicht meine Art ist, Sie an Ihrem freien Tag zu überfallen, aber ... wissen Sie zufällig, wo Mister Hawthorne sein könnte? Ich kann ihn seit gestern früh nicht erreichen.«

Sie hob eine Augenbraue und sagte mir damit ganz eindeutig, was sie von meinem unangekündigten Überfall und meiner Frage hielt. »Nein, Miss Hunter, ich weiß nicht, wo sich Mister Hawthorne aufhält. Ich weiß nur, dass er erst am Dienstag wieder zur Arbeit kommt, da er sich für morgen freigenommen hat. Ich frage mich aber gerade, wieso *Sie* wissen wollen, wo er sich aufhält. An einem Sonntag ...«

Ich spürte, wie meine Wangen rot wurden. Ich sollte ihr wohl eher nichts von Ryan und mir und unseren beiden Nächten erzählen.

»Nun, ich … Er hat mir … Also … Er ist nicht zu Hause. Und ich kann ihn nicht auf seinem Telefon erreichen. Ich mache mir Sorgen, dass ihm etwas zugestoßen sein könnte.« Das war zumindest die halbe Wahrheit.

Einen Augenblick strafte mich meine Chefin mit Schweigen, dann legte sie den Kopf schief. »Wie gesagt weiß ich nicht, wo er sich aufhält. Aber da er in Ihrer Klasse arbeitet, denke ich, dass ich Ihnen sagen kann, dass Mister Hawthorne nicht mehr lange bei uns im Kindergarten tätig sein wird. Er hat sein Praktikum vorzeitig gekündigt und wird weg sein, sobald er woanders eine Stelle findet, in der er das Praktikum neu absolvieren oder gegebenenfalls fortführen kann. Vielleicht hat das ja mit seinem … Verschwinden zu tun.«

Diese Aussage traf mich mit einer Wucht, dass mir im ersten Moment die Worte fehlten. Mein Mund öffnete und schloss sich wieder, doch ich schaffte es nicht einmal wirklich, einzuatmen. Mein Herz pochte so fest in meiner Brust, dass es beinahe schmerzte.

War Ryan deshalb nach Miami gegangen? Um sich dort nach einer neuen Stelle umzusehen? Weit weg von mir, dafür wieder in der Nähe seiner Familie? Reichte ihm Greenwater Hill doch nicht mehr? Reichte ich ihm nicht?

Mir wurde schwindlig vor Augen. Ich blinzelte mehrmals, versuchte, tief ein- und auszuatmen, um wieder die völlige Kontrolle über meinen Körper zu erlangen.

»Tut mir leid«, hörte ich meine Chefin sagen, und zum ersten Mal war etwas wie Mitleid in ihrer Stimme.

»Mehr kann ich Ihnen leider auch nicht sagen.« Dann wünschte sie mir noch einen schönen Tag und schloss die Tür.

Völlig desillusioniert und zutiefst gekränkt fuhr ich nach Hause.

Ryan hatte gekündigt, und ich konnte mir einfach keinen Reim darauf machen, wieso. Lag es an mir? An der Arbeit mit den Kindern? War es ein Fehler gewesen, erneut mit ihm zu schlafen? Wobei ich mir sicher war, dass das des Rätsels Lösung für das Gespräch war, das ich belauscht hatte. Das hatte aber vor unserem zweiten Date stattgefunden ... Hatte Ryan schon zu diesem Zeitpunkt gewusst, dass wir wieder miteinander schlafen würden, ja war es vielleicht Teil seines Plans, mich danach abzuservieren? Eine weitere Nacht mit mir, bevor er wieder völlig aus meinem Leben verschwinden würde? Ich konnte es mir beim besten Willen nicht vorstellen.

Egal, wie ich die Sache drehte und wendete, es klang einfach nicht logisch und auf keinen Fall nachvollziehbar. Doch es tat wahnsinnig weh. Ich fühlte mich verletzt und verraten.

Wie in Trance stieg ich aus meinem Wagen und drückte den Knopf auf der Fernbedienung, der das Garagentor schloss. Ich ging durch die Verbindungstür in mein Haus und hörte ein seltsames Brummen.

Erst wollte ich es einfach ignorieren, doch das rhythmische Geräusch kam mir bekannt vor.

Verdammt, das musste mein Telefon sein!

Das Vibrieren verstummte, bis es erneut anfing. Ich ging dem Summen nach und entdeckte mein Smartphone auf der Anrichte in der Küche. Ich war noch einmal schnell zurückgelaufen, um Ryans Zettel zu holen, bevor ich zu Nick gegangen war, und hatte mein Telefon liegen lassen.

Mir war schlecht, als ich sah, wer da anrief.

Nie und nimmer konnte ich jetzt nach dieser Nachricht von Misses Bishop mit Ryan sprechen. Egal, was er mir zu sagen hatte …

Als das Vibrieren endlich aufhörte, las ich, dass er insgesamt schon drei Mal angerufen hatte. Zudem hatte ich zwei Nachrichten auf der Mailbox. Ich hätte sie abhören können. Ich hätte ihn auch einfach zurückrufen können. Das würde ich bestimmt auch bald machen. Aber nicht jetzt sofort. Der Schock saß noch zu tief, als dass ich es ertragen könnte, jetzt seine Stimme zu hören. Erst musste ich verdauen, was ich eben erfahren hatte.

Wieder begann das Telefon zu vibrieren, und ich wollte Ryan schon für seine Hartnäckigkeit verfluchen, als ich bemerkte, dass diesmal Dean anrief.

»Hey, Bruderherz.«

»Maya, was ist los?«

»Was los ist? Keine Ahnung, was du meinst, schließlich hast du mich gerade angerufen.«

»Ach komm, du weißt, was ich meine. Ich hab eben mit Nick gesprochen …«

Stöhnend setzte ich mich auf einen Stuhl und stützte den Kopf in die freie Hand. »Dieses Plappermaul!«, schimpfte ich dann, was Dean seltsamerweise kein Lachen entlockte.

»Was ist mit diesem Ryan? Was hat er getan? Soll ich ihn überprüfen? Willst du, dass ich ein Auge auf ihn habe, weil …«

»Herrgott, Dean! Geht das schon wieder los? Darf ich nicht ein Mal einen Mann kennenlernen, ohne dass du deine Nase in meine Angelegenheiten steckst?«

»Es geht mich sehr wohl was an, wenn meine kleine Schwester völlig verzweifelt den Nachbarn dieses Kerls an einem Sonntagmorgen aus dem Bett klingelt, nur um zu erfahren, wo er sich aufhält.«

Ich schnappte nach Luft, als er »dieses Kerls« mit abwertendem Ton sagte, und wetterte los, sobald Dean eine kleine Pause machte. »Ryan ist kein Verbrecher, Dean! Er ist nur, ohne einen Ton zu sagen, nach unserer gemeinsamen Nacht aus dem Haus verschwunden, und seitdem war er nicht mehr erreichbar. Sein Auto steht nicht in der Garage, und er hat mir eine mehr als dürftige Nachricht auf meinem Kopfkissen hinterlassen.«

Dass Dean jetzt lachte, machte mich wütend. »Also wenn mir als Mann so was passieren würde, würde ich an meinen Qualitäten im Bett zweifeln«, brachte er dann glucksend hervor, und ich war mir sicher, dass er sich Lachtränen aus dem Gesicht wischen musste.

Ich hingegen kochte vor Wut. Nicht, weil er mir unterstellte, dass der Sex mit mir schlecht wäre, sondern weil er sich schon wieder in mein Leben einmischte.

»Hast du nichts anderes zu tun, als über mich zu lachen, Dean? Wie zum Beispiel für deine Freundin da zu sein?«

»Phoebe liest gerade, also nein, ich habe nichts anderes zu tun, als mir Sorgen um meine kleine Schwester zu machen.«

Pah! Da konnte ich nur schnauben.

»Ehrlich, Maya. Sag mir, wenn ich was tun kann. Wenn ich ihn mir im Fitnessstudio vorknöpfen soll oder ...«

»Er ist nicht zu Hause, und ich habe mir Sorgen gemacht, dass ihm vielleicht etwas passiert sein könnte«, unterbrach ich ihn und vergaß dabei beinahe, wie wütend und enttäuscht ich über Ryan war, der noch nicht einmal mehr mit mir zusammenarbeiten wollte.

Dean atmete tief durch. »Okay, ich werde mich mal umhören, ob sich im Umkreis in den letzten vierundzwanzig Stunden ein Verkehrsunfall ereignet hat.«

»Das ist lieb von dir, aber er hat sich inzwischen bei mir gemeldet.«

»Und was sagt er zu seiner Verteidigung?«, knurrte Dean.

Ich verdrehte die Augen. »Seine Anrufe habe ich verpasst, und dann hast du schon angerufen. Zumindest scheint Ryan noch am Leben zu sein.«

»Ich werde mich trotzdem mal umhören«, sagte er, und seine Stimme klang, als würde ich nicht mit ihm darüber diskutieren können.

»Danke, Dean.«

»Jederzeit gerne. Ich würde mir nur wünschen, du würdest das nächste Mal gleich zu mir kommen. Ich bin dein Bruder und bin immer für dich da, wenn du Sorgen hast.«

Okay, nun hatte ich ein schlechtes Gewissen, weil ich so negativ über ihn geurteilt hatte.

»Tut mir leid, ich weiß, ich hätte mit dir reden sollen. Vielleicht überreagiere ich ja auch, aber etwas sagt mir, dass es ihm nicht gut geht. Frag mich nicht, wieso, ich kann es nicht erklären. Ich habe aber auch gerade gar nicht die Kraft, mir darüber den Kopf zu zerbrechen. Im Moment bin ich einfach nur müde ... Ich hab die letzte Nacht nicht gut geschlafen.«

»Dann tu das jetzt, Schwesterherz.«

Tränen standen mir in den Augen, als ich mich von ihm verabschiedete. Das Telefon ließ ich in der Küche liegen und ging in mein Schlafzimmer, wo ich mich auf meinem Bett zusammenrollte. Ich zog mir die Decke über den Kopf und glitt innerhalb kürzester Zeit in einen traumlosen Schlaf ...

Sechzehn – Ryan

Ich redete mir ein, Mayas Stimme zu hören, würde wie Balsam auf meiner Seele sein. Dass ich mich besser fühlen würde, sobald ich sie sprechen könnte. Vor allem, da ich mir sicher war, dass sie meine Beweggründe verstehen könnte, wenn ich ihr meine Gründe erklären würde, warum ich ihr nicht von meiner geplanten Reise nach Miami erzählt hatte.

Doch nachdem ich anfangs noch ein Freizeichen hatte, landete ich irgendwann direkt in die Mailbox.

»Verdammt, Maya, bitte ruf mich zurück! Lass mich dir erklären, wo ich bin. Ich hätte nicht … Es tut mir leid, dass ich dir nicht gesagt habe, wo ich bin und was ich hier mache. Ich würde es dir gerne persönlich sagen, aber irgendwie hab ich das Gefühl, dass es besser wäre, es dir jetzt zu sagen. Trotzdem will ich es nicht auf deine Mailbox sprechen, also … bitte … ruf mich zurück, hörst du?«

Ich legte auf und warf das Telefon auf mein Bett.

»Ärger im Garten der Liebenden?«

Stephenie kam mit einem Lächeln auf den Lippen in das Zimmer.

Ich zuckte mit den Schultern. »Ich hab einfach keine Erfahrung mit Beziehungen«, gab ich zu. »Hoffentlich hab ich es nicht jetzt schon versaut.«

Sie rollte grinsend mit den Augen. »Ihr Männer macht aber auch wirklich alles kompliziert.«

»Hey, ich kann nichts dafür, dass sie jetzt nicht mehr erreichbar ist«, versuchte ich, mich zu verteidigen.

»Warum hast du es ihr denn nicht gleich gesagt?«, fragte Stephenie, die offenbar so etwas wie einen siebten Sinn hatte, ohne Umschweife und brachte mich damit aus dem Konzept. »Denkst du, sie würde dich nicht mehr wollen, weil du sie nicht hierher mitnimmst? Glaubst du, sie hätte kein Verständnis dafür, dass du dieses Wochenende Zeit für dich und deine Familie brauchst?«

»Nein, das … Keine Ahnung. Ich wollte ihr Mitleid nicht. Ich wollte nicht, dass sie sieht, wie schwer es mir auch noch nach drei Jahren fällt, mit dem Tod der beiden zurechtzukommen. Dass sie merkt, wie schwach ich bin.«

Stephenie lachte laut auf. »Du Dummerchen!« Sie stupste mich an die Schulter und ging Richtung Tür, da Mom nach ihr rief. »Denkst du wirklich, dass man Menschen als schwach bezeichnet, die zu ihren Schwächen stehen?«

Stephenies Worte beschäftigten mich noch, als ich am nächsten Abend wieder in Greenwater Hill ankam. Bisher hatte ich in meinem Leben immer Stärke zeigen müssen. Meinem Vater gegenüber, Sean gegenüber, da er in mir viel zu oft den kleinen Bruder gesehen und mich als diesen behandelt hatte, und schwach zu sein war bei den Navy SEALs ein Todesurteil. Jetzt mir selbst und anderen das Gegenteil einzugestehen, war gelinde gesagt hart. Vermutlich war es die härteste Prüfung, die das Leben für mich bereithielt, doch ich wollte nicht versagen. Nicht hier und nicht jetzt in dieser wichtigen Angelegenheit.

Maya hatte ich nicht mehr erreicht. Irgendwann hatte ich es aufgegeben, sie anzurufen, da ich es ihr sowieso persönlich sagen wollte. Ich wollte nur meinen Koffer nach Hause bringen und kurz duschen, als ich Nick in seiner Einfahrt sah. Er runzelte die Stirn, und so, wie er mich ansah, wusste ich, dass etwas nicht stimmte.

»Alles klar, Mann?«, rief ich quer über den Rasen, nachdem ich ausgestiegen war.

Er kam auf mich zu. »Bei mir schon, aber ist bei dir auch alles okay?«

Ich nickte. »Ich war übers Wochenende in Florida.«

Nick verzog sein Gesicht, als hätte er sich verbrannt. »Autsch.«

»Autsch?«

»Ja. Maya war gestern hier und hat sich Sorgen gemacht. Hast du inzwischen mit ihr gesprochen?«

»Hab ich jetzt gleich vor.«

Nick machte einen zustimmenden Laut. »Mach das, Kumpel. Die war völlig durch den Wind, als sie gestern hier aufgetaucht ist. Hat sich Sorgen gemacht, dass mit dir etwas passiert sein könnte ...«

»Autsch ...«, wiederholte ich sein Wort von eben. »Ich mach mich gleich auf den Weg zu ihr.«

Noch ein Grund, mich zu beeilen.

Verdammt, ich wollte nicht, dass sie sich meinetwegen Sorgen machte. So schnell ich konnte, duschte ich, zog mich wieder an und machte mich auf den Weg zu ihr.

Als ich bei ihr vorfuhr, stand ihre Garage offen, ihr Wagen war darin geparkt. Doch als ich die Klingel drückte, öffnete niemand. Ich zückte das Telefon und wollte sie gerade anrufen, als ich eine männliche Stimme aus dem Nachbargarten hörte.

»Wenn du Maya suchst, die sitzt mit meiner Frau auf der Terrasse.« Noah, den ich als den Geschäftsführer des *Greenwater Grill* kennengelernt hatte, deutete über seine Schulter zur Rückseite von Mayas Haus. »Aber aufpassen, die sprüht heute vor Sarkasmus.« Er grinste breit, dann verschwand er in seiner Garage.

Stirnrunzelnd ging ich ums Haus, bis ich in Mayas Garten ankam. Ich hörte zwei Frauen aufgeregt miteinander plaudern, und als ich die hohen Büsche umrundete, sah ich Maya mit einer Frau, die Louise sein musste. Beide hatten sich in Decken gewickelt und genossen so die letzten warmen Sonnenstrahlen, bevor der Herbst endgültig Einzug halten würde.

Als Maya mich entdeckte, stoppte sie mitten im Satz und sprang auf.

»Ryan? Du tauchst einfach so auf, aus dem Nichts? Nach allem, was passiert ist? Du denkst, du kannst mir so eine Nachricht hinterlassen, ohne erreichbar zu sein, ohne mir zu erklären, was dein Verschwinden sollte? Denkst du wirklich, ich bin so eine, mit der du spielen kannst, eine, die für dich bereitsteht, wenn du Sex willst, und die es hinnimmt, wenn du untertauchst, ohne ein Wort zu sagen?«

»O-oh, ich denke, ich lass euch beide mal allein.« Louise grinste entschuldigend und drückte sich schnell an mir vorbei.

Meine Aufmerksamkeit war jedoch voll auf Maya gerichtet. Die Decke hatte sie hinter sich auf den Stuhl geworfen. Ihre schlanken Beine waren in eine bunt gemusterte Strumpfhose gehüllt und endeten in schwarzen Boots. Sie trug einen weit ausgestellten Rock, der so kurz war, dass er gerade mal ihren Hintern bedeckte. Ihr weißes Spitzentop war eng anliegend und betonte ihre Kurven. Bei genauerem Hinsehen konnte ich die Konturen ihres BHs darunter erkennen. Ihre Haare trug sie heute irgendwie anders, sie waren nicht wild gelockt, sondern fielen ihr in weichen Wellen über ihre Schultern. Trotz aller Schönheit hatte sie ihre Lippen fest zusammengekniffen und warf mit imaginären Pfeilen aus ihren Augen auf mich.

»Darf ich dir bitte alles erklären?« Ich machte ein paar Schritte auf sie zu.

Sie verschränkte demonstrativ die Arme vor der Brust. »Ich bin ganz Ohr.«

Ich war mir noch nicht sicher, ob mich ihre schnippische Art amüsieren oder verärgern sollte. Als ich bei ihr auf der Terrasse ankam, huschte ihr Blick nervös über meinen Körper. Zumindest fühlte sie sich immer noch von mir angezogen – was vielleicht mein Vorteil in dieser Angelegenheit war.

Ich hielt so knapp vor ihr, dass ich ihren Atem an meinem Kinn spüren konnte, als sie den Kopf hob, um mich anzusehen.

»Hör zu, ich bin hier, um mich bei dir zu entschuldigen …«

Maya öffnete schon den Mund und wollte mich unterbrechen, doch das ließ ich diesmal nicht zu. Ich hob meinen Finger gegen ihre Lippen und bedeutete ihr damit, dass ich nun das Sagen hatte.

»Aber ich will ausreden. Lass mich alles sagen, was ich zu sagen habe, danach kannst du mich immer noch in Grund und Boden reden oder zum Teufel jagen.«

Die Muskeln um ihre Kiefer arbeiteten, aber sie nickte. »Lass uns besser hineingehen«, sagte sie jedoch und deutete auf die angelehnte Terrassentür. »Möchtest du was zu trinken?«

Ich verneinte und lehnte mich an den Küchentresen, während sie den Kühlschrank ansteuerte. Sofort schnurrten Ernie, Fog und Onkel Chuck um meine Beine. Ich bückte mich, um die drei kleinen Kerlchen zu streicheln, die inzwischen gar nicht mehr so klein waren.

Maya öffnete sich eine Dose Soda und stellte sich dann mit verschränkten Armen gegenüber an die Arbeitsfläche. Ihre ganze Haltung signalisierte mir, dass sie im Grunde bereits abgeschlossen hatte. Ein Argument mehr, alles in Ordnung zu bringen.

»Ich hätte dir besser von Anfang an alles über mich erzählen sollen«, begann ich und sah ihr tief in die Augen, damit sie verstand, wie wichtig mir dieses Thema war. »Aber es fällt mir immer noch unglaublich schwer, mit der ganzen Sache umzugehen.«

Mayas linke Augenbraue wanderte sarkastisch nach oben, doch sie schwieg weiterhin.

Ich atmete tief durch. »Du weißt, dass mein Vater und mein Bruder gestorben sind. Das alles ereignete sich am siebzehnten September vor drei Jahren.«

Diese Info ließ ich mal sacken, und tatsächlich änderte sich Mayas Gesichtsausdruck von angepisst über überrascht zu mitfühlend. Sie stellte die Dose ab und kam ein paar Schritte auf mich zu. Zögerlich, so, als wäre sie sich noch nicht sicher, ob sie es als gut empfand, den Abstand zwischen uns zu verringern.

»Deswegen warst du in Miami«, flüsterte sie, als sie nur noch eine Armlänge von mir entfernt war.

Ihre ablehnende Haltung war wie weggeblasen, und statt Mitleid sah ich Verständnis und … Scham in ihren Augen.

Verdammt, sie schämte sich hoffentlich nicht, weil sie nicht verstanden hatte, weshalb ich weg gewesen war?

»Das war der Grund, ja«, sagte ich und unterdrückte das Bedürfnis, sie an mich zu ziehen. »Ich weiß nicht, ob du es nachvollziehen kannst, aber … mir setzt der Todestag der beiden noch immer besonders zu. Ich vermisse meinen Dad und Sean ständig, aber an diesem einen Tag ist es jedes Mal, als würde man mir die Luft zum Atmen nehmen. Ich bin mir dann ihres Verlustes so sehr bewusst, dass ich … völlig zusammenbreche. Du solltest das nicht mitbekommen und …« Ich rang nach Luft und wich ihrem Blick aus, der so mitleidsvoll war. »Auf keinen Fall möchte ich, dass du diese schwache Seite an mir erlebst. Dass du siehst, wie mich mein bisheriges Leben zerstört hat.«

»Deine Erfahrungen haben dich zu dem wunderbaren Menschen gemacht, der du jetzt bist«, hörte ich Maya leise sagen.

Ich drehte den Kopf zu ihr und sah, dass sie lächelte.

»Sag so was nicht … Du siehst nicht in mich hinein. Ich bin nicht mehr der Mann, der ich vor vier Jahren war, Maya.«

»Das macht nichts. Ich mochte den Ryan vor vier Jahren, und ich mag den Menschen, der du jetzt bist. Sehr sogar.« Wieder lächelte sie, was ich bei Gott nicht erwartet hätte.

Verzweifelt fuhr ich mir mit den Fingern durch die Haare. »Verdammt, ich weiß nicht einmal, ob ich dich irgendwann in Zukunft am siebzehnten September mit nach Miami nehmen kann. Aus jetziger Sicht kann ich mir nicht vorstellen, jemals neben dir … Ich meine, ich bin an den Gräbern meines Vater und meines Bruders ein anderer Mensch. Ich bin mir nicht sicher, ob du mich so sehen willst …«

Mayas Blick war liebevoll, und sie legte ihre Hand auf meinen Unterarm. »Ich bin bei dir, wenn du mich brauchst, Ryan, und ich lasse dich in Ruhe, wenn du Zeit für dich brauchst, allein sein willst … Auch wenn ich noch nie den Tod eines geliebten Menschen habe betrauern müssen, kann ich mir doch vorstellen, wie schlimm, wie schmerzhaft und unerträglich das sein muss. Aber du musst mich deshalb nicht aus deinem Leben ausschließen.«

Jesus, diese Frau war einfach zu gut für mich.

Ich schüttelte sprachlos den Kopf, dann zog ich sie in meine Arme. Ich spürte ihre Finger in meinem Rücken, während ich das Kinn auf ihren Scheitel legte und tief den Duft ihrer Haare einatmete. »Es tut mir leid, dass ich es dir nicht vorher erzählt hatte. Ich habe irgendwie gedacht oder vorausgesetzt, dass du es verstehst, wenn ich so eine billige Nachricht hinterlasse. Ich konnte auch nicht davon ausgehen, dass du alle Teile des Puzzles von selbst zusammensetzt und allein auf die Lösung kommst.«

Maya runzelte fragend die Stirn.

Statt darauf einzugehen, machte ich einen Schritt zurück und zog mein Shirt aus.

Maya keuchte leise auf, als sie meinen nackten Oberkörper sah, doch ich ließ mich davon nicht beirren und zeigte auf die neueste Tätowierung auf meinem Rippenbogen.

»Ich hab mir das Datum tätowieren lassen.«

Maya kniff die Augen zusammen und las die römischen Zahlen.

»Okay, das hab ich tatsächlich nicht verstanden. Ich hab die Tätowierung zwar gesehen, aber ich bin nicht drauf gekommen, was sie bedeuten könnte.«

Sie zeichnete die Ziffern mit der Fingerspitze nach.

Ich schloss die Augen und genoss diese zarte Berührung.

»Und wofür steht die ›Einundzwanzig‹ darüber? Das wollte ich dich schon seit dem ersten Mal fragen, als ich sie entdeckt hatte.«

»Die Zahl steht für die einundzwanzig Kinder, die ich vor knapp fünf Jahren gerettet habe. Es war einer unserer schwersten Einsätze, und ich dachte nicht, dass ich lebend aus dem Ganzen rauskommen würde – geschweige denn, dass ich die Kinder retten könnte.«

»Du warst allein im Einsatz?«

»Zu dritt. Der Funkkontakt war abgebrochen, also mussten wir allein zurechtkommen. Wir wussten nicht, dass dort Kinder gefangen waren. Die beiden anderen haben mir den Rücken freigehalten, während ich das Schlauchboot mit den Kindern aus der Gefahrenzone gebracht habe.«

Die Details verschwieg ich ihr. Dass ich im Fluss geschwommen war und das Boot hinter mir hergezogen hatte. Wie abgemagert die Kinder gewesen waren, wie sie geweint hatten. Dann das viele Blut, der Gestank von Fäkalien. Unser Commanding Officer war stinksauer gewesen, als er erfahren hatte, wie das Auskundschaften ausgegangen war. Nicht wegen der Kinder, sondern weil man uns in einen Hinterhalt gelockt hatte und er fast drei Männer verloren hätte …

Maya starrte schweigend auf meine Tattoos. Sie wirkte nachdenklich und ... traurig.

»Danke, dass du mir das jetzt alles erklärt hast.«

Sie sah mich an, und ich hatte das Gefühl, dass immer noch unausgesprochene Worte zwischen uns lagen.

»Aber?«, fragte ich deshalb und bekam kräftiges Herzrasen.

»Aber es ändert nichts an allem, nicht wahr?«

Nun war ich derjenige, der sie irritiert ansah. »Was genau meinst du?«

»Dass du gehst. Dass das mit uns wieder nur begrenzt war ...«, sagte sie leise. »Dass du bald wieder nach Miami ziehen und dort dein Leben weiterleben wirst.«

Die Räder in meinem Kopf drehten sich schneller. »Was ...?«

»Ich weiß von deiner Kündigung«, gestand sie mit traurig klingender Stimme und blickte auf ihre Finger, mit denen sie an ihrer Nagelhaut kratzte. »Misses Bishop hat mir gesagt, dass du gekündigt hast. Dass du so schnell wie möglich weg von Greenwater Hill möchtest. Jetzt warst du in Miami und hast vermutlich schon einen neuen Praktikumsplatz und eine Wohnung in Aussicht. Ich hatte ja echt gedacht, dass das mit uns endlich funktionieren wird. Dass ich glücklich mit dir sein könnte und ...«

Nun hielt mich nichts mehr. Das Geständnis ihrer Gefühle für mich war alles und viel mehr, als ich mir erhofft hatte. Ich zog Maya fest in meine Arme. Sie keuchte auf, als sie ihre Hände an meine nackte Brust legte.

»Du hast recht, Maya. Aber nur mit einer einzigen Sache ...«, murmelte ich an ihrer Stirn.

Sie hob den Kopf und sah mich an. Ihre Lippen waren nur wenige Zentimeter von meinen entfernt, und ich sehnte mich so sehr danach, sie endlich wieder zu küssen. Doch ich musste erst noch die letzten Unklarheiten beseitigen.

»Die wäre?«

»Ja, ich hab meine Kündigung eingereicht. Aber nicht, weil ich von dir wegwill.«

Ihre Augen wurden groß. »Nicht?«

Ich lachte auf. »Nein, verdammt. Ich liebe dich, Maya. Ich will nur nicht deinem Job im Weg stehen.«

»Du ... liebst mich ...«, wiederholte sie meine Worte. Ihre Augen strahlten für einen Moment auf, doch dann sah ich wieder den Kummer darin. »Aber ... wieso meinem Job im Weg stehen? Und was hat das mit der Kündigung zu tun? Ich verstehe nicht ...«

»Weil Misses Bishop nicht will, dass zwischen Arbeitskollegen geflirtet wird oder sich gar eine Beziehung entwickelt. Deshalb reiße ich meine Zelte hier ab und suche mir einen neuen Praktikumsplatz. Weil ich nicht möchte, dass du meinetwegen Probleme bekommst und ich mit dir zusammen sein will.«

»Sie will ... was nicht? Wann hat sie das gesagt? Ich wusste nicht ...«

»An meinem ersten Tag. Erst hat sie es mir in ihrem Büro klargemacht, anschließend uns beiden noch einmal, als sie mich dir vorgestellt hat.«

Maya runzelte die Stirn. »Das muss ich wohl überhört haben, weil ich so ... überrascht war, dass du wieder hier bist.«

Ich lachte leise. »Kann sein. Jedenfalls habe ich ein paar Bewerbungen an die umliegenden Städte geschrieben. Ich nehme lieber eine etwas längere Fahrt in Kauf, als dass du wegen mir Probleme bekommst. Denn es gibt nichts, was ich mir mehr wünsche, als mit dir endlich ganz offiziell zusammen zu sein.«

»Du gehst also nicht zurück zu deiner Familie?«

»Nein, ich bleibe hier. Bei dir. Wo mein Herz ist, wo ich zu Hause bin …«

Mayas Augen glitzerten, als sie mich anstrahlte. »Ich liebe dich, Ryan Hawthorne.« Dann streckte sie sich mir entgegen, presste ihre süßen Lippen auf meine und küsste mich.

Siebzehn – Maya

Als ich beim Klingeln des Weckers die Augen aufschlug, purzelte mein Herz in meiner Brust. Denn Ryan war immer noch da. Er lag an mich geschmiegt hinter mir. Unsere Beine waren miteinander verwoben, seine Hand lag auf meinem Bauch. Und als ich mich streckte, um den Wecker auszustellen, brummte er in meinem Nacken und zog mich zurück an sich.

»Wir müssen aufstehen.« Ich kicherte und versuchte, mich aus seiner immer fester werdenden Umarmung zu lösen.

»Ich würde etwas anderes viel lieber tun.«

Das konnte ich eindeutig an meinem Hintern spüren.

Schnurrend rieb ich mich an ihm, was Ryan ein Stöhnen entlockte.

Herrje, dieses Geräusch bewirkte, dass ich beinahe schwach wurde und mich für eine weitere Runde überreden ließ. Nicht, dass wir schon vier in der Nacht hatten.

»O mein Gott, Ryan, hör auf! Ich spüre dich ja quasi immer noch zwischen den Beinen, ein weiteres Mal würde ich definitiv nicht überleben. Vielleicht, wenn ich weiß, dass ich den Tag im Bett verbringen kann, aber ich muss gleich wieder den Kindern hinterher-laufen, und denk doch mal an die kleinen Stühle. Da drauf zu sitzen, wird eine Qual. Also bitte verschieben wir es auf heute Abend, auch wenn ich wirklich wahn-sinnig gerne …«

Seine Zunge und seine Zähne in meinem Nacken so-wie seine Hand auf meiner Brust, die diese knetete und die Brustwarze reizte, brachten mich zum Schweigen.

Ich seufzte auf, als seine Hand tiefer glitt und in meinen Schlafshorts verschwand.

»Du spürst mich also immer noch?«, fragte Ryan ungläubig, als er über meine Spalte rieb und einen Finger in mich schob.

Mein »Ja« als Antwort war kaum zu verstehen, da ich kehlig aufstöhnte.

Ryan lachte belustigt, dann zog er seine Hand zu-rück und stand auf, während ich mit rasendem Herzen, schnellem Atem und einem brennenden Verlangen im Bett liegen blieb.

»Was war das denn jetzt?« Irritiert blinzelte ich zu ihm auf und sah ihm dabei zu, wie er sich anzog.

»Ich wollte nur, dass du mit derselben Vorfreude in den Tag startest wie ich«, erklärte er schelmisch und versuchte, seine gewaltige Erektion unter den Bo-xershorts in seine Jeans zu zwängen.

»Verdammt, das war …«

»Äußerst schlau von mir, da ich jetzt weiß, dass du es kaum erwarten kannst, heute Nacht wieder mit mir zu verbringen.«

Nun sprang ich aus dem Bett hoch, drückte mich an ihn und ließ ihn meine harten Nippel an seiner noch nackten Brust spüren. »Keine Sorge, das werde ich so-wieso. Denk daran, ab sofort gehörst du mir, und ich kann es kaum erwarten, mich wieder und wieder um deinen großen Freund zu kümmern.« Innerlich vollführte ich ein High-Five mit mir selbst, weil meine verschlafene Stimme so verdammt sexy klang. Um Ryan jedoch den Rest zu geben, fasste ich ihm in den Schritt und entfernte mich dann mit wogenden Hüften Richtung Bad, während ich auf dem Weg meine Schlafshorts auszog. In der Tür zum Bad drehte ich mich noch einmal zu ihm um und musste herzhaft lachen, als ich seine großen Augen sah, mit denen er mir hinterherstarrte.

»Du findest bestimmt allein hinaus, oder? Ich bin nämlich gleich unter der Dusche …«

Als wäre das sein Stichwort, riss sich Ryan seine Kleidung wieder vom Leib und kam auf mich zu. Quietschend flüchtete ich ins Bad und wusste in dem Moment, dass es verdammt knapp werden würde, wenn wir noch pünktlich zur Arbeit erscheinen wollten …

Vermutlich hätte ein Blinder gesehen, was zwischen Ryan und mir lief, doch mir war es egal. Er hatte Misses Bishop bereits die Kündigung gegeben und somit deutlich gemacht, dass er das Feld räumen wollte, und ehrlich gesagt hatte ich keine Lust, hier irgendjemandem etwas vorzuspielen. Endlich war ich glücklich und verliebt, und das musste die ganze Welt erfahren.

Deshalb hielt ich mich auch nicht zurück, ihn noch einmal zu küssen, bevor wir aus seinem Wagen stiegen, mit dem wir gemeinsam hergefahren waren.

Ryan trug eine Schachtel mit Croissants und Muffins, die wir im Vorbeifahren in der *Bäckerei Landreth* gekauft hatten, während ich unsere Coffees to go in Händen hielt.

»Miss Hunter, Mister Hawthorne?«, dröhnte Misses Bishop aus ihrem Büro, als wir gerade daran vorbeieilen wollten.

Sofort rutschte mir das Herz in die Hose, und an Ryans Blick sah ich, dass es ihm wohl nicht anders ging.

Seine Lippen formten ein »Verdammt!«, während ich vorsichtig einen Blick in ihr Büro warf. »Ja, bitte?«

Ihrer Miene war keine Gefühlsregung abzulesen, was die Sache nur noch schlimmer machte. »Kommen Sie bitte noch einen Augenblick zu mir. Helen wird sich einstweilen um Ihre Klasse kümmern.«

Ryan drückte kurz meine Hand, bevor er mit mir durch die Tür trat.

Misses Bishop bedeutete uns, uns zu setzen. Verlegen stellte ich die Kaffeebecher auf ihren Tisch, Ryan tat dasselbe mit der mit unserem Frühstück gefüllten Schachtel.

Bedächtig faltete Misses Bishop ihre Hände und beugte sich dann nach vorne. »In Zukunft möchte ich, dass Sie beide pünktlich erscheinen, haben wir uns verstanden?«

Ich schielte hoch zur Uhr an der Wand, die mir verriet, dass wir eigentlich noch zwei Minuten vor unserer Zeit waren. Trotzdem nickte ich schuldbewusst, denn normalerweise war ich ungefähr zehn Minuten eher hier. Ohne Frühstück in der Hand, da ich dafür zu Hause ausreichend Zeit gehabt hatte.

»Tut mir leid, Ma'am, das geht alles auf meine Kappe. Miss Hunter kann nichts dafür, ich habe sie aufgehalten.«

Es war süß von Ryan, dass er versuchte, meinen Kopf aus der Schlinge zu ziehen, doch das wollte ich nicht.

»Unsinn, das mit dem Frühstück war meine Idee. Hätten wir nicht noch bei der Bäckerei gehalten, dann ...«

»Darf ich mal sehen?«, fragte Misses Bishop und brachte mich dazu, augenblicklich zu vergessen, was ich eben noch sagen wollte.

»Natürlich.« Ryan hob den Deckel an, und sofort erfüllte süßer, schokoladiger Geruch das Büro.

Misses Bishop bediente sich einfach, dann bedeutete sie uns, ebenfalls zuzugreifen. Gemütlich lehnte sie sich in ihren Stuhl zurück, als sie abbiss und uns dabei beobachtete, wie wir verwirrt ebenfalls jeder ein Stück aus der Schachtel nahmen.

»Ich vermute mal, die Sache zwischen Ihnen beiden ist ernst?«, lenkte sie dann unerwartet in eine völlig andere Richtung und sah mich eindringlich an.

Ich wollte sofort alles richtigstellen, also ergriff ich das Wort. »Hören Sie, Misses Bishop, es tut mir leid, dass Ryan und ich gegen Ihre Regeln verstoßen haben, aber ja, wir sind jetzt ein Paar.« Ich verschränkte meine Finger mit seinen und schenkte ihm ein glückliches Lächeln, ehe ich weitersprach. »Wissen Sie, wir haben uns schon vor vier Jahren kennengelernt, und dass wir hier gemeinsam arbeiten durften, ist ... wohl eine Fügung des Schicksals gewesen. Jedenfalls wollte ich Ihnen sagen, dass es mir leidtut ... das heißt, nein, eigentlich tut es mir gar nicht leid, denn ... ich habe mich in Ryan verliebt und er in mich. Ich weiß, dass Sie gegen eine Beziehung zwischen Kollegen sind, aber das, was zwischen ihm und mir passiert ist, ließ sich nicht ...«

»Ich habe schon verstanden, Miss Hunter«, sagte sie, und zum ersten Mal seit Langem sah ich sie lächeln. Eine Tatsache, die mich noch mehr aus dem Konzept brachte.

»Ja?«, fragte ich verwirrt, und nun lachte Misses Bishop sogar herzlich.

»Aber natürlich. Ich war auch mal jung und … Man soll junger Liebe nicht im Weg stehen, stimmt's?« Sie griff nach ihrer Kaffeetasse und trank einen Schluck. »Eigentlich wollte ich heute Morgen nur mit Ihnen reden, Miss Hunter. Aber als ich zum Fenster hinausgesehen und Sie beide auf dem Parkplatz beobachtet habe, wusste ich, dass das Gespräch eine völlig andere Richtung nehmen würde.«

Sie öffnete eine Schublade ihres Schreibtisches und holte ein Kuvert heraus. Dieses legte sie vor uns hin.

»Sie erkennen Ihre Handschrift, Mister Hawthorne?«

Ich schielte zu Ryan, der nickte. In sein Gesicht stand dieselbe Verwirrung geschrieben, die ich gerade empfand.

»Unterbrechen Sie mich, wenn ich mich irre, aber ich vermute, dass Sie nur deshalb vorhatten, Ihren Job hier aufzugeben, weil Sie etwas für Miss Hunter empfinden und Sie ihrer Karriere nicht im Weg stehen wollten?«

Mein Blick schoss wieder zu Ryan, der die Armlehnen des Stuhls fest umfasst hatte. »Korrekt«, stieß er zwischen den Zähnen hervor.

Zu gern hätte ich seine Hand ergriffen und ihn beruhigt, doch ich hatte absolut keine Ahnung, in welche Richtung dieses Gespräch verlaufen würde. Deshalb hielt ich mich zurück.

»Nun, das dachte ich mir schon. Deshalb muss ich Ihnen mitteilen, dass ich Ihre Kündigung nicht annehme.« Mit diesen Worten griff sie wieder nach dem Briefumschlag und zerriss ihn einfach in der Mitte.

»Was …?«, setzte Ryan an, doch Misses Bishop ließ ihn nicht zu Wort kommen.

»Sie sind ein unglaublich guter Kindergärtner, Mister Hawthorne. Sie wissen vermutlich gar nicht, wie viele Mütter zu mir ins Büro gekommen sind und sich bei mir bedankt haben, dass ich Sie beschäftige. Denken Sie alleine daran, was Sie bei Suzy erreicht haben. Ich wäre schön dumm, wenn ich Sie einfach so gehen lassen würde.« Sie sah Ryan stolz an. »Zudem wird Helen nicht mehr lange hier sein, und ich brauche eine fähige Person, die ihre Klasse übernimmt.«

»Ist das ein Jobangebot, Misses Bishop?«, fragte Ryan, in dessen Stimme Verwunderung lag.

»Das ist es.« Sie warf das zerrissene Kündigungsschreiben in den Mülleimer und wandte sich ihm wieder zu. »Ich bitte Sie, zu bleiben, Mister Hawthorne. Natürlich nur, wenn das in Ihrer beiden Sinne liegt.« Sie sah von Ryan zu mir und wieder zurück.

»Darüber würde ich gerne nachdenken«, erwiderte er ernst, und ich wollte schon einschreiten, ihn schütteln und anflehen, doch einfach zuzusagen.

Doch Misses Bishop nickte nur. »Sind zwei Tage für Sie ausreichend?«

Ryan bejahte, während ich mir auf die Zunge biss, um nicht doch noch etwas zu sagen.

Damit entließ uns Misses Bishop aus ihrem Büro.

»Herrgott noch mal, wieso hast du denn nicht gleich Ja gesagt?«

Ryan legte seinen freien Arm um mich und beugte sich zu mir herab. »Weil ich sie zappeln lassen will.« Er flüsterte die Worte in mein Ohr und brachte mich damit zum Kichern. »Außerdem will ich das erst mit dir besprechen. Immerhin würden wir uns dann tagtäglich hier sehen, und ich will nicht, dass du irgendwann genug von mir hast, weil wir so viel Zeit miteinander verbringen.«

Gott, er war einfach süß, oder?

»Ich denke nicht, dass ich je von dir genug kriegen kann. Wir sind dann ja außerdem in zwei verschiedenen Klassen und sehen uns nur noch selten während der Arbeit. Aber ja, du hast recht. Du solltest nichts überstürzen.«

Ein letztes Mal küsste ich ihn noch, mitten im Flur vor unserer Klasse, bevor wir das Frühstück dort abstellen und die Kinder von Helen holten.

Wobei ... »ein letztes Mal« stimmte nicht. Es war unser erster Kuss hier im Kindergarten, und ich vermutete, dass es nicht der letzte sein würde.

Die glücklichsten zwei Wochen meines bisherigen Lebens lagen hinter mir. Ryan und ich hatten die Nächte entweder bei mir oder bei ihm verbracht, während wir tagsüber gemeinsam in der Klasse arbeiteten. Hätte mir jemals irgendwer gesagt, dass ich mit dem Mann zusammen sein würde, der sich schon vor vier Jahren in mein Herz gestohlen hatte – ich hätte es nicht geglaubt. Ehrlich, als er sich mit einem letzten Kuss damals verabschiedet und ich die Tür meines Elternhauses hinter ihm verschlossen hatte, war ich überzeugt davon, ihn niemals mehr wiederzusehen. Dass ich nun Hand in Hand mit ihm über die große Wiese zum Stadtfest ging, fühlte sich wie in einem Traum an. Und verdammt, es war ein Traum der Sorte, aus dem man nie aufwachen wollte – was zum Glück nicht möglich sein würde, da es echt war.

Wir waren echt.

Überall waren Stände aufgebaut, an denen sich die Besucher heißen Tee, Kaffee, Hot Dogs, Bier und Limonaden kaufen konnte. Die Schießbuden wurden von Jugendlichen belagert, während die Band *The High* an der großen Tanzfläche ihr Bestes gab.

Alles war wie immer, und doch war etwas anders. Ryan ging neben mir, seine Finger mit meinen verwoben, und ich konnte mich nicht erinnern, je mit einem so stolzen und glücklichen Gefühl in der Brust über das Stadtfest geschlendert zu sein.

Die ganze Zeit über hielt ich Ausschau nach Leuten, die ich kannte, da ich unbedingt wollte, dass die ganze Stadt wusste, wie glücklich ich war.

Ich entdeckte Hazel in der Menge und winkte ihr zu. Sie stand mit ihrem Freund Luca bei einer der Schießbuden und bekam gerade einen riesengroßen Teddybären geschenkt. Sie grinste breit und deutete mir ein »Daumen hoch« – bestimmt würde ich ihr bei der nächsten Massage ausführlich von Ryan erzählen müssen.

»Hey! Na, wie geht es euch? Alles wieder im Lot?«

Nick tauchte hinter uns auf und legte seine Arme auf unsere Schultern.

»Hey, Nachbar.« Ryan gab Nick einen Handschlag, während ich ihm eine kurze Umarmung schenkte.

»Freut mich, dass ich euch endlich mal wieder bei Tageslicht sehe«, feixte er. »Aber im Ernst, schön, dass ihr es doch noch gebacken gekriegt habt. Ich dachte schon, ich hätte eine Freundin mit gebrochenem Herzen und einen leidenden Nachbarn, der seinen Frust in Bier ertränkt. Stattdessen hab ich ein sehr nachtaktives Pärchen neben mir.«

Meine Wangen wurden heiß, während Ryan lachte und mich an sich drückte. Dann sah er mir tief in die Augen. »Das Missverständnis war schnell aus dem Weg geräumt.«

»Freut mich, Leute. Entschuldigt mich, bitte, ich habe dort drüben eine hübsche Rothaarige gesehen, die mir zugezwinkert hat.«

Damit war er schon an uns vorbei, und als ich ihm nachsah, bemerkte ich, dass er Ruby, die Friseurin, ansteuerte, die vor vier Jahren was mit Ted am Laufen hatte.

Brrr!

Wir schlenderten weiter. Wenig später stupste mich Ryan an und deutete auf einen Stand neben dem Karussell. Meine Eltern standen dort und winkten uns zu, was wir lächelnd erwiderten.

Letztes Wochenende waren wir bei den beiden zum Essen eingeladen gewesen, und ich hatte ihnen Ryan vorgestellt. Mein Dad war anfangs etwas zurückhaltend und reserviert gewesen – vermutlich, weil er den »Neuen« seiner Tochter abchecken wollte. Doch als er gesehen hatte, wie wunderbar Ryan und wie verliebt wir ineinander waren, war die Sache gegessen und sie hatten sich prächtig unterhalten.

Dass meine Mutter völlig hin und weg von Ryan war, muss ich nicht erwähnen. In einem Moment, in dem ich mit ihr allein gewesen war, hatte sie mir zugeflüstert, wie toll sie Ryan finde und dass sie sich so für mich freue. Sie hatte mich fest umarmt und mich geküsst, und als sie wieder Abstand zwischen uns gebracht hatte, konnte ich Tränen in ihren Augen sehen. Sie wusste wohl, wie sehr es mir zugesetzt hatte, dass all meine Freunde funktionierende Partnerschaften führten und ich bisher nur an Nieten gelangt oder aber der Funken nicht übergesprungen war.

»Denkst du, wir sollten zu deinen Eltern gehen und Hallo sagen?«, fragte Ryan.

Ich schüttelte den Kopf. »Nö, wir sehen uns bestimmt später noch einmal. Erst will ich unbedingt die Zuckerwatte haben.« Ich deutete auf die kleiner werdende Schlange vor uns, und er lachte.

»Dann sollst du deine Zuckerwatte kriegen.«

Zugegebenermaßen war ich immer noch ein kleines bisschen aufgeregt, dass ich an diesem Samstagnachmittag mit Ryan hierhergekommen war. Ein Teil meiner Freunde kannten ihn noch nicht, und auch Dean war zuletzt von Ryan nicht wirklich angetan gewesen. Ich wollte aber, dass sie ihn mochten. Nein, sie *mussten* ihn einfach mögen, denn wenn nicht, wüsste ich nicht, was ich tun sollte. Dementsprechend bekam ich Herzrasen, als ich meinen Bruder und den Rest unserer Freunde ein paar Meter von uns entfernt entdeckte, gerade als ich freudestrahlend die Zuckerwatte entgegennahm, die Ryan für mich bezahlte.

»Schmeckt sie nicht gut? Du siehst aus, als wäre dir schlecht«, meinte Ryan besorgt, als er mich wieder ansah.

»Sie ist gut, aber ... meine Freunde sind hier. Und Dean.«

Ich hatte Ryan nichts von dem Telefonat mit meinem Bruder erzählt, hatte aber auch mit Dean seit der Versöhnung mit Ryan nicht mehr gesprochen. Ich war überhaupt völlig von der Bildfläche verschwunden – von der Arbeit einmal abgesehen –, denn ich hatte jede freie Minute mit Ryan verbracht. Und da waren wir entweder in meinem oder in seinem Bett …

Ryan blickte in die Richtung, in die ich mit dem Kopf genickt hatte, und lächelte. »Und deshalb bist du nervös?«

»Was, wenn sie dich nicht mögen?«, äußerte ich meine Bedenken.

»Maya, Liebling, wieso sollten sie mich nicht mögen?« Er zeigte mir sein bestes Strahlemann-Lächeln und wackelte mit den Augenbrauen, was mich zum Lachen brachte.

»Keine Ahnung.« Ich stopfte mir ein großes Stück Zuckerwatte in den Mund, das sofort zu einer klebrig süßen Masse schmolz, während wir langsam auf sie zugingen. »Dich muss man eigentlich lieben. Geht gar nicht anders«, versuchte ich, mich selbst zu beruhigen. Ich zuckte mit den Schultern und küsste ihn dann auf die Wange. Trotzdem blieb das nervöse Gefühl in der Magengegend.

Dean entdeckte uns als Erstes. Er lächelte und kam mit ausgebreiteten Armen auf uns zu. »Maya, was freue ich mich, dich hier zu sehen.« Er umarmte mich und drückte mich fest an sich. Die Zuckerwatte hielt ich weit von uns entfernt, bis Ryan sie mir aus den Händen nahm und ich meinen Bruder mit gleicher Hingabe drücken konnte. »Du hast mir gar nicht erzählt, dass ihr bei Mom und Dad wart«, flüsterte er mir ins Ohr, und irgendwie klangen seine Worte anklagend.

Als er mich wieder losließ, lächelte er aber und tat, als wäre alles in Ordnung. Mein schlechtes Gewissen hielt sich nur kurz, denn als ich Phoebe begrüßte, sah ich aus dem Augenwinkel bereits Ted, Sam, Clara, Aiden, Louise und Noah auf uns zukommen. Nach und nach begrüßte ich alle, ehe ich meine Hand wieder mit Ryans Finger verschränkte.

»Leute, ich möchte euch meinen Freund Ryan Hawthorne vorstellen. Ryan, das sind unsere Bürgermeisterin Clara mit ihrem Freund Aiden. Dean und seine Freundin Phoebe kennst du ja schon, genauso wie Louise und Noah.« Er nickte und reichte ihnen die Hand. »Und das sind Ted, Nicks Bruder, und seine Freundin Sam.«

»Scheiße, Maya, was bin ich froh, dass du endlich einen Kerl abgekriegt hast!«, sagte Sam sofort und hängte sich an Ted.

Unsere Freunde lachten, und auch Ryan grinste und küsste mich auf die Wange. Ich nahm ihm die Zuckerwatte wieder ab und naschte weiter, da ich nicht wusste, was ich darauf hätte sagen sollen.

Bei Sam war ich mir nie so sicher, wo ich bei ihr dran war, und ehrlich gesagt war sie eine Frau, mit der ich mich nicht anlegen wollte. Vielleicht hatte sie es deshalb gesagt, weil ich nun bei ihrem Ted endgültig aus dem Rennen war – wobei zwischen ihm und mir nie etwas entstanden wäre, aber ich glaube, Sam war sich da trotzdem nie hundertprozentig sicher gewesen und hatte mich bis zuletzt als Konkurrenz empfunden. Oder aber sie hatte Mitleid mit mir gehabt ... Okay, bei Sam eher unwahrscheinlich. Vermutlich hatte ich auch alle einfach genervt mit meinem Singledasein. Mir ging es ja zugegebenermaßen selbst auf den Keks.

»Ich freue mich so, dich endlich kennenzulernen«, sagte Phoebe an Ryan gewandt und schüttelte seine Hand. »Ich hab schon einiges über dich gehört, und als ich dich mit Maya in der Bäckerei gesehen habe, dachte ich mir bereits, dass zwischen euch was läuft, war mir aber nicht sicher.«

»Was haltet ihr davon, wenn wir uns alle was zu essen besorgen? Dann suchen wir uns einen Sitzplatz und können uns noch ein wenig unterhalten.« Aiden deutete auf die vielen Tische zwischen den Ständen.

Zustimmendes Gemurmel entstand.

»Das beste Essen bekommt ihr am Stand des *Greenwater Grill*, ich hoffe, ihr seid euch dessen bewusst«, hörte ich Noah sagen, der seinen Arm um Louises Taille legte, und alle lachten.

»Niemand würde je wagen, woanders zu essen«, sagte Clara und hakte sich auf Noahs anderen Seite ein, während sich Aiden zu Ryan gesellte und ihn in ein Gespräch verwickelte.

Gott, ich fühlte mich wie im Himmel. Es war, als hätte er schon immer dazugehört.

»Na, alles gut, kleine Schwester?«, murmelte Dean, der seinen Arm um meine Schulter gelegt hatte, in mein Ohr. »Oder soll ich ihn doch noch weichklopfen?«

Ich lachte leise und schüttelte den Kopf. »Ich bin so verliebt und glücklich, Dean. Du musst dir keine Sorgen um mich machen.«

»Gut, dann bin ich beruhigt. Mom und Dad haben auch in höchsten Tönen von ihm gesprochen. Ich hab ihn auch in der Zwischenzeit überprüft und …«

»Dean! Wie kannst du nur?« Fest boxte ich ihm gegen den Oberarm.

»Au, verdammt.« Er rieb sich über die Stelle. »Diese Freiheit musst du mir lassen. Ich will ja nur, dass es meiner kleinen Schwester gut geht. Und der Typ ist sauber. Nicht einmal ein Strafzettel wegen Falschparkens.«

»Natürlich ist er sauber«, zischte ich, konnte mir aber ein Grinsen nicht verkneifen.

Dean zuckte mit den Schultern. »Ich wollte nur sichergehen. Aber nachdem ich gesehen habe, dass er ein ehemaliger Soldat ist, kann ich dich getrost in seine Obhut übergeben. Er wird mindestens genauso gut auf dich aufpassen wie ich.« Er zwinkerte mir zu, und da wir in dem Moment zu den anderen aufschlossen, die bereits ihr Essen bestellten, hatte ich keine Möglichkeit mehr, darauf etwas zu erwidern, ohne dass es die anderen gehört hätten.

Wir kauften unser Essen und suchten uns einen Sitzplatz.

»Nick hat erzählt, dass du Kindergärtner bist, Ryan«, begann Ted und sorgte so dafür, dass am gesamten Tisch Schweigen herrschte. Alle blickten ihn an, und sofort spannte ich mich an.

»Ja, das bin ich wirklich«, begann er dann aber mit stolzgeschwellter Brust und sah mich mit strahlenden Augen an.

Erleichtert atmete ich aus. Irgendwie hatte ich immer das Gefühl, dass Ryan sich nicht wohl dabei fühlte, wenn er erzählte, dass er Kindergärtner war. Doch den Eindruck hatte ich diesmal nicht.

»Ich hab gestern einen Arbeitsvertrag unterschrieben. Ab dem nächsten Jahr übernehme ich die Klasse von Helen. Sie ist schwanger, und ich bin ihre Vertretung, bis sie wiederkommt.«

Falls sie wiederkommt. Ich kannte ihre Pläne. Sie und ihr Mann wollten mindestens vier Kinder haben, und dieses hier wäre ihr Erstes. Gut, man konnte nie sagen, wie sie nach der Geburt über das Thema dachte, aber sie war eine zähe Frau, der ich das gut zutrauen würde. Zudem verdiente ihr Mann als Bauleiter sicher nicht schlecht, an Jobs mangelte es hier ja nicht, und somit stand ihren Plänen vorerst nichts im Wege.

Alle gratulierten Ryan aufrichtig, und ich drückte unter dem Tisch seine Hand fest. Er lächelte und küsste mich. Erst nur zart. Unsere Lippen berührten einander wie die Flügel eines Schmetterlings, doch dann, als ich ihn schmeckte, schlang ich meine Arme um seinen Hals und ließ mich von der Leidenschaft mitreißen.

Lautes Gejohle holte mich zurück auf das Stadtfest, und ich spürte, wie meine Wangen rot wurden, als ich mich von Ryan löste und wieder zu Atem kam. Ein Grinsen zierte sein Gesicht, das ich nur erwidern konnte.

»Jetzt, wo wir alle beisammen sind, haben wir ein Anliegen mit euch zu besprechen.« Aiden lenkte zum Glück die Aufmerksamkeit von Ryan und mir ab.

»Tragt doch schon mal den fünften Mai in euren Kalender ein. Den Tag solltet ihr euch freihalten«, erklärte nun Clara, und ich ahnte bereits etwas. Sofort schaute ich auf ihre Hände und … tatsächlich. Sie trug an ihrem Ringfinger einen Ring mit einem funkelnden Stein.

»Den Tag darauf auch, denn Clara und ich werden heiraten«, ließ Aiden endlich die Bombe platzen.

Ich sprang auf und umarmte die beiden fest, und auch alle anderen gratulierten.

Ryan legte seinen Arm um mich, als wir wieder saßen und unsere inzwischen ausgekühlten Burger aßen. Er lehnte sich zu mir. Sein Mund berührte mein Ohr, als er mir »Ich liebe dich« hineinflüsterte.

Ich drehte den Kopf zu ihm und strahlte bis über beide Ohren. »Und ich liebe dich. Weißt du, ich …«

Doch Ryan ließ mich nicht ausreden, sondern legte seinen Finger an meine Lippen. »Du hast meinem Leben endlich einen Sinn gegeben, Maya. Nicht nur das, durch dich fühle ich mich wieder ... lebendig. Du hast das, was in mir zerbrochen war, wieder zusammengesetzt, und dafür danke ich dir.«

Tränen traten mir in die Augen. Schnell blinzelte ich, als er weitersprach.

»Ich habe hier ein echtes Zuhause gefunden, einen Job und, wie es aussieht, neue Freunde. Doch das Beste von allem ist: Ich habe dich wiedergefunden, und das ist das schönste Geschenk, das mir mein Leben machen konnte.«

Wenn Ryan nur wüsste, wie sehr das auch auf mein Leben zutraf ... Ich lächelte, bevor ich ihn noch einmal küsste. Kurz nur, zärtlich, aber in diesen Kuss legte ich all meine Gefühle für ihn, und ich war mir sicher, er verstand.

Happy End

Danksagung

Unglaublich, dass wir bereits beim Happy End des sechsten Greenwater-Hill-Romans Abschied angekommen sind. Als ich Ende 2015 die ersten Ideen zu diesem kleinen Städtchen skizziert habe, hätte ich nie gedacht, dass daraus ein so wunderbarer Ort entstehen würde, in dem man eintaucht wie in einen Urlaubsort – und wenn man daraus wieder auftaucht, man das Gefühl hat, die Einwohner und die Gegend zu vermissen.

Ich gebe zu, zu Beginn waren wirklich nur diese sechs Romane geplant. Doch das würde bedeuten, dass ich hiermit Abschied nehmen müsste. Das kann ich aber nicht.

Deshalb kann ich versprechen, dass dies nicht die letzte Reise nach Greenwater Hill war. Wann und wie es weitergeht, kann ich aber noch nicht sagen. Alle Infos, die ich dazu geben kann, werde ich wie immer auf meinen Social-Media-Kanälen[*)] posten.

Es liegt aber nicht nur an Greenwater Hill selbst und seinen Einwohnern, dass ich nicht bereit bin, Abschied zu nehmen. Es liegt an Ihnen, meinen Lesern. Ich freue mich so sehr über jede einzelne Rückmeldung zu den Geschichten und den Charakteren, die aus meiner Hand in diesem Ort geboren wurden. Ihre

Unterstützung und die Liebe für diese kleine Stadt sind dafür verantwortlich, dass es bald ein Wiedersehen geben wird.

Außerdem möchte ich den Leuten danken, die hinter der Entstehung dieses Romans stecken: Danke, Franzi, Sophia und Laura, dass ihr meine völlig rohen, unbearbeiteten Kapitel lest und mir sofort so viel wertvolles Feedback gebt. Ihr seid die besten Testleser, die man sich wünschen kann. Nie mehr ohne euch! ♥

Ein großes Dankeschön auch an meine liebe Kollegin Michelle Raven, die mir bei Ryan und seinen Erfahrungen mit den SEALs als Expertin zur Seite gestanden hat.

Danke, liebe Konny, für deine Geduld mit mir. Mit deiner Hilfe wird jede Story erst richtig geschmeidig. Ich wüsste nicht, was ich ohne dich machen würde.

Außerdem möchte ich Sybille und ihrem Adlerauge danken. Ich schätze deine Arbeit als Korrektorin sehr.

Ein riesengroßes Dankeschön auch an meine lieben Blogger. Ehrlich, Mädels und Jungs, ich wüsste nicht, was ich ohne euch machen würde. Ihr lest so schnell, rezensiert, bewertet, teilt und liebt meine Geschichten. Ich kann nicht sagen, wie sehr ich mich freue, dass wir alle zueinandergefunden haben. Ihr seid das beste Background-Team, das man sich wünschen kann.

Danke, Stefan, dass du an mich glaubst, mich unterstützt und für mich da bist, wann immer ich dich brauche. Du bist die Liebe meines Lebens und die Gefühle für dich beflügeln mich immer wieder zu neuen Geschichten.

Und danke an meine beiden Prinzessinnen. Ich bin so unglaublich stolz auf euch und kann euch nicht genug danken für eure Geduld, die ihr mit mir habt, wenn ich wieder meine Arbeitszeit überziehe, weil ich noch die letzten Sätze fertigschreiben will. Ich liebe euch so sehr!

Danke an meine Familie – ihr habt immer an mich geglaubt und mich von der ersten Stunde an unterstützt. Ohne euch wäre ich nicht da, wo ich jetzt bin. Ich hab euch lieb.

[*] Website: www.sarahsaxx.com
E-Mail: buch@sarahsaxx.com
Facebook: www.facebook.com/Sarah.Saxx.Autorin
Twitter: twitter.com/SarahSaxx
NEU! – Jetzt auch auf **Instagram**: sarahsaxx
Youtube: www.youtube.com/user/SarahSaxx

Um keine Veröffentlichung der Autorin zu verpassen, abonnieren Sie doch ihren **Newsletter** unter
www.sarahsaxx.com/newsletter/

Mehr Sarah Saxx:

A Place to Remember: Chloe & Hugh
(indirekte Vorgeschichte zur Greenwater Hill-Reihe)

Ein bisschen mehr als Liebe (Greenwater Hill 1)
Ein Kuss für Clara (Greenwater Hill 2)
Zweimal mitten ins Herz (Greenwater Hill 3)
Außergewöhnlich verliebt (Greenwater Hill 4)
Küssen verboten, lieben erlaubt (Greenwater Hill 5)
Harte Schale, weiches Herz (Greenwater Hill 6)

KING of Chicago – Verliebt in einen Millionär
KING of Los Angeles – Verliebt in einen Rockstar

Das Leben und sein hinterhältiger Plan

Threesome: Wo die Liebe hinfällt

Auf Umwegen ins Herz (Auf Umwegen 1)
Mit Verzögerung ins Glück (Auf Umwegen 2)
Auf Irrwegen zu Dir (Auf Umwegen 3)

Ein kleiner Funken Hoffnung
ist auch in der Anthologie erschienen:

Hoffnung – Vertrauen – Vergebung: Drei
Geschichten über die Liebe

Weitere Geschichten befinden sich bereits in Planung. Alle Romane der Autorin können unabhängig voneinander gelesen werden.

Kennen Sie schon ...

»*Das Leben und sein hinterhältiger Plan*«

Über das Buch:
Du kannst dir vornehmen, was du willst. Das Leben hat seinen eigenen Plan ...
Luna ist eine ehrgeizige Schülerin und zählt zu den besten Weitspringerinnen Kaliforniens. Eigentlich verläuft ihr Leben perfekt – immerhin überlässt sie nichts dem Zufall.
Doch dann ziehen neue Nachbarn ein und der gut aussehende Jasper bringt sie mit seinen flüchtigen Berührungen und seinem Zwinkern völlig aus dem Konzept. Dabei steht nicht nur der Highschool-Abschluss an, sondern auch die wichtigste sportliche Entscheidung ihres Lebens.
Vergebens versucht sie, sich darauf zu konzentrieren, doch Jasper hat sich längst in ihr Herz geschlichen. Gerade als sie bereit ist, sich auf ihre Gefühle einzulassen, reißt das Leben ihr den Boden unter den Füßen weg. Luna verliert den Glauben an sich, an Jaspers Zuneigung und an die Gerechtigkeit des Schicksals. Kann es überhaupt noch eine Chance für ihre Liebe geben?

Leseprobe:

Ich lege mein Besteck zur Seite und stehe auf.

»Wo willst du denn hin, Liebes?« Meine Mutter klingt verunsichert. Ich glaube, sie hat meine sinkende Stimmung bemerkt. Allen anderen scheint nichts aufgefallen zu sein, dazu ist mein Lächeln zu perfekt.

»Ich hole noch etwas Limo.« Mit dem Kopf nicke ich zum fast leeren Krug.

»Bleib sitzen, ich kann auch …« Doch ich ignoriere Jaspers Mutter, bin schon auf dem Weg.

In der Küche stelle ich den Glaskrug ab, stütze mich an der Arbeitsfläche ab und atme erst tief durch, bevor ich den Kühlschrank öffne, um Nachschub zu holen.

Als ich die Tür wieder schließe, lasse ich beinahe die Limo fallen. Jasper steht vor mir, wieder mit diesem Blick, der mich förmlich auszuziehen scheint.

»Was willst du?«, fahre ich ihn an und bin selbst über meinen scharfen Ton überrascht. Ich stelle die Limo ab und drehe mich mit verschränkten Armen zu ihm um.

»Eis.« Seine Stimme ist rau und irritiert mich. Er geht auf mich zu und reflexartig mache ich einen Schritt zurück.

»Hast du dein Glas mitgebracht?« Die Frage ist unnötig, denn ich sehe seine leeren Hände.

Ohne zu antworten, kommt er näher. Viel zu nahe – er durchbricht meinen Wohlfühlbereich und ich spüre ein nervöses Kribbeln in meiner Magengegend. Langsam lasse ich die Arme sinken.

»Ich will mehr«, flüstert er mit tiefer Stimme und verringert den Abstand zwischen uns erneut. Ich schlucke. Meine Augen wandern unruhig zwischen seinen hin und her, und ich zwinge mich dazu, den Blick nicht auf seine Lippen zu senken, als er sich mit der Zunge darüber leckt.

»Was …?« Ich weiche zurück, spüre aber sofort die Arbeitsfläche hinter mir. Was heißt das, mehr? Will er mich jetzt küssen? Panisch überlege ich, wie ich reagieren soll. Will ich ihn küssen? Absolut gar nicht, oder? Oder doch?

Er riecht gut, ganz leicht nach einem herben Parfum und ein klein wenig nach süßen Früchten. Und als ich langsam und verwundert seinen Duft einatme, spüre ich, wie ich meinen inneren Kampf verliere – ich schaue zu seinen glänzenden Lippen, die er leicht geöffnet und zu einem erwartungsvollen Lächeln geformt hat. Ich schlucke hart und bemerke, wie sich meine Zunge verselbstständigt und nun über meine Lippen streicht.

Nur langsam kann ich den Blick von seinem Mund ablenken, doch ich weiß nicht, was ich tun soll, wie ich reagieren soll. Nach wie vor steht er unbeweglich vor mir und bewegt sich weder auf mich zu noch von mir weg. Doch seine Augen fixieren mich, als würden sie versuchen, in mir ein Geheimnis zu lüften.

Jasper hat wirklich wunderschöne Augen, muss ich bereits zum zweiten Mal innerhalb weniger Stunden feststellen. Blaugrün, wie ein See in den Bergen Kanadas, umrundet von einem Tannengrün. Darin entdecke ich kleine braune Sprenkel, die wie Holz in einem See treiben.

Als sein Oberkörper sich an meinen presst, spüre ich, wie meine Knie zu zittern beginnen.

Also das geht dann doch echt zu weit! Der kann doch nicht …

Verkrampft halte ich mich an der Arbeitsplatte hinter mir fest und schwanke noch zwischen dem verwirrenden Gefühl, das seine Nähe in mir auslöst, und dem Drang, ihm eine Ohrfeige zu verpassen für die Dreistigkeit, mir so nahe zu kommen.

Doch ehe ich eine Entscheidung treffen kann, keucht er auf. Mit halb geschlossenen Augen streckt er sich nach oben, lehnt sich gleichzeitig noch weiter vor, sodass sich unsere Nasen beinahe berühren und ... zieht den Sektkühler von dem kleinen Regal zwischen Geschirrschrank und Kühlschrank herunter.

»Der hier müsste genügen. Es ist so verdammt heiß im Esszimmer, der letzte Schluck war warm wie Pisse«, meint er mit einem Grinsen. Ich blinzle verwirrt, ehe mir bewusst wird, was hier eben passiert ist.

»Idiot«, zische ich und versetze ihm einen Stoß, sodass er lachend zurücktaumelt.

»Hier in der Küche ist es aber auch echt heiß«, meint er, als er mich mit durchdringendem Blick ansieht, und beißt sich dabei auf die Unterlippe.

Kochend vor Wut schnappe ich mir die Limo und gieße sie mit zitternden Händen in den Krug. Jasper steht grinsend neben mir und befüllt den Sektkühler mit Eis direkt aus dem Gefrierfach. Schwungvoll öffne ich die Tür daneben und stelle die restliche Limonade an ihren Platz zurück, bevor ich mit dem Krug und erhobenen Hauptes wieder nach draußen marschiere.

Das Buch auf Amazon:
http://bit.ly/DLushP_eB

Über
Sarah Saxx

Gleich mit ihrem Debütroman »Auf Umwegen ins Herz« landete Sarah Saxx einen E-Book-Bestseller und lebt seither ihren Traum: Leser mit romantischen Geschichten tief im Herzen zu berühren und dieses gewisse Kribbeln auszulösen. Die 1982 im Sternzeichen Zwillinge geborene Tagträumerin liebt Milchkaffee, wilde Achterbahnfahrten und Jazzmusik.

Sarah schreibt, liebt und lebt in Oberösterreich und verbringt ihre freie Zeit am liebsten mit ihrem Mann und ihren beiden Töchtern.

Mehr Sarah Saxx:

Website: www.sarahsaxx.com
E-Mail: buch@sarahsaxx.com
Facebook: www.facebook.com/Sarah.Saxx.Autorin
Twitter: twitter.com/SarahSaxx
NEU! – Jetzt auch auf **Instagram**: sarahsaxx
Youtube: www.youtube.com/user/SarahSaxx

Sie wollen die Autorin unterstützen? Folgen Sie ihr auf ihren Kanälen und bewerten Sie ihre Bücher. Damit ermöglichen Sie, dass Ihre Autorin Sie auch weiterhin mit bewegenden Geschichten versorgen kann.

Impressum:
A. Zwölfer
Linzerstraße 16
A-4283 Bad Zell
Österreich

www.sarahsaxx.com
buch@sarahsaxx.com